# Martin Dubé

# Une plus un égale trois

*roman*

**ÉDITIONS DE MORTAGNE**

**Données de catalogage avant publication (Canada)**

Dubé, Martin, 1975-

Une plus un égale trois
(Lime et citron)
ISBN  978-2-89074-788-3

I. Titre.  II. Collection.

PS8607.U219U53 2009          C843'.6          C2008-942328-3
PS9607.U219U53 2009

*Édition*
Les Éditions de Mortagne
C.P. 116
Boucherville (Québec)  J4B 5E6

**Distribution**
Tél. : (450) 641-2387
Téléc. : (450) 655-6092
editionsdemortagne.com

*Dépôt légal*
Bibliothèque et Archives Canada
Bibliothèque et Archives nationales du Québec
Bibliothèque Nationale de France
1er trimestre 2009
1 2 3 4 5 – 09 – 13 12  11 10 09

ISBN : 978-2-89074-788-3

Imprimé au Canada

Nous reconnaissons l'aide financière du gouvernement du Canada par l'entremise du Programme d'aide au développement de l'industrie de l'édition (PADIÉ) et celle du gouvernement du Québec par l'entremise de la Société de développement des entreprises culturelles (SODEC) pour nos activités d'édition. Gouvernement du Québec – Programme de crédit d'impôt pour l'édition de livres – Gestion SODEC.

ASSOCIATION NATIONALE **DES ÉDITEURS DE LIVRES**

I am he as you are he as you
are me and we are all
together.
*The Beatles*


Dans la ville où je suis né,
le présent porte le passé
comme un enfant sur ses
épaules.
*Le Confessionnal*, Robert
Lepage

À Claude & Ghislaine

## FAIT

*Le Livre Guinness des records
attribue à Leontina Judith Espinoza
le record de maternité. Âgée de
60 ans, elle attend actuellement son
74ᵉ enfant. Elle a été enceinte
35 fois et a donné naissance à
73 enfants, dont 39 triplés et
24 jumeaux. Elle vit modestement
avec son mari et 32 de ses enfants
dans un village proche de Rancagua,
au sud de Santiago.*

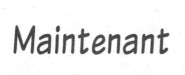

# Maintenant

C'est le son désagréable de l'ambulance qui m'a sauvé la vie.

Ça m'a ramené sur le plancher des vaches, même si je suis à plusieurs mètres au-dessus du sol. Je vous jure, j'allais sauter. Pas comme un gamin dans une pataugeuse. Plutôt comme un type qui sait ce qu'il fait. Perfectionniste. Discret. Ce goût, petite bulle d'air qui vous prend la tête, n'aura même pas duré deux secondes. Une de plus et Guillaume Champlain passait dans l'au-delà, sans bagages ni visa.

D'où je suis, les gens sont si petits qu'ils donnent l'illusion d'être tous égaux : riches, pauvres, laids, beaux, tous se confondent dans un grand sentiment d'indifférence. Une grosse masse informe qui tangue de gauche à droite, de haut en bas, pour aller s'entasser les uns sur les autres. Et là, miracle, on les traitera pour une écharde de bois au pouce après vingt-huit heures d'agonie entre une fougère en plastique et une revue défraîchie.

D'où je suis, après quelques minutes d'observation nonchalante, café à la main, adossé plus ou moins gracieusement à un tas de tôle qui se donne l'air d'une rampe, je n'ai qu'une seule idée, qui tournoie dans ma tête : me jeter en bas.

Paf !

Sur le béton. Ou l'asphalte. Peut-être même bien sur pépère en fauteuil roulant qui fume, tousse et crache avec une constance assez remarquable.

Je mens.

La brillante idée de fracasser ma belle tête de guignol sur le bitume n'est pas la seule qui m'obsède. Une autre, toute petite, tenace, m'étourdit. Si ce n'était pas d'elle, je serais déjà en bas, baignant dans mon sang, retardant l'arrivée de la cantine mobile. Oui, je délire, je blague, je me défoule, j'en donne plus que le client en demande. Car, il faut bien l'avouer, c'est le plus beau jour de ma vie.

C'est ce petit détail qui me retient, ici, sur cette belle terrasse extérieure d'un grand hôpital dont j'oublie le nom. Et je suis loin d'être suicidaire ou malheureux.

Ce n'est pas mon genre.

Je vais très bien.

J'ai tout pour être heureux.

Je divague souvent comme ça en imaginant ce que serait ma vie si je me passais d'elle pour une journée ou deux. J'ai le spleen facile, comme dirait Justine. Ça m'arrive quand tout semble se dérouler comme il se doit, sans anicroche. Un lourd passé collectif judéo-chrétien. C'est à ce moment précis que s'emballe mon côté rebelle. Comme si je disais au destin de se calmer les nerfs.

« *And the eyes in his head / See the world spinning round* », chante McCartney dans mes oreilles. Toujours le bon mot.

Pour chasser ces idées trop déprimantes pour un lundi ensoleillé, je me retourne, claque mon café froid d'un trait et m'appuie sur la rampe de toutes mes forces. De cette manière, si elle cède, le tout passera pour un accident. C'est moins tragique qu'un suicide, mais beaucoup plus héroïque. Le système de santé, en plus d'être incapable de vous soigner, cause votre mort. Belle première page.

La faune (et la flore, ça végète fort ici) qui peuple ce petit paradis cimenté me rappelle la distribution d'une comédie burlesque d'un théâtre d'été. Immobile comme des pièces sur un échiquier, chacun joue son rôle à la perfection. Je me sens comme Jack Nicholson avec sa bande de cinglés.

Tout près de moi, à ma droite, un vieux qui marmonne en flattant ses deux cuisses. Il est accompagné d'un bénévole, un jeune homme au mohawk pastel, qui feuillette un *comic book* en l'ignorant complètement. Sans doute un décrocheur qui se tape des travaux communautaires.

Droit devant, trois infirmières en pause-café. Elles gesticulent, hochent la tête à s'en décrocher les cervicales. Le sujet de leur discussion : l'entretien d'une piscine. Je me retiens à deux bras pour ne pas me joindre à elles. Mon expertise en chlore leur éviterait bien des problèmes, mais laissons-les discourir sur le pH et ses dérivés.

Sur un banc, à quelques mètres de moi, un couple dans la vingtaine. La fille est enceinte, son souffle est court. À ses côtés, sans y être tout à fait, son copain qui compte les minutes entre les contractions. Un travail d'équipe qui démontre bien qu'il y en a toujours un qui travaille plus que l'autre. Il lui éponge le front, lui jure que tout va bien se passer. Menteur…

Le bénévole soupire, lève les yeux au-dessus de son *Hulk* n° 41. On le dérange, c'est limpide comme l'eau de la piscine de l'infirmière Karine (info relevée sur sa cocarde).

Même si toute cette joyeuse légion m'amuse, c'est cette famille, là, au fond à droite, qui remporte la palme de l'*entertainment*. Papa semble s'emmerder. Il reluque la plus sexy des infirmières. Encore Karine. Il se fout que maman engueule depuis dix minutes ses deux rejetons.

– Kevin, lâche ça ! Jimmy, écoute maman, descends de la rampe, merde, tu vas tomber ! Gilles, qu'est-ce que tu fous ? Aide-moi !

Laissez-le faire, madame, c'est pour son bien. Ils sont tellement navrants que ça me gêne de les espionner. On voit tout de suite qu'ils ne baisent plus comme ils le souhaiteraient. Enfin, comme papa le voudrait. Maman, elle, se contente de peu, le « coffre à outils » dans la table de chevet la satisfait de belle façon quand papa fait des heures supplémentaires. Ils se sont dit : « Bon bien, deux petits bambins ! Bonne chance et on se revoit dans vingt ans. »

Et là, ils s'évertuent à entretenir une flamme qui n'est plus. Même les soupers à la chandelle ont foutu le camp. Seul le micro-ondes illumine leur salle à manger.

Désespérant ?

C'est clair. Je serais tenté de pointer un coupable. Deux même. Kevin et Jimmy. Ces deux charmants garçons qui viennent tout juste de lancer une pierre au vieux qui parle tout seul. Ouch ! Aucune réaction. Maman ne sait plus où donner de la tête. Papa, lui, sait : le derrière de Karine.

En écrasant mon gobelet, je ne peux m'empêcher de serrer les dents, de maudire ces deux mômes qui ont volé tout ce qui restait d'humanité à leurs pauvres parents. Je suis bon joueur, je ne leur en veux pas vraiment. Ce sont des êtres innocents qui ne comprennent pas les enjeux dont ils sont les acteurs.

Mais papa et maman connaissaient les conséquences, les implications, les dangers pour que leur fragile bonheur bascule, puis s'enfonce dans une routine déprimante.

Les enfants m'exaspèrent pour cette raison.

Et pour toutes les concessions, compromis qu'ils génèrent, dont personne ne parle vraiment, mais dont tout le monde semble faire l'expérience au jour le jour.

Tiens, papa décide de quitter les lieux. Maman, en sueur, tire les chandails de sa progéniture. Les deux frères résistent, rigolent de voir s'éreinter maman.

Le copain de la fille en contraction regarde sa montre puis, subtilement, jette des coups d'œil aux adorables Kevin et Jimmy, et je sais ce qu'il pense. Oui, mon ami, c'est ce qui t'attend. Bien sûr, tu auras de beaux moments père-fils, mais ils ne feront jamais le poids contre tous les autres. Allez, mec, sois fort, ta douce a besoin de toi. Non, ce n'est pas le moment de tout plaquer. Mauvais *timing*.

En voyant Jimmy qui frappe son petit frère, j'ai un pincement au cœur. Pourquoi ai-je un ennui profond envers des êtres si purs, si touchants de naïveté, qui ne demandent qu'à être aimés ? Aucune idée. Et ce n'est pas le moment de me psychanalyser. Trop de trucs à faire ces prochaines heures.

Le cortège des mal-en-point quitte tour à tour la terrasse pour aller encombrer cet hôpital déjà surpeuplé. Je passe la main sur ma barbe, témoin d'une nuit blanche fort occupée.

Trois filles. Eh oui, la totale !

Une jolie rousse, vêtue de blanc immaculé, s'approche de moi. Encore dans mon pelletage de nuages, je me ressaisis et me dirige vers elle d'un pas qui remet à l'ordre mon air bête. C'est l'infirmière avec laquelle je me suis éclaté hier soir. Doucereuse, tout en demeurant professionnelle, elle pose sa paume sur mon épaule voûtée de fatigue. D'un geste mille fois répété, j'enlève les écouteurs de mes oreilles. Et d'une voix rassurante, chaude, digne d'une pub de lessive, elle me dit :

– Votre femme et votre bébé vous attendent dans la chambre. La petite vient de prendre son premier bain et la maman s'apprête à lui donner à boire.

Je la remercie, puis ouvre la porte qui mène au corridor. Mes premiers pas sont si lourds, si malhabiles, qu'on dirait que je viens d'apprendre à marcher.

Longue et venteuse sera la route.

## FAIT

Âgée de trente-quatre ans,
Justine Dupuis vient de donner
naissance à son premier enfant.
Elle vit avec son conjoint dans un
quartier paisible de Laval,
au nord de Montréal.

Nous sommes trois et je ne me suis jamais sentie aussi seule.

Vêtue d'un beau pyjama tout neuf, je capte distraitement les conseils et avis de l'infirmière. Nous entrons dans la salle des naissances. Tout le personnel chuchote en montrant du doigt des bébés. Des dizaines de jeunes couples se promènent fièrement avec leur poupon emmailloté dans une couverture chaude les laissant à peine respirer. « Toutes ces vies transformées à jamais », me dis-je tout bas pour ne pas inquiéter l'infirmière dévouée à mes côtés.

Je fixe Emma. Elle est sérieuse comme un pape. Elle dort, la bouche ouverte. Son nez. Guillaume tout craché. Soyons honnête : ma petite détonne. Un pétard de trois kilos. Presque le poids d'une top-modèle. Et j'essaie fort d'être de bonne foi, mais ça ne sert à rien : tous les autres bébés sont ordinaires, terriblement fades. Et j'ai l'œil. Je suis la fille la plus ouverte d'esprit qui soit, mais Emma les surpasse haut la main. À vrai dire, c'est même gênant. Je sens le jugement des mamans lorsqu'elles portent leur regard à mon héritière : elles suintent la jalousie. Elles me demandent son nom et me sourient, malhonnêtes.

Emma tousse ? Est-ce normal ? L'infirmière me répond machinalement en déshabillant ma puce sans trop de tendresse. J'encaisse, la dorlote pour la rassurer. Son premier bain. Touchant. Dire que dans quelques années, on va se battre pour occuper la salle de bains.

Oh non, ça commence. L'angoisse qui me serre la gorge, me tord les tripes, me pèse sur les épaules, épuisées d'avoir donné la vie. Faut pas que j'y pense, faut surtout pas que je laisse entrer en moi ce vertige de la nouvelle maman.

Douce Emma, tu es le plus bel imprévu qui me soit arrivé dans ma courte existence. Un accident, un face-à-face avec le destin, un tête-à-queue avec ton papa. Je te désirais, sois-en sûre, mais je ne savais pas que je te désirais ce soir-là, sur ce divan-lit inconfortable. Nuance. Désolée de te parler de ces trucs alors que tu as la figure sous l'eau et que tu gigotes comme une truite de rivière, mais mon cerveau s'active tout croche quand je lui donne l'espace pour le faire.

Beaucoup de parents ont la sainte peur, que je partage totalement, d'avoir un bébé différent, handicapé, anormal. C'est un drame terrible, c'est l'évidence. Mais y en a-t-il beaucoup qui ont la frousse d'être des parents différents, handicapés, anormaux ?

En même temps, dans un passé pas si lointain mais qui semble appartenir à une autre, j'ai osé imaginer donner la vie à une petite frimousse comme la tienne. C'est fou comme ta mère manque de logique, non ?

Quand tu te donnes corps et âme à te convaincre de mettre une croix sur un bedon maternel, tu finis par y croire. Tu souffres trop. Tu te dis qu'au final, la vie t'envoie des signes. Voilà pourquoi, ce matin, je suis toute à l'envers.

Ou à l'endroit. Question de point de vue.

En fait, je n'ai pas mes cartes de compétence, Emma. Je ne possède pas cette foutue fibre maternelle qui s'émeut devant les nez qui coulent et les dessins abstraits apposés sur le frigo.

Pardonne-moi.

Je te promets de me forcer chaque jour de plus en plus, au point de décrocher le titre de « Maman de l'année » dans un quelconque magazine féminin. Non, ne pleure pas, je t'aime tellement, je t'aime comme ce n'est pas permis.

L'infirmière t'enroule dans une serviette et te comprime à t'en briser les côtes. Hé ! tout doux, Rambo ! Tes larmes s'estompent, tu baisses doucement la tête, tu réfléchis à ce que je te raconte, hein ? N'y prête pas trop attention, ce sont des délires de femme qui vient d'accoucher et qui n'a pas fermé l'œil depuis près de deux jours. Y a de quoi frôler la camisole.

Et nous te ramenons à la chambre en slalomant entre les papas gagas et les infirmières surmenées. Toujours aussi douteuses, ces frimousses de poupons. Restons positive : le temps arrange tout… même les faciès de nouveau-nés.

La douce et délicate infirmière m'ordonne de l'attendre ici. Papiers à régler. Oui, chef !

En promenant mes yeux pochés, vitreux, d'une maman vidée à une autre en dépression post-partum, je vois, au loin, j'en suis certaine, mon beau Guillaume. Avec une précaution maternelle qui me surprend, je pousse le lit sur roulettes vers l'immense section vitrée tout au bout du corridor.

Que fait-il sur le rebord de la rampe à fixer le vide ?

Il reluque une jolie fille ? Il s'extasie devant un cancéreux des poumons qui pompe une Marlboro ? Même s'il est de dos, je le devine songeur. Dépassé. En fait, exactement comme moi. On va faire un duo choc, lui et moi. Qui se ressemble s'assemble, dit l'expression. Mon beau Guillaume, je te jure que je ferai tout et même le double pour que tu sois fier de moi.

J'ai envie de brandir Emma au bout de mes bras, courir en pyjama sur la terrasse et crier mon bonheur à tout ce beau monde. On n'y verrait que du feu et de la ficelle qui dépasse. Justine, la maman qui veut trop. Je te laisse à tes jongleries, on se verra plus tard.

L'infirmière me hèle comme un vulgaire taxi, m'indique avec un index bien dressé de la rejoindre immédiatement. Je tapote les couvertures qui enveloppent Emma tout en roulant vers ma nouvelle amie. Elle n'aura pas le choix de remarquer mon remarquable instinct maternel. Naïve, je m'attends à un compliment discret, une gerbe de fleurs, un voyage dans le Sud, mais c'est plutôt à un regard de déception auquel j'ai droit. Qu'ai-je fait de mal ? Elle déshabille, serre, desserre, rhabille, puis replace ma petite dans son char allégorique miniature. J'ai compris. Je m'abstiendrai de toute initiative dans le futur, placerai Emma en famille d'accueil et enverrai mon CV chez les sœurs cloîtrées. En retournant vers mon petit chez-moi de fortune, je lui demande si elle peut aller chercher Guillaume sur la terrasse. Son « hum-hum » me laisse perplexe, car il signifie trop de trucs à la fois. Je prends sa réponse pour un « oui » et me souviens que j'ai un penchant agaçant à demeurer toujours positive, peu importe l'infirmière bête à la moustache naissante qui se trouve devant moi.

La gerbe de fleurs que Guillaume m'a apportée ce matin égaie la place de si belle façon qu'elle jure à côté des murs mi-brun pâle, mi-beige sale.

Brusquement, l'infirmière me refait son monologue sans punch du biberon et de tout ce qui s'y rattache. On dirait du morse.

J'ai le cafard. J'ai mal au cœur, je mangerais un cheval. Cru ou cuit, m'en fiche. Elle m'étourdit. Je tente une diversion. Je la coupe dans son élan en prenant Emma et lui jure que tout ira bien, que je ferai appel à son sublime professionnalisme si jamais le besoin s'en fait sentir. Elle rougit, triture sa blouse bleu poudre et referme la porte derrière elle.

Le calme. La paix. Deux états dont l'attente me rendait plus dingue que je ne l'étais déjà. Chut ! Tout est correct. La dame pas gentille est partie. Nous sommes toutes les deux. Seules. Oui, même si je te serre auprès de moi de toutes les forces qu'il me reste, je sens l'immensité incalculable qui nous sépare. Si tu me tends tes mini-doigts, Emma, je me mettrai sur la pointe des pieds, sauterai dans les airs, emprunterai une échelle de pompier. Peu importe, je serai là.

Comme j'allais éclater en sanglots, accumulés depuis mes inoubliables contractions, la porte s'ouvre dans un mouvement empreint de respect de mon intimité. Qui est-ce ? Un scout ? Dieu ? Le retour de l'infirmière ?

Guillaume.

Il me sourit, m'embrasse, prend la petite. Je ravale et me passe la main dans les cheveux en essayant maladroitement d'agir de façon désinvolte. Une actrice de série Z. Guillaume n'est pas con. Sans me regarder, il me demande comment s'est passée ma nuit, ma première nuit de mère. À la main, une par une, je ramasse toutes les miettes de force qu'il me reste, regarde tendrement mon homme, lui flatte la nuque et m'apprête à lui mentir en pleine gueule.

Pourquoi ?

Par amour.

# Avant

Deux petites lignes bleues. Bâtonnet de plastique blanc où deux petites lignes bleues s'amusent, tels des assassins sans pitié, à détruire les barricades que Justine s'était bâties avec le temps. Transie dans sa voiture éteinte, Justine grelotte, son souffle haletant la réchauffant quelque peu. Janvier démarre en force cette année. Records de froid et d'accumulation de neige sont battus chaque jour. Les bourrasques qui bercent la petite Corolla de Justine la réconfortent. Le vent souffle, siffle à travers les portes.

Du blanc immaculé à perte de vue. Justine l'Inuite qui jongle avec la vie dans son igloo à quatre roues.

Effondrée, ses larmes chaudes lui brûlent la peau. Elle n'y croit pas. Ce test est défectueux. «Made in China». Et voilà. Un ouvrier a dû, dans un moment d'inattention, mal calibrer ce machin. «Une erreur qui me fout la trouille, ce matin, à moins trente, dans ma voiture enneigée!» s'exclame Justine pour se convaincre. Elle sait qu'elle bluffe. Que lorsque les deux lignes fatidiques apparaissent, les erreurs de lecture sont quasi impossibles.

Soudainement, elle a une folle envie de retourner à l'intérieur de la pharmacie, d'aller engueuler la pharmacienne pour lui avoir vendu de la camelote. Mais elle se ravise et, pour une quatrième fois, jette un coup d'œil au bidule, sur le tableau de bord.

Elle attend un enfant.

Refusant de se l'avouer ou d'en glisser un mot à Guillaume, Justine se sentait bizarre ces derniers temps. Elle prend la pilule depuis son adolescence, se faisant un devoir de ne jamais l'oublier.

Sauf une fois.

Ça lui revient. Elle refuse d'admettre qu'un seul manquement en près de vingt ans puisse être responsable de toute cette histoire.

Ce matin, Justine a rempli un pot de son urine du matin. La plus efficace, à ce qu'on dit. Guillaume, occupé à jouer à des jeux vidéo au sous-sol, n'a rien vu et c'est ce qu'elle voulait. Ne pas le faire paniquer inutilement.

Ce matin, en cachette, dans sa voiture, en pleine tempête, Justine a déposé le précieux liquide sur le test chinois. Positif. Elle angoisse. Pleurant comme un bébé, elle se sent incapable de prendre la route. Accident assuré. Le trio larmes, vent et poudreuse n'est jamais gagnant. Elle frappe le volant de toutes ses forces. Elle hurle la terrible injustice qui lui tombe dessus. Il y a tant de ses amies qui veulent être enceintes et pour qui rien ne fonctionne. Elle pense surtout à Élyse, sa grande amie et collègue. Des mois, des années de déception. Et elle, le destin lui force la main. Pendant deux secondes, elle se la joue romantique : il a fallu que ce soit la Vie, le Hasard qui décide pour elle, car incapable de le faire elle-même.

Ces derniers mois, depuis qu'ils sont installés dans leur nouvelle demeure, Justine et Guillaume ont fini par s'entendre : leur tour est passé. Trop tard. Misons sur d'autres projets tout aussi épanouissants qu'avoir un enfant. Voilà. Le sort en était jeté. Si elle est honnête, elle a étouffé en elle un cri qui voulait voir le jour. Guillaume s'est décidé, lui aussi, à contrecœur, se dit-elle. Une autre de nos fameuses décisions rationnelles. Ces deux lignes bleues, c'est le plus gros gag du siècle. Une immense farce qui tourne au vinaigre.

Congelée, frottant avec vigueur les fenêtres glacées, Justine se met à trembler. Elle ne peut revenir à la maison comme si tout était normal. Impossible de confronter Guillaume en personne. Il va péter les plombs ou se morfondre ou foutre le camp. Et ne plus revenir. Le cellulaire de Justine trône devant elle, bien innocemment sur le CD de l'album *Blanc*. Sans réfléchir, au bord de l'hypothermie, elle se rue sur ce dernier, compose leur numéro, puis attend, le cœur qui monte dans la gorge. « Allez, Guillaume, décroche ! »

La voix enrouée à l'autre bout du fil fige le temps, l'espace, et tout le reste.

– Allô ?

– …

– Oui, allô ?

Justine ne sait par où commencer. Il n'y aura pas de seconde chance, elle le sait.

– Gui… llaume…

En plein combat médiéval, Guillaume appuie très doucement sur la touche « pause ». Concentré, son pouce se détache lentement de la manette de jeu comme si chaque millième de seconde pouvait changer le cours de son existence. Il n'a aucune idée de ce qui cloche chez Justine, mais il devine le pire, comme un chien qui sent approcher l'orage.

– … Justine… c'est toi ?

– Je pense, oui…

La force de la tempête détourne leur regard. Un délai s'installe.

— T'es où? T'as eu un accident?

— (rire nerveux) Si on veut…

— Comment? Maudit que t'aimes ça m'énerver! Qu'est-ce qui se passe?

Elle lutte. De tout son petit corps qui en contient maintenant un autre.

— Je suis… enceinte… j'attends un bébé…

— …

— Et toi aussi, au fond…

Guillaume, comme s'il était menacé de mort, se lève d'un trait, regarde autour de lui, regard perdu cherchant un tireur d'élite caché dans le foyer en vieilles briques. Il marche de long en large, s'épongeant le front encore sec, mais qui ne saurait tarder à ruisseler.

— T'es où? Dis-moi où t'es? lâche Guillaume, la gorge serrée.

— Dans la voiture, dans le stationnement de la pharmacie…

Silence. Un sable mouvant, c'est l'image mentale qui vient à Guillaume à cet instant précis.

— Je comprends pas…

— Ce matin, j'avais des doutes… En fait, j'y pense depuis quelques semaines… Je me sens toute drôle, fatigue extrême… Les filles au boulot m'ont tout de suite aiguillée sur… le fait que… enfin, je voulais pas t'alerter, j'étais convaincue que le test serait négatif, mais non, il est positif… deux belles lignes bleues fluo! Je… nous avions décidé que…

Elle se sent déraper, perdre les pédales et le peu de contrôle qui lui reste.

— … J'ai rien fait de mal, je…

— Justine, j'ai rien dit…

– Je sais mais je préviens… Je te connais, tu crois que cette nouvelle me ravit, que je pleure de joie en ce moment…

– Calme-toi, je pense pas à… Je sais que tu pleures de découragement, je le sens dans ta voix…

Elle hoquette tellement que Guillaume a toutes les misères du monde à comprendre ce qu'elle lui avoue.

– … Je… je… ne peux avoir cet enfant… Aucun sens… Pas prévu… Nous avions décidé que… Je détruis tout ce que je touche… C'est injuste…

La tirade de Justine dure une bonne minute. Toujours la tête froide quand il le faut, Guillaume s'effondre au sol, cherche en lui les bons mots, ceux qui feront que tout rentrera dans l'ordre. Rien ne vient. Pourtant, chaque fois, il sait rassurer, apaiser les angoisses des autres, mais là, c'est une nouvelle dimension qui s'ouvre sous ses pieds… et il n'y était pas préparé.

– Rentre à la maison, on discutera de… ce qu'il faut faire…

– Je peux pas…

– Respire, prends de grandes respirations, c'est ça… Attends avant de prendre la route, il pourrait t'arriver quelque chose…

«Qu'est-ce qui pourrait arriver de si grave après cette nouvelle ? Un accident ? Un coma ? Ça ferait des vacances…» se dit-elle en tournant la clé dans le contact.

Guillaume se sent floué. Pourquoi faut-il que la vie leur fasse un tel pied-de-nez ? On ne joue pas avec la vie des gens comme ça, se dit-il, surtout pas quand un enfant fait partie du tableau.

– Qu'est-ce qui arrive ? On s'en va où ?

– Euh !… viens me rejoindre, roule pas en folle…

– Je me sens prisonnière… oui… en plein ça, aucun petit soupçon de romantisme là-dedans, non monsieur, ça nous tombe dessus comme une sentence… sans appel… merci bonsoir !

– C'est le choc… nous sommes sous le choc, nous trouve-rons un moyen de…

– Un moyen ? T'as bien dit un moyen ? Des idées ? Moi, j'en ai plein : adoption, avortement, labo expérimental, enfant de la jungle, tu sais comme Mowgli... Tu vois comme plein d'avenues s'offrent à nous ?

– Je t'attends... je t'aime...

En raccrochant, Guillaume se sent perdu, en sous-vêtements, dans le sous-sol, devant un chevalier, épée en l'air, figé à l'écran. À la hâte, il se dépêche de pleurer tous les litres d'eau de son corps avant l'arrivée de Justine. Moins de traces il y aura, plus facile ce sera.

Bang ! L'impact est franc, du solide. Totalement prise dans ses scénarios catastrophe, Justine a reculé droit derrière, la pédale au plancher. Résultat : un pare-chocs de Toyota dans une portière de Buick. La victime de Justine, un sexagénaire rabougri, fige devant la proximité du côté passager. Gueulant comme un damné, il contourne sa voiture cabossée, bravant les rafales de vent qui tentent de le mettre K.-O. Ne sachant plus trop ce qui se passe, Justine reste à l'intérieur, bavant sur le cuir de son volant. Voyant que la voiture de Justine ressemble à un banc de neige roulant, le vieux a tout compris. Une écervelée qui n'a aucune éthique de la route. Il va lui dire sa façon de penser. En dépit d'une neige forte qui colle aux yeux, il frappe à la fenêtre de Justine. Elle n'entend rien, John Lennon hurle à tue-tête qu'il est si fatigué. L'accidenté ouvre la portière. Elle se retourne vers lui, baisse le volume. Confus, il lui demande si tout va bien. Et là, laissant entrer les flocons dans l'habitacle, Justine reprend conscience quelques secondes plus tard. Le vieil homme ne sait plus où se mettre. Un désert d'une blancheur infinie recouvre la route, la ville, leurs idées.

– Vous pleurez ? Allons, personne n'est blessé, c'est ce qui compte...

– Monsieur, vous savez, j'attends un bébé... Je viens tout juste de l'apprendre...

– Ah bien ! dis donc, quelle belle nouvelle que celle-là ! Vous m'avez fait peur, jeune fille, ce sont des larmes de joie ! Je comprends maintenant votre égarement, vous n'aviez pas toute votre tête…

Elle s'excuse. Le prend dans ses bras. Sans dire un mot, elle profite de ce moment magique. Il la laisse faire. Elle se réchauffe juste assez, puis le salue.

En immobilisant sa voiture dans l'entrée de sa vieille maison de briques rouges, Justine hésite à couper le contact, à rejoindre Guillaume à l'intérieur, bien au chaud. Mais le visage de l'homme de sa vie apparaît dans la fenêtre du salon. Elle sourit, la morve au nez, le cœur plus léger.

– Merci, M. Champlain. Kant me semble beaucoup plus clair maintenant. À la semaine prochaine.

Légère, jolie, Catherine tend la main à Guillaume. Souvent, il marche sur la corde raide avec ces jeunes filles qui veulent l'amadouer pour engraisser leurs notes. Sachant que tout est dans l'intention, comme le dit ce bon vieux Kant, Guillaume enchaîne une poignée de main sèche, administrative, qui met fin poliment à d'éventuelles tentatives de la part de la jeune élève. Embarrassée, elle quitte la salle de classe en trombe, bafouillant l'excuse d'un quelconque bus à prendre. Malgré ce petit moment peu plaisant, Guillaume a senti un pincement au cœur. Rien à voir avec la jeune fille qui se fout éperdument de l'Allemand abscons. C'est autre chose. Guillaume, l'enseignant de philosophie rationnel et posé, manifeste une vive émotion. Inhabituel.

Hier matin, au département échographique de l'hôpital Sacré-Cœur, Guillaume le Grand s'est transformé. Littéralement. Cette tache blanche et noire qui vivote sur l'écran monochrome l'a salué. Guillaume n'a rien perdu de ce moment unique. Le lien était scellé. La panique aussi. Il voulait connaître le sexe.

Une fille.

Il ne voit plus Catherine de la même façon, ni aucun autre élève d'ailleurs. Il fait de la projection, c'est plus fort que lui.

Guillaume se sent ridicule, là, devant ces bureaux vides, à divaguer sur sa fille qui verra le jour dans quelques mois.

Malgré un physique athlétique et une gueule d'acteur de *soap*, Guillaume ne se sent pas la force d'envisager sa vie avec une petite fille. Ça le submerge. Toute sa vie, il a décortiqué, analysé, symbolisé la pensée des autres. Très peu les sentiments. Même les siens. Il est un amoureux attentionné, un conjoint responsable. Mais s'imaginer père le terrorise, même s'il sait que tous les hommes ressentent ça à différents degrés. Son degré à lui est si immense qu'il ne peut entrer sur aucun instrument de mesure.

La gorge sèche, le souffle court, il se laisse tomber sur sa chaise qui tournoie trop vite et le propulse par terre. Burlesque et pathétique. Guillaume, furieux, ramasse dans le désordre ses notes de cours et les fout dans son sac de cuir décousu. Le même qu'à ses débuts, il y a sept ans.

En appuyant sur l'interrupteur, Guillaume ne voit presque rien. Un mince filet de lumière l'éclaire par-derrière, passant par la fenêtre de la porte qu'il s'apprête à ouvrir. En lâchant la poignée toute moite, il ferme les yeux, inspire à s'en décrocher les sinus, et tente, sans aucune grille d'analyse, de comprendre les fondements de cette peur qui lui frappe le bas-ventre. Le cerveau en mode veille, Guillaume plonge en lui, espérant garder son souffle pour ne pas sombrer…

Pendant longtemps, lorsqu'on demandait à Guillaume d'où il venait, qui étaient ses parents, il demeurait évasif, flou. Comme s'il avait honte d'admettre qu'il est le descendant direct d'une belle lignée de débiles légers. Il aimait se garder une petite gêne, un jardin secret où il prenait plaisir à déformer à loisir son arbre généalogique. Guillaume allait même jusqu'à s'imaginer être un projet expérimental d'une forme de vie extraterrestre ; une espèce de mutant à l'apparence humaine envoyé sur Terre pour enquêter sur les us et coutumes de ces drôles de bipèdes.

Souvent, sur le chemin du retour de l'école, il observait, avec un souci maniaque du détail, les moindres recoins de sa ville. La vieille Chevrolet de monsieur Deslauriers est stationnée devant sa demeure et non dans l'entrée ? Louche. Les trois sœurs Patry sautent à la corde à danser en chantonnant des comptines, elles qui ont l'habitude de se tirer les cheveux à la moindre occasion ? Très louche.

Et chemin faisant, en se bourrant le crâne de trucs inutiles, Guillaume se créait un monde bien à lui, un monde qui donnait un sens à ses journées qui semblaient ne jamais vouloir finir. Ce qui renforçait ses lubies tirait tout son sens du jour de sa naissance. Le 20 juillet 1969. Neil Armstrong mettait le pied sur la Lune et Guillaume Champlain l'imitait, des milliers de kilomètres plus loin. Sa maman, Michelle, l'a pratiquement sorti d'elle toute seule, l'équipe de médecins étant agglutinée dans le bureau des infirmières, le nez rivé aux pieds de l'astronaute. Serrant son petit Guillaume visqueux contre elle, Michelle pleurait de joie et de rage. Son mari brillait par son absence, comme toutes les fois où sa présence était plus que requise.

Le jour de leur mariage, André Champlain est arrivé en retard (plusieurs heures), occupé à jouer aux cartes dans un sous-sol miteux d'un bar-salon de l'est de Montréal. Cohérent, André ne s'était pas pointé le jour de la naissance de son fils, transi devant un croupier qui lui arrachait son argent à petit feu.

Sans le savoir, lors de sa venue au monde, le petit Guillaume pleurait pour un tas de raisons à la fois. Il les comprendrait toutes très bientôt. Ce comportement excessif du père de Guillaume pouvait s'expliquer facilement. Pas besoin de Freud et d'un récamier en cuir capitonné. Une étude sommaire de la famille de ce dernier brossait un portrait on ne peut plus évident.

Cinquième d'une famille de seize, André Champlain a vécu la misère noire. Foncée. Sa famille, qui comptait autant de filles que de garçons, s'occupait d'une terre familiale dans le nord du Québec. Un pâturage sec, aride, qui ne donnait jamais ce qu'on y mettait d'espoir et d'efforts. Le père d'André, Arthur, buvait comme un trou sans fond. Un trou noir qui aspirait avec lui le peu d'argent que ses maigres récoltes lui donnaient. Pauvreté extrême rimait souvent avec violence et délinquance. La moitié des enfants Champlain sont devenus des criminels notoires. Plusieurs sont décédés dans des circonstances nébuleuses. Une enfance à la dure où la violence était plus fréquente que le pain quotidien.

André Champlain, lui, s'était juré de fuir cette contrée condamnée.

Il rêvait de faire fortune et d'enterrer derrière lui tous ces souvenirs qui le réveillaient chaque nuit. Il a tellement désiré réussir qu'il est devenu un des hommes les plus prospères de sa région, négligeant pour y parvenir femme et enfant. Le destin fait des choix : rarement offre-t-il des deux pour un…

La maman de Guillaume venait d'un monde aux antipodes de son mari, mais il n'était guère plus réjouissant. Cadette d'une famille bourgeoise, les drames qu'elle vivait quotidiennement dépassaient l'entendement. Le climat malsain qui flottait entre frères et sœurs a éteint, peu à peu, la flamme de Michelle. Ce que lui faisaient subir ses frères ne paraissait pas en surface, contrairement à la famille Champlain. Toutes sortes d'abus qu'il fallait absolument taire. Une douleur vive qui ne fera jamais les manchettes. Jamais elle n'en parlait à son mari ou à son fils. Par contre, les flacons aux pilules multicolores qui traînaient un peu partout trahissaient un passé impossible à supporter.

Un jour, pendant un souper en tête-à-tête avec Guillaume, Michelle tenta de s'ouvrir aux confessions, voulant que son fils comprenne ce qu'elle gardait en elle depuis trop d'années. Elle tremblait, frappait doucement son napperon à l'aide d'une fourchette d'une argenterie hors de prix, cadeau d'un mariage si lointain.

Même s'il n'avait que treize ans, Guillaume, adolescent renfermé mais étrangement allumé, comprenait tous les non-dits de sa maman. Dans un chaos de larmes improvisées, Michelle prit Guillaume par la nuque et l'embrassa sur les joues, le front, le cou comme si ce rapprochement intense était le dernier. Ces baisers pressés, maladroits, lui rappelaient ceux qu'elle lui avait donnés le jour de sa naissance.

Un gros poupon de 4,9 kilos qui refusait catégoriquement de sortir du cocon maternel. Il y était enfermé depuis quarante-trois semaines et les médecins commençaient à s'inquiéter que la nature ne fasse pas si bien les choses. Malgré cette inquiétude, Michelle savourait sa grossesse : chaque jour de plus était une bénédiction pour elle. À vingt-cinq ans, elle savait que ce premier bébé serait son dernier, son corps fragilisé par de nombreuses fausses couches risquait de ne pas tenir le coup. Guillaume était son miracle. Elle qui n'espérait plus et qui clamait à tout le monde qu'elle ne croyait plus à ces balivernes religieuses se mit à remercier Dieu chaque soir avant de s'endormir.

Sa maman pratiquait le métier, peu commun à l'époque, de « thérapeute » à domicile. Elle recevait deux ou trois patients par jour, même les week-ends, dans le grand salon des invités. Enfant, Guillaume s'amusait à se cacher sous l'énorme fauteuil de velours vert pour espionner les témoignages de personnes en détresse. Au fil des séances, il comprit bien des choses : que la plupart des gens qui venaient consulter le faisaient pour s'écouter parler et que sa maman scrutait leur âme à fond pour tenter de se comprendre elle-même.

Ces moments secrets, Guillaume ne pouvait en profiter que le samedi. Le lundi venu, il quittait pour le collège Notre-Dame où ses parents l'avaient mis pensionnaire.

L'enfer.

Solitaire et surdoué, il était la risée de l'établissement par sa façon de se tenir. Son grand corps d'adolescent tout flasque, les bras trop grands qui pendent, faisait de lui une cible de choix. Alors que tous ses camarades de classe écoutaient du disco et du new wave, Guillaume affichait clairement son amour inconditionnel pour quatre jeunes hommes, surdoués eux aussi : les Beatles. Ce groupe, pour Guillaume, mis à part sa musique et son génie, représentait quelque chose de beaucoup plus fort : c'était le seul lien entre son père et lui.

Vers l'âge de neuf ans, quand son père passait à la maison entre deux contrats et deux tournois de cartes, Guillaume avait droit à une symphonie beatlesque dans le grand salon. Même si sa maman hurlait de baisser le volume, André Champlain faisait la sourde oreille et grimpait *Helter Skelter* au maximum. Les murs tremblaient, tout comme le cœur de Guillaume. Ces quatre garçons dans le vent devenaient, pour l'instant de quelques chansons, les grands frères qu'il n'avait jamais eus.

Bien que très sympathique à ses heures, André ne pouvait afficher une humeur constante. Bourru et impatient, il passait le plus clair de son temps à construire des maisons de luxe et le reste à démolir son couple. À maintes reprises, Guillaume l'avait surpris dans divers lieux publics en compagnie de femmes qu'il ne connaissait pas. Les infidélités au grand jour de son père ont provoqué chez Guillaume une grande désillusion en l'amour, conséquence directe de ses nombreux échecs avec l'autre sexe. Simple comme bonjour.

Au milieu de tout ce bordel ambiant, Guillaume souffrait d'être seul à la maison les week-ends. La semaine, la présence même peu agréable de ses copains de classe arrivait quand même à lui donner l'impression qu'il n'était pas enfant unique. Mais dès le samedi matin, après les dessins animés, quand sa mère commençait ses séances, une boule, lourde, compacte, lui tombait dans le ventre.

En un seul coup.

Bang ! Et Guillaume, étourdi, se cachait dans sa garde-robe, volait du papier à sa maman et griffonnait des lettres à l'intention du ministre de la Famille et du Bien-être social.

*Cher Ministre,*

*Arrêtez de construire des ponts et de payer des chauffeurs à vos amis : faites des économies, calculez bien et envoyez-moi un frère. Une sœur, si vous êtes mal pris, ferait l'affaire. J'en prendrais soin. Je l'amènerais sous la galerie en lui donnant des tonnes de crème glacée. Tout petit serait l'idéal (pour qu'il puisse entrer dans un carrosse).*

*Guillaume*

Jusqu'au collège, Guillaume s'éduquait seul et se renseignait sur tous les sujets. Ce sont les livres, la télé et les Beatles qui lui ont donné le goût de continuer. Et sa mère Michelle. Celle qui est toujours là, malgré son incompétence au bonheur.

La classe est toujours vide. La lumière soudaine agresse les yeux embués de Guillaume. Il se racle la gorge et vérifie si son vieux sac tient encore le coup. Il déborde de partout. Les coutures tiennent bon. Même surchargé, il peut encore en prendre. C'est du cuir de qualité. « Il y a un peu de moi dans ce sac », se dit Guillaume en le glissant sous son bras. En longeant les corridors vides du collège, Guillaume pense à sa Justine. Il est convaincu qu'elle fera une maman exemplaire. Sa Justine est magnifique avec ce ventre tout rond. Guillaume espère être du même calibre que sa douce. Boum ! Ses notes de cours, ses bouquins, tout se retrouve par terre en un rien de temps. Le sac vient de rendre l'âme. En sacrant, à quatre pattes dans le hall d'entrée, Guillaume implore le Ciel que cet incident ne soit qu'une coïncidence. Et il l'implore une deuxième fois pour en être certain…

C'est l'automne le plus triste que Guillaume a vu depuis qu'il est en âge de comprendre ce qu'est la tristesse. Malgré son jeune âge, il saisit toutes les nuances du monde complexe qui l'entoure. Oui, Guillaume se sent suspendu en l'air, attaché à une mince ficelle qui joue avec ses nerfs. Le temps est à l'orage, la brise, légère, étonne par son ronronnement qui fait craindre le pire. Les arbres ne savent plus où donner de la feuille et l'air a des odeurs de terre humide. Des relents de fin du monde. Le sien.

En jouant dans la cabane clouée aux érables dans la cour, Guillaume fixe l'horizon. Un claquement de porte interrompt ses pensées. La Pontiac de son père fait crisser ses pneus, puis un inquiétant silence se pose dans le voisinage. Michelle, en larmes, apparaît dans la « porte-patio ». La voix éraillée, à demi éteinte, elle hurle le nom de son fils. À chaque mention de son prénom, Guillaume sursaute, mais se garde bien de répondre aux cris désespérés de sa mère. Et là, il la voit quitter la maison, sans sa veste qu'elle affectionne tant, courir dans tous les sens. Cherche-t-elle son mari ? Lui-même ? Du haut de ces majestueux érables, Guillaume ne peut voir l'expression de panique qu'affiche sa mère mais il la devine. À dix ans, même si ses parents tentent de l'exclure lorsqu'ils s'engueulent, il perçoit assez de bribes, de bouts de phrases pour déduire que papa et maman ne s'aiment plus. En fait, ils se détestent, mais Guillaume essaie d'améliorer la donne en restant poli.

Depuis quelques mois, son père vient de moins en moins à la maison et sa mère sombre de plus en plus dans cette même maison. L'atmosphère est lourde, étouffante. Il préfère jouer à l'extérieur, même seul. Si seulement ils lui avaient offert un frère ou une sœur ou quelque chose du genre pour lui changer les idées et les larmes en or. Du même coup, quand il pense de tels trucs, il se console qu'ils ne soient pas deux à vivre cette connerie. Sa mère, jadis si douce, dévouée, celle qui jouait par terre en se roulant parmi des tas de jouets, n'accepte pas que sa famille s'effrite ainsi. À l'usure, elle est devenue amère, un volcan éteint qui ne se contient plus. Bien sûr, elle a eu des amants, de multiples et banales histoires d'un soir, à ne plus pouvoir les compter, mais jamais rien de sérieux. Il a fallu que son mari fasse tout basculer en franchissant la limite qu'ils s'étaient eux-mêmes fixés. Il fréquente une autre femme. Une maîtresse avouée. Dans toute sa grandeur d'âme, il lui a proposé qu'elle s'offre elle aussi un amant, un vrai. Que cela l'épanouirait, et tout le babillage incohérent d'un homme qui tente de se hisser la tête hors d'un immense océan de culpabilité. Guillaume nage entre les deux et tente de recoller les cœurs brisés. Michelle, malgré la connaissance des effets pervers de son comportement, se confie beaucoup à son fils. Et Guillaume n'a pas les épaules et le moral pour supporter ces douloureux témoignages. Mais il sait faire la part des choses et, pour sa survie, il garde la tête froide dans toute cette myriade de sentiments, témoin de ce démantèlement familial.

Comme il s'apprête à poursuivre la lecture d'un Spirou aux pages jaunies, Guillaume aperçoit une tache noire à la fenêtre. Même s'il est certain que sa vue lui joue des tours et qu'il a un urgent besoin de lunettes, il fixe la «porte-patio» à nouveau. C'est une femme. Jeune. Jolie. Qui malgré son visage défait par les larmes garde fière allure. Guillaume trouve qu'elle a l'air d'un ange comme ceux qu'il voit à l'église depuis que sa mère essaie de donner un sens à sa vie grâce à Dieu.

Sans réfléchir, Guillaume dégringole l'échelle de fortune qui le mène en quelques secondes sur la terre ferme. Gênée, la jeune femme, dans un geste sec, s'essuie les joues et se dérobe à la vue de Guillaume.

En pénétrant chez lui, Guillaume prend le pouls du malaise qui bat son plein. Respectueux, il évite de croiser du regard la patiente de sa mère, puis fouille dans le frigo à la recherche d'un fruit quelconque. Habituellement, les «clients» de Michelle entrent et sortent incognito. Une pièce au sous-sol, immense, superbe, pleine de livres et de boiseries, accueille les personnes en détresse. Des gens de toutes sortes vont et viennent dans cette maison. Des femmes surtout. Le peu d'hommes qui se présentent à Michelle sont discrets, gênés qu'on sache leurs faiblesses, leur manque de courage face aux épreuves qu'ils vivent.

En sourdine, Guillaume perçoit les faibles pleurs de la jeune femme, cachée dans le salon, tout près de lui. Il veut tant aller la voir. Pas lui jaser de la pluie et du mauvais temps… seulement mettre sa main sur son épaule. Lui montrer qu'il compatit avec sa tourmente, qu'il comprend plus qu'elle ne l'imagine. Mais que fait Michelle? Pourquoi le laisse-t-elle dans ce genre de situation? La bouche pleine de raisins, alors qu'il jongle à comment se pousser d'ici, la jeune femme arrive dans la cuisine, lui fait face, veut visiblement lui parler. En ravalant sa peine, elle esquisse un léger sourire, le salue timidement.

– Guillaume, c'est bien ça?

– Oui.

– T'as l'air étonné? C'est ta maman qui m'a dit ton nom, elle me parle souvent de toi.

Le raisin vert qui amorce sa descente le long de la gorge de Guillaume freine brusquement. Michelle parle de moi à des étrangers? Pourquoi? Pour leur dire quoi? s'offusque Guillaume en détournant le regard.

— Elle t'aime beaucoup.

La secousse qui remue la jeune femme est telle que Guillaume recule, dans un réflexe de protection. Elle se met à pleurer comme si elle était l'affluent de toutes les peines du monde.

— Désolée. T'as quel âge?

— Dix ans. Bientôt onze.

Elle baisse la tête, inspire pour se donner un peu de contenance et s'assoit, un mouchoir à la main.

— J'ai un fils. Beaucoup plus jeune. Il te ressemble beaucoup. Il me manque…

— Il est où?

— Avec son père. Dans une autre ville, un autre pays…

— Ils vous ont quittée?

— Non, c'est moi qui les ai quittés… et ils sont partis ensuite.

Guillaume se met à son aise. Pendant que sa mère ne peut pas le gronder, il s'installe sur le comptoir. Il fait rouler dans sa main un raisin mou, peu appétissant. Il ne connaît pas tous les méandres de l'esprit humain, mais il sait reconnaître une âme perdue.

— Pourquoi t'es partie?

La question de Guillaume a le mérite d'être franche. La jeune femme, par son regard hypnotique, le fixe à lui en faire perdre ses moyens. Elle va lui répondre.

— Je suis partie parce que je suis incapable d'être mère, d'être une bonne mère, si je sais ce que c'est que d'en être une. J'ai décroché de ma famille. Littéralement. J'ai tellement voulu… j'ai tout fait pour aimer la chair de ma chair, mais j'en suis incapable. C'est terrible. Et c'est pour ça que je viens voir ta maman chaque semaine…

– Je vous comprends…

Elle marque une pause dans son monologue. Les yeux bouffis, les mains tremblantes, elle ne peut pas croire qu'un petit bonhomme de dix ans puisse la « comprendre ». Même si elle en doute beaucoup, elle le trouve touchant.

Et c'est là que Guillaume dépose sa petite main sur l'épaule cambrée de la jeune femme. Par ce geste tout simple, Guillaume lui signifie qu'elle doit se pardonner, qu'elle a du courage de faire un geste si incompris par ses semblables, qu'elle ne doit pas s'obstiner à donner ce qu'elle ne peut pas offrir. Confus dans ses émotions, Guillaume détourne la tête, admire les feuilles d'érable qui virevoltent. C'est l'automne le plus triste de sa vie, il n'y a pas de doute. Mais c'est le moment le plus vrai et humain de sa courte existence, ça compense tous les cieux grisâtres, toutes les petites fin du monde.

– Tu fais quoi ? Ça fait déjà dix minutes que je t'attends ! C'est qui, elle ?

Lui, c'est Fred. L'ami. Le grand ami. Le seul ami. Il se pointe le nez comme Jésus le matin de Pâques. Miracle imprévisible. Guillaume lui fait signe d'attendre à l'extérieur, qu'il va le rejoindre dans un instant. Méfiant, il dévisage la jeune femme. Confirme le tout d'un hochement de tête puis s'éloigne, sans mot dire, vers leur cabane déglinguée.

Quand Michelle entre, quelques minutes plus tard, Guillaume lui passe sous le nez, l'ignore et sort vite fait pour que l'air frais lui revigore les idées.

Il aperçoit Fred, juché dans l'arbre, un sourire de vainqueur aux lèvres.

Un médecin aux yeux pochés. Une technicienne à la chevelure terne. Un petit garçon au crâne rasé, regard vide. Une caissière blasée qui prend l'argent, remet la monnaie comme si elle travaillait à l'abattoir. Le cirque qui se déploie sous les yeux de Justine, ce midi, à la cafétéria de l'Hôpital général juif, tient du déjà-vu. En fait, toutes ces personnes sont interchangeables, toutes faites sur le même moule de l'épuisement professionnel.

Sauf Justine.

Elle adore son métier. Physiothérapeute. Peu importe les embûches qui se présentent à elle lors de son quart de travail, elle sait toujours comment composer. Très appréciée de ses collègues et patients, Justine amène fraîcheur et bonne humeur dans toutes les unités où elle passe. « Tornade noire », son surnom au boulot, elle le doit à son hyperactivité contagieuse et à sa longue tignasse ébène qui lui confère un look méditerranéen. Hommes et femmes tombent sous son charme, mais tous connaissent la Grande Histoire d'Amour qu'elle vit avec son beau Guillaume. Alors on la laisse tranquille, rêvant au jour où elle sera libre comme l'air.

Ce midi, Justine est étrangement lunatique. L'appétit n'y est pas ni l'éternel sourire qui aide ses collègues à terminer leur journée si éreintante.

En mâchouillant son croissant jambon-fromage, les yeux absents, Justine quitte lentement mais sûrement la cafétéria de l'hôpital, sort par une fenêtre ouverte, vole dans un dédale de rues, puis termine son périple dans un autre hôpital, le Sacré-Cœur.

Assise à ses côtés, son amie Élyse ose à peine la regarder, comprenant par son silence que Justine exige quelques minutes de solitude parmi ce brouhaha d'assiettes et de tiroirs-caisses.

Hier, Justine exhibait sa bedaine. Une jeune femme, une stagiaire probablement, scrutait les moindres recoins de son bedon à l'aide d'ultrasons.

Hier, Justine a fait connaissance avec Emma, sa fille. Guillaume ne sait pas encore qu'elle veut l'appeler ainsi, mais ça ne saurait tarder. Ses petites mains l'ont saluée, son petit corps tournoyait trop vite, rendant difficile l'identification du sexe.

Hier, tout l'aspect poétique de sa grossesse s'est envolé en une fraction de seconde.

Hier, elle a mesuré, en voyant sa petite Emma, toute l'ampleur de ce qui l'attend.

Hier, Justine s'est refermée sur elle-même et, ce midi, sur ce banc où un croissant lui tombe des mains, elle poursuit une analyse qui inquiète beaucoup Élyse.

Soudain, comme elle se lève de table pour retourner auprès de ses patients, une vision la fige, la bloque, cabaret à la main. Une jeune maman berce son nourrisson de quelques jours en plein centre de la cafétéria. «Cette femme semble tellement heureuse!» se dit Justine en se frottant les yeux pour vérifier qu'elle n'hallucine pas.

Tout devient noir. Un faisceau de lumière éclaire la maman qui chatouille son enfant du bout des doigts. Justine retient son souffle. Le temps ralentit. Elle voudrait courir, aller se cacher en petite boule dans le local des concierges, derrière les balais et porte-poussière.

Quelque chose change.

L'éclairage quitte la jeune mère pour se braquer sur un mur blanc laiteux de la cafétéria. Justine entend clairement le bruit d'un vieux projecteur 8 mm qui s'active. Elle voit des images floues, imprécises, de sa vie, de son enfance. Dans une béatitude parfaite, Justine ne pense à rien. Elle est la spectatrice privilégiée de sa propre existence.

À la même minute, dans la chambre voisine de Michelle Champlain, maman de Guillaume Champlain, Claire expulsait elle aussi un petit bout de chair rose nommé Justine Dupuis. Ils étaient deux à se balader sur la Lune ce soir-là: ils étaient deux aussi à prendre leur première bouffée d'air, trois cent soixante mille kilomètres plus bas. Le hasard a provoqué cette arrivée simultanée. Ce qui rend le tout encore plus unique, c'est que la petite Justine n'était pas attendue avant le mois d'octobre. C'est une chute dans un escalier qui a forcé le destin. Claire, ménagère chez les plus nantis, avait risqué une dernière fenêtre à laver, perchée sur le bout d'une petite échelle instable.

À cette époque, les médecins ne donnaient pas trop d'espoir à Claire, l'invitant à se préparer au pire, à l'idée que sa petite fille ne passerait pas la nuit. Croyante, Claire se mit à disperser mille et un lampions dans sa petite chambre exiguë. La mère de Guillaume, au courant du drame qui se vivait dans la chambre voisine, envoyait toutes ses pensées à Claire.

La médecine, parfois, est dépassée par certains phénomènes. La naissance de Justine en est un. Pesant à peine un kilo à la naissance, Justine, avec son éternelle foi en la vie, s'est accrochée et a fait mentir les prédictions. Sa maman remercia le ciel de ce miracle inespéré. Au chevet de sa petite, Claire, une femme forte au moral de fer et au cœur de velours, se faisait du mauvais sang pour deux.

Le père de la petite Justine n'y était pas.

Claire le savait et vivait le tout avec courage. Ce père volatile se nommait Marcel Dupuis. Artiste-peintre bohème et irresponsable, il était incapable de conjuguer famille et création. « Être père me bloque dans mon cheminement artistique. Je dois faire un choix, Claire, et je choisis mon Art ! »

Amoureux transi, romantique à l'extrême, il avait changé du tout au tout le jour où Claire lui avait parlé d'enfant. Un jour, dans un accès de folie, il brûla ses toiles et mit Claire à la porte, alors qu'elle était enceinte de trois mois. Rejetée, elle ne pouvait retourner chez ses parents qui refusaient une fille-mère dans leur famille. À dix-sept ans, elle occupa divers boulots tels que serveuse et barmaid dans une brasserie. Le propriétaire, un anglophone au grand cœur, l'hébergea gratuitement dans une des chambres qui servaient à autre chose qu'à piquer une sieste. Seule, elle éleva sa fille du mieux qu'elle put. La santé de Claire ne lui permettait pas de donner la vie une seconde fois.

Toute son enfance, Justine se cachait sous la galerie et, à l'aide d'un vieux walkie-talkie volé à un voisin de palier éméché, tentait désespérément d'entrer en contact avec un petit frère ou une petite sœur. Elle ne captait qu'un grésillement comme seule réponse.

Bien sûr, son père venait lui rendre visite de temps à autre, mais oubliait souvent de se pointer ou arrivait, la nuit tombée, complètement soûl, hurlant que sa princesse lui manquait, étendu sur le balcon.

C'est à l'âge de cinq ans que Justine vit son père pour la dernière fois. C'était le jour de son anniversaire.

Ce soir-là, Claire se mit devant sa fille, la protégeant des cris et des gestes brusques de Marcel qui voulait l'inviter à la maison pour une fête en son honneur. Les yeux humides de Justine firent craquer la maman et elle laissa partir sa petite avec son papa.

Inquiète, aux petites heures du matin, Claire prit sa vieille Plymouth et fila droit chez son ex. Il vivait sur une fermette aux allures de commune où artistes et paumés de la société se regroupaient pour « répandre leur créativité ». Aucun ballon, aucun cadeau, seulement des corps inertes, bourrés, jonchaient le sol. Marcel ronflait, couché sur une fille à moitié habillée.

Et il y avait Justine. Échevelée, à moitié endormie.

Innocente, elle se promenait entre les invités défoncés, sautillant comme s'il s'agissait d'un jeu de marelle. Catastrophée, Claire, qui brûlait d'envie de sauter à la gorge de Marcel et toute sa bande, calma ses instincts meurtriers, puis agrippa doucement Justine sans dire un mot.

Claire était femme de ménage chez les riches de la ville. Obligée de gagner quelques sous pour subvenir aux besoins de sa fille, elle retroussa ses manches et trimballa Justine d'un palace à l'autre.

Recherchant l'amour à tout prix, Claire s'offrait au premier venu, espérant ainsi procurer à son unique fille un foyer stable et aimant. La petite, habituée aux allées et venues des hommes lors du déjeuner matinal, cherchait elle aussi un père parmi ce ramassis de paumés qui ne voulaient que les charmes de Claire.

Toute petite, Justine pensait qu'un déménagement par an était la norme et que ceux qui restaient dans la même maison étaient malheureux, malchanceux de manquer tous ces voyages improvisés. Souvent, en pleine nuit, les déménagements de Claire se faisaient à la va-comme-je-te-pousse, remplissant les voitures des amants de passage pour fuir les loyers en retard. Comme tous les enfants, Justine s'habituait à cette vie de gitans, incapable de rêver à autre chose.

Ce mode de vie nomade rendait l'école et l'amitié presque impossibles. Par survie, Justine refusait catégoriquement de créer des liens, voyant en chaque enfant une perte éventuelle. Mais ces fréquents départs étaient loin d'être la pire entrave aux relations que Justine essayait d'établir.

Sa fulgurante beauté lui nuisait, repoussant les autres filles qui l'enviaient à mourir et effrayant les garçons qui voyaient en elle l'inaccessible femme fatale. Si bien qu'elle n'attirait que les plus bêtes, ceux qui ne voulaient que prendre leur pied avec un trophée sur deux pattes. Justine détestait farouchement son teint parfait, son corps ciselé, ses yeux de jade. Pour contrer ce don qui lui empoisonnait la vie, elle se négligeait, ne se maquillait jamais et portait des vêtements dépareillés.

Voyant que tous ses efforts ne faisaient que l'enliser encore plus dans une solitude qui lui pesait, Justine se mit à pratiquer tous les sports inimaginables : gymnastique, soccer, baseball, hockey, athlétisme, judo. À l'époque, les filles sportives de la trempe de Justine se comptaient sur le bout des doigts. Justine voulait se démarquer, renier sa part de féminité, alors elle poussait au maximum tout ce qu'elle n'était pas vraiment.

En vieillissant, Justine voyait bien que sa mère n'avait plus la santé pour se tuer au travail sept jours sur sept. Elle comprenait aussi autre chose : jamais elle ne reproduirait la vie de Claire. Elle ne la jugeait pas. Elle voulait seulement vivre normalement, sans toujours avoir ce satané serrement de gorge lorsque les comptes s'accumulent et que l'écho dans le frigo devient insupportable.

Très tôt dans la vie, Justine avait su se débrouiller. Elle aidait Claire les soirs et les week-ends à torcher les châteaux de riches, étudiait pour devenir physiothérapeute, faisant un détour obligé par la biologie, et collectionnait les aventures d'un soir, se concentrant sur son projet d'avenir plutôt que sur les garçons présents.

Souvent, Justine rêvait qu'elle soignait le corps des gens. Cela la motivait, car, s'amusait-elle à dire, c'est plus simple de réparer un genou qu'une tête remplie de lourds souvenirs...

On parle fort au comptoir. Le service reprend après un dîner fort mérité. Tous les spécialistes s'activent dans leur département. Les patients arrivent, repartent, attendent ; l'éternelle routine pour sauver le monde se remet en branle de plus belle.

Sauf Justine.

Encore absorbée par des images qu'elle pensait enfouies, elle trie des dossiers, manipule de la paperasse anonyme, s'occupant les mains pour reposer son esprit. À ses côtés, l'observant dans son mutisme, sa collègue Élyse lui glisse le dossier qu'elle faisait semblant de chercher. « Merci... j'oubliais, c'est un nouveau patient. Accident de la route. Bon, c'est parti ! Merci encore, Élyse. »

L'homme est plutôt costaud, froid. Justine sent qu'il trouve ses traitements un peu farfelus. En débutant sa tactique d'approche du « patient fermé », elle a un coup de chaleur qui lui monte à la tête. Pour se donner une contenance, Justine se penche, poursuit son monologue, face à face avec son patient. Le corridor se met à tourner. Elle aussi. En perdant conscience, alors qu'elle voit s'approcher vers elle une meute d'infirmières et de patients en mal de sensations fortes, Justine a tout juste le temps de parler à Emma : « Ne t'inquiète pas. Tout ira bien... »

Découragée, elle essaie à nouveau.

– Justine appelle petit frère, à vous…

En relâchant le bouton, elle se mord l'intérieur des joues. Les piles sont presque mortes, le faible grésillement de son walkie-talkie la rassure. Il règne une noirceur terrifiante dans cette étroite garde-robe. Vide. Justine en a profité pour l'habiter quelques minutes avant son départ. Un autre. Elle préfère penser à autre chose et retente le coup.

– Justine appelle petit…

On hurle son nom. Claire la cherche. Quand elle panique, la voix de sa mère est loin d'être douce. Militaire sous pression la représenterait mieux. Le timbre sévère de Claire se rapproche. Elle n'est pas dupe. À peine audible, elle perçoit le son du walkie-talkie de sa fille. Claire est épuisée. Depuis le lever du soleil, seule, elle remplit des quantités de boîtes pour son deuxième déménagement cette année. Cette fois-ci, ce n'est pas une question de loyer en retard. Non. Pour une fois, Claire avait réussi à travailler à trois endroits à la fois. Même s'il s'agissait de salaires de crève-faim, en les combinant, elle pouvait offrir le minimum à Justine. Pour une fois, elle avait réussi à trouver une certaine tranquillité d'esprit, même si elle était cernée, maigre et toussait comme un bûcheron. Il a fallu que le proprio de son logement lui fasse des avances, qu'il ait voulu, à plusieurs reprises, la forcer à se donner à lui. Mais Claire n'en fait pas un plat, elle ne joue pas à la victime, même si c'est le cas.

La nuit précédente, elle s'est soûlée sur le balcon, espionnant les voisins dans leur quotidien. Elle n'a rien de la voyeuse typique. Elle est simplement curieuse du bonheur des autres. Ce déménagement la rend agressive, et Justine reçoit souvent le pot.

— Sors de là, tout de suite, Justine Dupuis, t'as huit ans, t'es plus un bébé pour jouer à ces niaiseries-là !

— Laisse-moi, maman…

— Il fait un soleil de plomb à l'extérieur et toi, tu t'entêtes à t'enfermer. Il y a même tes amies qui sont dans la ruelle derrière, elles crient ton nom, elles t'invitent.

— Mes amies ? Je connais pas leur nom.

— Peu importe. Fais comme tu veux. Trop de trucs à penser pour perdre mon temps avec toi.

En entrouvrant la porte, Justine remarque deux hommes qui aident sa mère à préparer leur départ vers de nouvelles aventures. Elle ne les connaît pas. Des clients de la brasserie où elle travaille le soir, sans doute. Par la fenêtre de sa chambre, Justine confirme les dires de sa mère. Trois petites filles, blondes, aux robes neuves et fleuries, jouent à la poupée. C'est-à-dire qu'elles jouent à reconstituer une famille. Le papa, la maman, les enfants. Elle déteste ce jeu. Le trouve ridicule. Toutes les autres joueuses ont une famille complète. Elles s'amusent à recréer le monde qu'elles connaissent. Pas Justine. S'amuser avec ce qu'elle ne connaît pas, elle trouve ça vraiment triste. Sauf qu'aujourd'hui, c'est différent. Elle en a envie. Et elle ne comprend pas. Orgueilleuse, elle préférait descendre l'escalier, accepter l'offre des garçons pour jouer au hockey à pied et ignorer celle des petites filles à maman. En coup de vent, elle sort de sa chambre et dévale les marches qui mènent à la ruelle, bondée d'enfants.

– Hé! Justine! Tu viens jouer avec nous? demande le plus joli des garçons, une casquette des Expos bien vissée sur la tête.

– Pas aujourd'hui, merci, je vais aller jouer avec les filles. Peut-être plus tard.

Le jeune garçon, en observant le va-et-vient des hommes qui transportent des boîtes hors de l'appartement de Justine, saisit l'émotion dans la voix de sa jeune amie. Elle le quitte. Jamais plus ils ne se reverront. Mais, un garçon de dix ans, fan de baseball, la bouche pleine de chewing-gum, ça ne pleure pas. Alors il lance la balle à un ami et disparaît dans un troupeau d'enfants qui jouent à cache-cache.

– Bonjour, les filles! Je peux me joindre à vous? dit Justine, nerveuse.

– Oui... Les gars ne veulent plus de toi, maintenant?

– Euh! non, c'est moi qui veux pas.

La plus grande des trois, une blonde d'à peine sept ans qui fait tout pour avoir l'air de douze, soupire et tourne le dos à Justine. Mise à l'écart du caucus, Justine, la couenne dure, s'impose en se frayant une place à travers les blondinettes.

– À quoi on joue? crie Justine, baveuse.

Les complices se dévisagent, une attendant que l'autre fasse les premiers pas.

– On pensait jouer à la famille.

– On peut pas, y a pas de garçon.

– T'es pas vite, on fait semblant. On s'en fout, des gars ! dit la première.

– Franchement ! poursuit la deuxième.

– Pffttt ! complète la troisième.

Quel comité d'accueil ! Habituée à ce genre de scène, Justine, dans un élan de confiance cachant à merveille sa timidité, s'impose et prend l'initiative du jeu.

– D'accord. Je serai… la maman. Toi, tu seras le père. Et toi, le petit frère. Toi, vu que t'es la dernière, tu feras la grande sœur ! On s'installe où ?

À peine Justine finit-elle la distribution des rôles que les trois barbies prennent le large pour aller regarder les garçons jouer au hockey. Elle est déçue. Pour une rare fois dans sa courte vie, Justine avait voulu se mêler aux filles de son voisinage. Elle les trouve toujours trop douillettes, trop fragiles, trop pies. Sa fougue, son tempérament et même son allure font penser à ceux d'un garçon.

Un gros barbu, bouteille de bière à la main, s'approche de Justine et lui dit qu'elle est aussi belle que sa maman, qu'il est triste qu'elles le quittent aussi vite et toutes les insanités que peut produire l'esprit tordu d'un propriétaire alcoolique. Se rappelant les conseils de sa mère, Justine se pousse et grimpe l'escalier aussi vite qu'un chat de gouttière.

– Tiens, tiens, si c'est pas la petite noire qui vient nous donner un coup de main ! hurle un des deux hommes venus aider sa fragile maman.

– Claire est où ?

– Ici, ma grande !

Juchée en l'air, les bras en extension, telle une acrobate d'un cirque chinois, Claire est au bout du rouleau. De là-haut, elle voit sa petite Justine, minuscule tête d'ébène au milieu de ce fatras de boîtes, de meubles et de sacs de vêtements, l'implorer, de ses grands yeux émeraude, que ce «voyage» soit le dernier. Claire n'a pas dormi la nuit dernière. Une amie d'une amie d'une amie est censée lui trouver un logis dans l'est de la ville. Elle en doute.

– Claire ? T'es dans la lune ?

– Ben non, ma noire, je suis dans l'escabeau !

Elles rient en harmonie. Une cascade de sons qui provoque une petite fin du monde dans cette cuisine décolorée de Saint-Henri.

En fin de journée, quand Claire fait ses adieux aux voisines, amies aussi vite perdues que trouvées, tout le monde boit, célèbre le départ des deux femmes comme s'il s'agissait d'une noce italienne. Enfermée dans la voiture, une Mercury Cougar 1973, Justine a les jambes engourdies. En boule, elle se fait discrète entre les boîtes de carton qui encombrent l'habitacle. Elle ne veut pas affronter une nouvelle fois les pleurs, les déchirements de ces au revoir qui s'éternisent. Trop d'amies perdues et si peu retrouvées.

En lui plaquant un bec sur la tête, Claire, émue mais forte, s'engage dans la ruelle, klaxonnant les enfants qui s'amusent autour d'elle. Dans un silence mystique, les yeux aveuglés par un soleil radieux qui se cherche un coin, mère et fille se regardent, s'ouvrent le cœur. Sans dire un mot, Claire lui demande pardon. Justine le lui accorde, sans trop y penser. Le menton appuyé sur le bord de la fenêtre, les cheveux au vent, Justine fait un serment : si jamais elle a un enfant un jour, elle fera tout en son pouvoir pour ne pas lui montrer le regard désespéré que Claire lui dévoile en ce moment. La radio lui fait perdre le fil et elle s'endort, le visage bercé par le vent chaud de juillet.

# Maintenant

Même s'il fait tout pour passer incognito, Guillaume fait tourner les têtes des infirmières du nouveau quart de travail et celles de mamans nouvellement certifiées. Personne ne peut dire à quoi rime ce pouvoir d'attraction que Guillaume maîtrise à la perfection. Lui-même n'y comprend rien. Est-ce son look ténébreux d'antistar du rock? Son corps filiforme mais juste assez musclé? Ses yeux noirs immenses qui séduisent autant qu'ils perturbent?

Ce matin, Guillaume est loin de Casanova. Incapable de trouver le sommeil dans sa maison vide de banlieue, il s'est rabattu dans la chambre d'amis du sous-sol non fini. Le terme «ami» accolé à cette pièce lugubre est un peu excessif. Aucun criminel de guerre n'y passerait la nuit. Décorée au goût du jour 1954, cet espace-temps, savant amalgame de stucco et de tapisserie de fleurs non répertoriées, donne la frousse à Guillaume chaque fois qu'il le croise lorsqu'il descend à la salle de lavage. Une chambre où fermer l'œil est un geste insensé du même type que traverser l'Atlantique en pédalo.

Aucune chance de briser des cœurs aujourd'hui, se dit-il, en croisant son reflet de naufragé dans les fenêtres du poste de garde. Ses bâillements résonnent dans le long corridor austère et incolore. Vu l'âge vénérable de l'hôpital, Guillaume se laisse prendre la tête par une série de flashs macabres, mélangeant dissection et lobotomie. Une jeune infirmière lui sourit, ignorante du fouillis qui sévit dans sa caboche épuisée. En lui retournant la politesse, Guillaume ralentit le pas.

S'immobilise.

La vision d'une horde de couples qui bercent, cajolent, dorlotent leur poussin lui donne le vertige. Il pourrait balayer le tout du revers de la main en rejetant la faute sur un déjeuner inexistant, mais il sait trop bien que c'est une tout autre chose qui le chavire ainsi : le doute immense de ne pas être à la hauteur.

Ce gaillard, un peu gauche mais tellement dévoué, clame haut et fort à la belle-famille que c'est le plus beau jour de sa vie.

Un autre, plus discret mais tout aussi pâmé, serre femme et enfant dans le creux de ses bras comme s'il les protégeait d'un quelconque ouragan. Un rapide survol permet à Guillaume de confirmer l'inévitable : il est le seul qui refuse de franchir cette porte grande ouverte, préférant se pousser par l'escalier de secours. Ça le tue. Jusqu'à ce jour, tout lui réussissait. Ses études, ses amis, ses amours (*sic*), ses boulots, ses élèves, ses collègues, tout un chacun sans exception l'idolâtrait. Il était un modèle de volonté, d'effort et de courage. Et si son parcours presque sans tache n'avait pas été ébranlé par l'énorme bombe Emma, une statue en son honneur aurait bientôt été érigée.

Ce délire narcissique a l'avantage de prolonger le moment où il franchira le point de non-retour : la chambre de Justine.

Une infirmière, dans un élan gracieux, lui pointe ladite chambre en poursuivant son chemin vers la route du bonheur éternel et de la félicité. Pas de bonjour ni de bonne chance. Guillaume, paralysé, préfère attendre dans le vide. Il regarde le plafond, évalue la qualité des conduits d'aération, tripote son iPod en cherchant une pièce des Beach Boys. Regain d'énergie assurée. Un malaise digne d'un strip-tease à des funérailles le fait vaciller. L'estomac dans les mollets et le cœur dans les omoplates, Guillaume s'appuie sur un meuble en inox rempli de débarbouillettes et produits sanitaires divers. Athée jusqu'au plus profond de son âme et un peu plus loin, Guillaume Champlain prie. Qui? Aucune idée. Sans doute un relent d'inconscient collectif religieux. Prier? Ses mains ont quasiment exécuté le signe de croix. Il perd les pédales et la bicyclette au grand complet. Avec *California girls* à faible volume dans les oreilles, Guillaume pénètre, l'air désinvolte, à l'intérieur du donjon.

Une jeune demoiselle, vingtaine, blonde, plie du linge de bébé. Son petit garçon se repose dans le grand lit blanc. C'est son minuscule bedon qui frappe Guillaume. Descend. Monte. Descend. Le rythme paisible et effréné de la respiration du nouveau-né hypnotise Guillaume dans l'embrasure de la porte.

– Oui? Vous êtes?…

– Je… Guillaume Champlain, je suis un peu… perdu.

Elle rit tout en empilant des jolis pyjamas bleus dans une valise démodée. Sereine, elle continue son travail en jetant des coups d'œil furtifs à son bébé.

– Désolé… je croyais que c'était la chambre de ma copine.

– Et elle se nomme?

– La copine?

– Non, la fille.

– Comment savez-vous qu'il s'agit d'une fille?

– Coup de chance.

– Emma, lance un Guillaume qui cherche ses mots.

En enveloppant son bébé garçon aux cheveux hérissés, elle s'approche vers Guillaume et le dévisage le plus sérieusement du monde.

– Je comprends votre inquiétude. Si je suis seule ce matin, c'est qu'un homme que j'aimais a écouté sa peur plus que son cœur. Je ne veux pas jouer à la victime qui jette sa rage sur tous les hommes de la planète, trop facile. Je préfère motiver ceux qui seraient tentés de l'imiter.

Tout remué, Guillaume sort de la chambre et se demande s'il s'agit d'un coup monté, comme si la vie faisait tellement bien les choses qu'on devenait méfiant. Brian Wilson fait vibrer ses cordes vocales. Cette bonne humeur de plage et de bikini contraste tellement avec le silence quasi monastique qui règne autour de Guillaume qu'il recule de quelques pas, salue l'apparition de la journée et tape du pied en sifflotant. Direction chambre de maman Justine et bébé Emma.

En tournant le coin, à sa droite, Guillaume est témoin d'une scène qui le met nez à nez devant ses futiles pensées de père nombriliste.

Une femme, penchée au-dessus d'un incubateur, les yeux rougis, pleure et murmure des mots tendres au petit être qui s'accroche désespérément.

Un homme, en retrait, vit autrement cette réalité. La figure dévastée, le corps voûté, il met sa main devant sa bouche, dernier geste capable de lui donner un minimum de dignité.

Il est à deux doigts de s'effondrer.

Ils semblent porter une peine si gigantesque que Guillaume est incapable de les observer une seconde de plus.

Discrètement, il s'approche de la fenêtre. Une infirmière, le nez dans ses dossiers, lève la tête et lui demande, d'un signe de tête brusque, ce qu'il peut bien vouloir. Il la rassure en mimant un truc assez flou. Elle hausse les épaules, replonge. Pendant près de trente secondes, Guillaume observe les moindres plis, membres, tubes, pansements, électrodes, doigts, pieds. Les parents lèvent la tête vers Guillaume. En un léger sourire, anodin, imperceptible, Guillaume leur dit bon courage, qu'il leur souhaite que tout rentre dans l'ordre. En retour, ils lui envoient un merci du bout des lèvres, puis repartent, tête la première, dans leur matinée faite d'espoir et de doute.

Déboussolé, Guillaume se dirige au pas de course vers la chambre de Justine. En évitant de justesse quelques infirmières et femmes en contractions, il est convaincu qu'il explosera de joie lorsqu'il verra Emma. Il sait maintenant que toute cette hésitation est normale et qu'elle ne fait que confirmer tout l'amour qu'il voue à sa fille. Débordant de bonnes intentions, Guillaume ouvre la porte tout doucement, prêt à se faire défigurer tant l'amour qu'il ressentira lui sautera en plein visage.

Rien.

Néant.

Il voit sa blonde différemment et sa fille, bien qu'il l'aime comme un père se doit d'aimer son enfant, ne lui transperce pas le cœur comme il l'espérait tant. Il se mord les lèvres tellement il est déçu de rester si froid aux plus belles émotions d'une vie. Pourquoi est-il si fermé, si rationnel dans son émotion ? Guillaume veut tellement être le gars qu'il n'est pas qu'il fait pitié à voir. La pression qui lui pèse dans le cœur commence à le faire faiblir. Il se doit d'agir. Vite.

Dans une combinaison de gestes lui donnant une note parfaite, Guillaume sourit et embrasse Justine, puis prend sa fille dans un naturel qui lui vaudrait sur-le-champ l'Oscar du meilleur acteur. Justine n'y voit que du feu. Emma roupille à poings fermés. Pour briser une glace qui épaissit à vue d'œil, Guillaume demande à Justine si elle a passé une bonne nuit.

– Superbe nuit. J'ai dormi comme un bébé. Emma aussi.

Jeu de mots qui fait rigoler le couple et la glace se divise, cède, créant deux embâcles qui s'éloignent l'un de l'autre au gré du vent.

La dérive des sentiments.

– Et toi, t'as bien dormi ? Ça devait te faire drôle d'être seul à la maison ? lance Justine, l'air de tout.

– Vraiment bizarre. J'arrêtais pas de penser à vous deux…

Stop. Stop. Ça ne colle plus. Nous sommes ridicules. Nous l'avons toujours été, j'en conviens, mais ce matin, on atteint des sommets inégalés. L'Everest de la connerie. Non, cher Guillaume de mes rêves, tu n'as pas pensé à nous deux minutes. Dès que tu as franchi la porte, je voyais toute la misère du monde alourdir tes nouvelles épaules paternelles. Et non, non et re-non, Guillaume, tu ne crois pas un seul instant à ce qui t'arrive. Je sais, car je partage le même sentiment. Sauf que vaut mieux fermer notre gueule avec tout ça, hein ? Se perdre dans le marasme quotidien des boires, des couches, des nuits blanches sera notre salut, mon vieux. Nous pourrions en tant qu'adultes consentants (si peu) et intelligents (encore moins) nous asseoir quelques minutes et discuter de nos peurs, nos angoisses, nos craintes, mais nous ne le ferons pas.

Pourquoi ?

Un mot : peur. Cette foutue tare qui empoisonne la fine couche de confiance en soi qu'il nous reste.

Nous sommes mourants, marrants, navrants.

Deux imbéciles, perdus en pleine forêt, un qui parle russe, l'autre cantonais. On a beau gesticuler, pointer des trucs, se taper la tête sur les arbres, c'est perdu d'avance. Et ravale ce sourire niais qui te donne l'air d'un retardé.

— Je vois que t'as passé ta première nuit blanche. Ça pas l'air d'aller.

— T'en fais pas, je vais très bien.

— OK, arrête de faire la femme forte en contrôle, ça fonctionne pas.

— J'essaie seulement de garder le fort, dit Justine sur un ton de reproche.

— T'étais d'accord, pourquoi tu...

— J'aurais aimé que t'insistes ! Bon ! J'aurais aimé que tu sois un peu moins enjoué à l'idée de foutre le camp.

— T'aurais dû le dire, pas jouer aux devinettes. Je suis désolé, j'avais envie d'être seul...

— Voyons donc, Guillaume, réveille un peu ! T'as maintenant une autre personne que ton petit Toi à penser...

Il détourne la tête. Le ciel est d'un bleu parfait, un bleu comme dans les dessins animés. Guillaume doit y chercher quelque chose d'important, car il ne le lâche pas des yeux pour faire avorter cette conversation qui n'aurait pas dû voir le jour. De dos, il regarde dormir Emma. Je l'imite.

Dans les films, les nouveaux parents ont le sourire fendu jusqu'au front, le bébé sort tout droit d'une annonce de couches, grands-parents et amis inondent la jeune famille d'une montagne de cadeaux. Oui, c'est ce que je disais… dans les films.

Les parents de Guillaume doivent passer ce soir, ainsi que ma mère et quelques amis, mais nous sommes coincés : nous sommes si seuls et, du même coup, nous ne voulons voir personne. Comme si nous ne savions pas comment afficher la joie qui est censée nous couler sur le visage comme du mascara bas de gamme. On fera ce qu'il faut pour rassurer tout notre monde, pour ne pas les inquiéter inutilement et qu'ils partent en courant à la DPJ. En fait, on fera notre possible, c'est déjà énorme, vu les circonstances.

Cette petite inconnue qui ronfle presque si on y prête une oreille attentive, cette poupée qui chambarde notre vie comme une Spartiate en colère, cette magnifique fillette nommée Emma nous renvoie un miroir peu reluisant de nous-mêmes : de misérables adultes incapables de nous relever les manches, préférant fuir une réalité qui pourrait, une fois dans notre vie, nous rendre vraiment heureux.

Le lendemain, après que le médecin ait autorisé mon congé, je prépare les valises pour un retour qui brasse des émotions en moi.

Je suis une maman.

Même si je me le répète sans arrêt depuis hier comme un mantra, ça sonne creux. La moitié de mes amis me disent qu'avoir un bébé à trente-quatre ans, c'est chercher le trouble, que ça frôle la limite du raisonnable. Tandis que l'autre moitié m'affirme que c'est l'âge idéal, que notre jeunesse a été vécue à fond, qu'avec les études, les carrières, il n'y a rien de plus normal.

Ils ont tort. Tous.

Dans mon cas, quatre-vingt-treize ans aurait été l'âge parfait. Je donne la vie pour ensuite rendre la mienne, comme dans une course à relais.

Guillaume tente de déchiffrer le fonctionnement du siège d'auto. En bon intellectuel, il s'obstine à lire la traduction franglaise du manuel de l'utilisateur. Emma, bien écrasée au fond de l'objet maudit, cligne des yeux, aveuglée par un soleil perçant. Il abandonne, prêt à poursuivre en Cour suprême tous les fabricants de sièges pour enfant. En un clic et un serrement de ceinture, Emma est attachée, enchaînée, capable d'affronter un séisme et deux, trois raz-de-marée. Insulté, Guillaume me félicite d'être l'homme du couple et que le duvet de moustache qui pointe sous mon nez fera une équipe du tonnerre avec mes aptitudes manuelles. Je le pousse sur le lit en un éclat de rage assez complice. Rapidement, il me tire vers lui, manquant de faire tomber Emma par terre. Je sacre comme un bûcheron et engueule Guillaume, brisant ainsi une magie qui était sur le point de naître. Il m'engueule à son tour, se justifie en m'expliquant qu'il avait tout calculé, que son geste était très sécuritaire. Je fais semblant d'y croire et l'embrasse sur la joue. Il me pointe sa bouche, jouant au gars qui fait pitié. Nous nous enlaçons vigoureusement, mais je ne me sens pas d'attaque pour une partouze avec le personnel infirmier. Enflée de partout, et même à des endroits où je ne pensais pas que c'était possible, je manifeste mon inconfort à Guillaume et lui, gentleman, m'aide à me relever, puis empoigne mes valises, remplies comme si je revenais d'un voyage de quatre ans au Costa Rica.

Tel un défilé de la fierté parentale, nous déambulons dans le corridor qui mène à l'ascenseur. Vivement qu'on retrouve le rez-de-chaussée de nos vies. Une jeune infirmière nous observe d'un drôle de regard. Je ne sais pas si c'est du mépris ou de l'admiration. Toute rouge, elle s'approche et fait des guili-guili à Emma. Puis elle relève la tête et nous dit, sur un ton solennel digne de l'hymne national :

« J'en vois, des parents, dans une journée. De toutes les sortes. Mais si je peux me permettre, jamais je n'ai vu de parents si complices, si amoureux. Votre petite fille aura les meilleurs parents du monde, c'est certain. Quelque chose illumine votre couple. C'est difficile à expliquer mais c'est bien là. Bravo pour ce bel enfant! J'aurai des pensées pour vous, pour que votre retour à la maison se passe bien. Au revoir!»

Je fixe Guillaume. Il hausse les épaules. J'en ai maintenant la preuve: le personnel est surmené. Ces longues heures supplémentaires altèrent leur jugement, c'est évident!

Le coup de marteau, de masse, de grue, de dix roues, je le reçois en pleine tronche quand je dépose Emma, endormie dans son siège, sur le tapis de laine rose qui se trouve sur le seuil de sa chambre. En m'appuyant contre le mur, mes joues en rivières, j'espère que ce dernier est bien solide. L'effet que cette petite me fait est à ce point violent que je ne suis pas capable de calmer mes sanglots. Sans me juger, sans dire un mot, sans me passer à l'interrogatoire, Guillaume apparaît derrière moi et me berce. Me faire bercer par le père de ma fille est une des plus belles choses qui me soient arrivées dans la vie. Incapable de voir quelque chose à travers ce flot de larmes, je ferme les yeux et demande à ma fille d'être indulgente envers sa frêle maman. Pendant de longues minutes, en silence, Guillaume et moi regardons dormir Emma. En la caressant du bout des doigts, sans que personne ouvre la bouche, nous lui avouons: «J'aime cet enfant plus que ma propre personne...» Et là, instantanément, elle ouvre les yeux.

# Avant

Le nez collé sur la vitre embuée, si près qu'il ne distingue plus son propre reflet, Guillaume guette le coin de la rue. D'où il se trouve, toutes les voitures se ressemblent, amas de tôle avançant péniblement dans les rafales qui essaient de se faire tempête. Il l'attend. Il aimerait avoir la bonne phrase, le regard amoureux, plein de compassion. Son cœur lâche. Est-ce bien la petite Corolla ? Non. Fausse alerte. Ses intentions sont nobles, pourtant. Il voudrait tant bien faire. Il sait qu'il doit manœuvrer sur un fil ténu, au moindre faux pas, il peut foutre le camp et ça sera une espèce de point de non-retour. Prudence.

La voilà.

En suivant du regard sa douce qui avance péniblement dans l'allée enneigée tel un bonhomme Carnaval éméché, il lâche prise et se fait confiance. Ne rien dire, à peine, seulement lui montrer qu'il est là, qu'il l'écoute, sans jugement, sans solution prêt-à-penser.

Justine pousse la porte avec fracas, sacrant après le temps de merde qui tombe du ciel, pestant contre les tonnes de bottes qui s'empilent dans leur minuscule portique. Sourcils, cils, joues, pleins de neige. Collante. En silence, elle enlève tuque, mitaines et manteau. Guillaume, sans dire un mot, s'approche, l'étreint, lui souffle dans le cou, frotte avec son index la neige qui fond sur sa joue. Les deux voudraient débuter, rassurer l'autre, jeter des bases solides pour l'ouragan qui se pointe. Patience, se disent-ils. L'autre finira bien par céder. Les minutes passent. Enlacés sur la causeuse du salon, ils refusent de regarder l'autre. La peur les glace. Alors, comme des virtuoses de l'art dramatique, ils se lèvent d'un bond et se lancent des banalités. L'accrochage de Justine dans le stationnement, le tableau difficile dans le jeu vidéo de Guillaume. Justine, en s'épongeant le visage, est frappée de plein fouet par l'hypocrisie qui refait surface. Des mois, des années qu'elle balaie, repousse le désir de donner la vie. Elle est convaincante, la Justine, elle sait ce qu'elle veut. Souvent. Les soirs de doute, Guillaume sait lui donner raison. Et vice-versa.

Aujourd'hui, l'absurdité de la vie la rattrape. Dans le Grand Plan de la vie, de sa vie, jamais elle n'avait prévu ce truc-là. Comme si la vie riait de sa gueule en lui annonçant qu'elle ne pouvait pas tout contrôler, que ses envies d'enfanter verraient le jour, qu'elle le veuille ou non ou à moitié. Préparant un dîner pour passer le temps, car ni lui ni Justine n'ont le cœur à casser la croûte, Guillaume déteste l'ambiance qui s'installe autour d'eux. Comme si l'heure était grave, que leur joie sonnerait fausse s'ils se laissaient aller aux effusions de bonheur. Père ? Mère ? La question avait été abordée quelques fois, la dernière étant il y a plusieurs mois en plein déménagement, la fatigue étant probablement la grande responsable de leur défaillance.

Mais là, plus de place pour les questions, faut agir. Et vite. Sur un dix sous. Virage à cent quatre-vingts degrés. Qu'ils le souhaitent ou non.

Nerveuse, Justine se met à rire. Un fou rire incontrôlable, comme si elle se rappelait une vieille blague franchement drôle. Mais aussitôt, elle se braque, rougit, s'excuse. Tout en déposant la laitue sur leur sandwich, Guillaume la fixe avec tout l'amour qu'il peut. Baisse la tête à nouveau et lui demande pourquoi elle s'excuse, qu'elle est si belle quand elle ricane pour rien.

– Ben, je ris pas pour rien. Je ris parce que je sais qu'il n'y a plus d'issue, alors au lieu de pleurer…

– T'as le goût de pleurer ? Braille, ça fait du bien.

– T'as les yeux rouges.

– Allergies.

– T'es con.

– Un sandwich ?

– Pas faim.

– Pareil pour moi.

– Pourquoi t'en fais alors ?

– Ben, il est midi, alors je pensais…

Silence. Le vent rugit sur la « porte-patio ». Les arbres résistent. Désert blanc.

– Et on fait quoi maintenant ? lance Justine, les bras croisés, le regard fuyant.

– On va pelleter.

– Arrête. Faut parler.

– Je sais. C'est juste que je sais pas quoi dire.

– Ce que tu ressens.

– Bingo. C'est précisément ça que je sais pas.

– Nous sommes deux.

– Trois.

Guillaume ne l'a pas prémédité. C'est sorti comme un boulet de canon, un mot qui attendait sur le coin de la bouche, celui qui en dit tellement, un lapsus qui ne pardonne pas. Le front plissé, bouche grande ouverte, Justine ne réussit pas à décoder le sens de ce «trois» lancé à toute vapeur, sans préliminaire. De l'ironie? Un clin d'œil coquin? Une provocation? Une invitation à un duel à l'aube?

– Tu sais compter, dit Justine, le regard moqueur.

– Désolé.

– Du tout. Y a pas meilleure façon d'aborder… tout ça.

– C'est drôle.

– Quoi?

– Je pensais pas que tu réagirais de cette façon.

– Je me disais exactement la même chose.

Pomme d'Adam qui monte, descend. Soupir, souffle dans le toupet.

– Tu penses à quoi?

– La pilule, tu…

– Stop. Un oubli. Un seul. En seize ans. Je peux même te dire la journée.

– C'est bon. Je voulais comprendre, sans plus.

– La main de Dieu, mon Guillaume, la main de Dieu! Quand le Destin se met à déconner, tu… Hé! merde!

Visiblement fragile, Justine se lève d'un bond, marche vers la salle de bain, revient, prend une bouchée d'un sandwich.

– Euh! c'était le mien.

La bouche pleine, elle frappe Guillaume sur l'épaule, le traite de con. Mais son ricanement étouffé fait place à de gros sanglots incontrôlables. Guillaume, pris au dépourvu, la retient, l'invite à se rasseoir. Il se ressaisit, se penche pour un tête-à-tête plus que nécessaire.

– Pleure pas. C'est une belle nouvelle, au fond, y a personne de mort.

– C'est vrai. Pas encore.

Les yeux troublés de Guillaume en disent long sur le doute qui le submerge. Justine se doit de le rassurer. Elle lui prend le visage à deux mains.

– Je déconne. Je parle pas du bébé. Je crois que nous devons le garder, c'est clair. T'en penses quoi ?

– Oui. C'est clair aussi pour moi.

Justine se prend la tête à deux mains. Elle est convaincue qu'elle fait un sacré cauchemar ou bien on la piège à une émission de télé.

– Stop. On se calme. Je vais virer folle, Guillaume.

– Je ne sais pas trop quoi dire, je suis dépassé.

– Fallait pas, fallait juste pas !

– Dis pas ça.

– Vrai ou pas ?

– Justine, on s'aime, on devrait être capables de…

– Je pourrai pas être à la hauteur ! Une vraie crisse de *joke*, oui ! Je suis handicapée avec les enfants, une vraie nuisance !

– Calme-toi ! Je *freake* tout autant que toi… mais faut garder la tête froide… pour prendre la bonne décision.

– Guill… c'est hors de question que je me fasse… Dis-moi que je rêve !

– OK, on n'en voulait plus, ou pas, ou pas vraiment, mais je crois qu'on est au pied du mur, là.

– Et ça te plaît, le pied du mur ?

Guillaume ne répond pas. Il sait que la ligne est mince, que jouer le funambule peut s'avérer périlleux en ce moment. Il se doit de marcher sur la terre ferme. Ils doivent se faire une raison. Question de survie.

– J'ai tellement peur... peur de perdre ce qu'on a, peur qu'on se perde, nous.

– C'est parce que je t'aime que je te dis qu'il faut le garder...

– C'est parce que je t'aime que j'ai peur de le garder... mais il le faut, t'as raison. Tu réagis bien, je trouve...

– Tu voulais une réaction plus compliquée ?

– Non. Mais je sais pertinemment que nous sommes sous le choc, que notre naïveté est vraiment touchante et que le réveil dans quelques mois sera difficile.

– Pourquoi t'es défaitiste ?

Justine prend tous les morceaux d'elle-même éparpillés sur le prélart, les recolle, inspire un bon coup. Réplique.

– Jouons pas à l'autruche. Avoir un enfant, sans le désirer, du moins pas consciemment, va bousculer tout ce qu'on est...

– C'est si grave ?

Guillaume joue le gars au-dessus de ses affaires, au-dessus des affaires de Justine aussi. Elle a la terrible envie de le ramener sur terre au plus vite, mais elle sait plus que quiconque qu'une dispute est loin d'être la meilleure des idées.

– Mon tendre époux... te rends-tu compte que notre vie vient de basculer à jamais, qu'un petit être, qui existe déjà, sous forme de zygote, embryon, fouille-moi, sera plus important que notre propre personne ?

– Je sais, mais c'est OK. Tu trouves pas que...

– C'est un signe ? Oui, j'arrête pas d'y penser.

– Plus je te regarde, plus je te trouve changée, différente.

– Mon linge ne me fait plus. J'enfle à vue d'œil.

Ils se sourient, complices.

Ils savent que rien ne sera plus jamais comme avant.

Qu'ils viennent de jouer les horticulteurs en ajoutant une branche à leur arbuste généalogique.

Ils savent aussi que c'est cette peur, cette foutue peur d'être sans ressources, pas à la hauteur, face à un être qui les videra du peu de confiance qu'ils ont en eux.

Ils savent qu'ils ont droit à l'erreur mais ne se donnent pas le droit de la commettre. Incapables de vivre avec la possibilité de devenir de mauvais parents.

Ils savent aussi que tout le monde vit ces peurs.

Mais ce qui leur manque, c'est l'abandon. Ce petit pas vers l'avant qui amène à se dépasser, ce moment de grâce où, bien que nous sachions que nous sommes essentiellement des êtres imparfaits, nous fonçons tête baissée, nous disant que nous ferons de notre mieux.

Ce mieux-là ne sera jamais assez, il diminue d'année en année au point de disparaître sans laisser de traces, un beau matin de janvier. Guillaume se sent étrangement heureux malgré l'angoisse qui le tenaille depuis le coup de fil de Justine. Justine, pour une rare fois dans sa courte vie, ressent une paix, un calme qui semble ne pas vouloir la quitter. En se touchant le ventre, elle réalise qu'elle le fait spontanément et elle se mord les lèvres. Prise dans ses pensées, Justine pense à son ex, Martin, un brave gars qui l'a fait fuir. Il voulait des enfants. Pas elle. Surtout pas elle. Il rirait bien de la voir attendrie en ce moment. Elle ne regrette rien. Guillaume est l'homme de sa vie. Rien n'est plus clair. Et Guillaume, en mâchouillant son sandwich, caresse les cheveux de sa blonde en ayant une petite pensée pour l'âme qui loge dans le bedon de sa douce.

Dans leur maison de Laval, en pleine tempête de neige, Justine et Guillaume sont à l'abri. Heureux, épuisés, inquiets, perdus, ils se taisent et méditent sur les longues plaintes du vent qui tambourinent à leurs fenêtres mal isolées.

C'est comme s'ils entendaient les bourrasques de leur cœur.

C'est quoi déjà, le problème ? Ah oui ! une référence d'un médecin de cambrousse.

Terre-Neuve ? C'est ce que je disais.

Âge ? Six ans.

C'est une blague ?

Je fige net. En retournant sur mes pas, en martelant le sol comme si j'allais me battre contre une armée de ninjas, je n'ai qu'un but, qu'une motivation : trouver Élyse et lui dire ses trente-trois vérités.

Sentant la soupe chaude et le cinq services, Élyse se cache derrière un classeur trop petit pour que le tout soit crédible.

Accroupie, penchée sur un tas de paperasse, elle feint l'innocence, la même qu'ont les parents devant le père Noël. Élyse ne peut pas prendre ce nouveau patient, elle est déjà prise ailleurs. Désolée, dit-elle en roulant de l'œil comme une nymphette à un bal de fin d'études. Je pourrais l'insulter, lui réexpliquer mon impatience avec les enfants, ma totale incompétence quand je dois faire des « gna gna », à genoux, en changeant de voix, de ton, de débit, de cerveau.

Je pourrais feindre une crise d'apoplexie, de la paranoïa aiguë, des dons de clairvoyance annonçant l'arrivée d'un tsunami. Mais je ravale et lui sourit avec tout ce qui se trouve dans ma jolie gueule dépassée. Elle le paiera. En quadruple. Intérêts, dommages et frais médicaux.

En regardant à nouveau le dossier du petit Mathieu, je me laisse attendrir par sa frimousse. Tignasse noire, des billes comme pupilles, il ne regarde pas l'objectif, comme si le photographe attirait son attention sur un singe en tissu ou une marionnette déglinguée. Vraiment mignon. Cette impression se gâchera bientôt. Quand il ouvrira la bouche, quand il refusera toutes mes demandes, quand il exigera un renvoi immédiat à mon employeur.

Tout en relisant quelques mémos du médecin traitant, je triche un peu et tente de le repérer dans la salle d'attente. Je veux savoir à qui je m'adresse, dans quel état naturel évolue l'animal appelé « garçonnet de six ans ». Alors que je m'apprête à le retrouver à plat ventre sur une fougère ou debout piétinant les quelques jouets à sa disposition, Mathieu est sagement assis, les mains croisées sur ses cuisses.

Trop beau pour être vrai. Ça sent la bombe à retardement.

Pourtant, il semble calme, promenant son regard sur deux jeunes filles qui se frappent à coups de poupée. Les deux personnes à ses côtés répondent aux critères de ce que sont des parents. Leur bienveillance naturelle, leur sérénité, leurs vêtements simples mais chics me paraissent faux. Comme ces familles qui participent à l'émission *America's Funniest Home Videos*, où papa en cravate, maman en robe de gala mauve, grande sœur aux tresses infinies et petit frère blondinet craquant sourient comme des demeurés pendant qu'ils saluent la caméra en harmonie espérant que leur vidéo du chien qui fait du limbo leur fera remporter un voyage sur une plage surpeuplée de Wildwood.

Ils m'énervent déjà. Et j'envie leur bonheur. Sensation inconfortable. Élyse aurait dû s'occuper de tout ça. Sois forte, Justine, un quart d'heure, c'est vite passé. Bien qu'athée, j'aurais le goût de faire un signe de croix, question qu'on veille sur moi, qu'on me protège en cas de malaise, de déroute. Encore une fois, j'ai une sainte peur de gaffer. Le mois dernier, j'ai haussé le ton auprès d'une jeune fille qui boudait. Parents, collègues et patients ont froncé les sourcils, ont échangé des regards qui en disaient long sur mon impatience légendaire. En vérité, je réussis à me contrôler quand je suis en présence d'adultes. Mais quand il s'agit d'enfants, je rends les armes, je vois noir, je perds mes petits, mes moyens, mes grands.

Je n'ai pas d'enfant.

Je n'en veux pas.

Martin me titille le gros nerf ces temps-ci avec cette question. J'ai beau lui dire que c'est la femme qui fait sonner l'horloge, pas l'homme, il ne lâche pas le morceau. Alors je freine ses élans et lui demande de vivre dans l'attente, dans l'espoir qu'un jour je change d'idée. Ce jour, malheureusement, n'arrivera pas. Il le sait. Je le sais.

Bon, Mathieu me fait un sourire, couvé par les regards complices de ses parents qui l'invitent à me saluer. Délicieux. Je veux fuir. Loin. Très loin. Oh! non, il se dirige vers moi.

– Salut... Mathieu, c'est ça? dis-je avec l'entrain d'une mascotte en plein désert.

– Oui. C'est quoi ton nom?

Minute! J'allais te le dire. Merci tout de même de te renseigner.

– Justine. Suis-moi. Y a plein de jouets, juste pour toi.

J'ai l'humour d'un prisonnier de guerre au Vietnam. Mathieu, docile, se traîne les pieds jusqu'à la table à dessins. Enjouée, je lui lance un tas de feuilles, deux, trois crayons de cire. Allez, dessine-moi un mouton. Et toute la ferme si le cœur t'en dit. Je me déteste d'être si distante, mais je suis une experte, une professionnelle. Mathieu ne se doute de rien, va même jusqu'à me remercier.

Après quelques minutes d'échange avec les parents sur l'historique des antécédents de Mathieu, je réalise tout le courage, toute la maturité qui réside dans un si petit être. Il a les os fragiles, presque comme du verre, quelque chose de rare. Que je n'avais vu qu'en livre, à l'université. Il a toujours un plâtre quelque part, un lourd suivi qui le trimballe d'hôpital en centre de réadaptation. Ils m'expliquent qu'à Terre-Neuve, les ressources sont inexistantes, que leur emploi et leur vie de famille sont hypothéqués. Peu préparée à un tel discours, j'essaie de recentrer la discussion sur les problèmes de Mathieu. Toutefois, impossible de chasser cette stupide pensée qui m'assaille. S'ils avaient su que leur enfant aurait ces troubles qui compliquent leur vie, auraient-ils tout de même été de l'avant? Et, bien sûr, je connais la réponse. C'est un gros oui, comme un énorme pied-de-nez à la vie, à l'amour inconditionnel qui les unit à Mathieu. Malgré cette réalité, je n'arrive pas à me mettre à leur place. En fait, si je le faisais, j'interromprais toute tentative de poursuite dans cette voie.

Plusieurs collègues ont souvent tenté de me raisonner en m'expliquant que c'est parce que je n'ai pas d'enfant que je pense de la sorte. Je les assomme de mille et une platitudes et leur dis qu'ils ont tout faux. S'ensuivent de longs monologues sur les vertus, les bonheurs d'être parents. À tout coup, je leur raconte mon dernier week-end avec Martin, au resto, au spa, à New York, question de les faire baver, de leur montrer que ma liberté (leur liberté perdue) n'a pas la même valeur qu'un paquet de graisse chauve qui hurle de faim la nuit.

D'habitude, les enfants ont peur de mon goniomètre, ce truc qui mesure l'amplitude de leurs articulations. Coudes, bras, je les palpe, les tripote comme si j'allais les vendre à un encan agricole. Allez, Justine, sors tes phrases canon ! Sois sa nouvelle meilleure amie, l'adulte *cool* qui embarque dans l'imaginaire fascinant des enfants.

– Montre-moi comment tu es fort, Mathieu.

Ou encore la sublime :

– Imagine que c'est le matin. On s'étire comme si on bâillait.

Je joue tellement bien la physiothérapeute qui « tripe » avec les jeunes qu'on devrait me donner un prix Nobel, un Oscar, une île dans le Pacifique. Les parents de Mathieu rigolent de mes répliques toutes faites, de mes singeries qui frôlent l'épilepsie. Pourquoi je me donne tant de mal ? Pourquoi, chaque fois, je me laisse prendre au jeu, à tel point que j'oublie mes défenses, mes convictions anti-bambins ?

En rassurant les parents, Mathieu et son petit corps fragile, je les laisse poireauter quelques instants, le temps de décortiquer mes notes, mal griffonnées sur un carnet trop petit. En professionnelle, je me dois de leur donner une série d'exercices à faire à la maison, question d'améliorer le sort, la santé, l'avenir de mon nouvel ami, Mathieu. Il me plaît bien, ce garçon. Avant, dès que je les approchais, mon rythme cardiaque se déréglait au point d'être étourdie, d'avoir la nausée. Là, j'aurais le goût de rassurer Mathieu, de lui offrir un vrai réconfort.

Mais, derrière mon bureau, la tête enfouie dans mes livres de référence, je m'en sens incapable. Comme si ma nature me bloque, me rappelle constamment que l'attendrissement qui m'atteint n'est que mensonge, tromperie.

Qu'à trop vouloir s'attacher aux autres, on finit toujours par se faire avoir. Surtout les enfants. Ça ne pardonne pas, ces petites bêtes-là.

Sois vigilante, Justine. Retourne réciter ton laïus de physio et évite d'être trop mélo. C'est vrai, il y a plus de chances qu'une autre physio que moi fasse le suivi de Mathieu dans six mois, alors pourquoi faire semblant que j'aimerais aller à sa confirmation, son bal, son mariage ?

Je parle, monologue, rabâche mon éternel discours de physio, convaincue que l'exercice physique répété peut faire une bonne différence pour les enfants comme Mathieu. Ses parents m'écoutent comme si j'étais un prêtre dans un confessionnal. Tandis que Mathieu me fixe, m'examine de bas en haut, mais avec une élégance, un respect qui me troublent, je croise son regard. Des yeux embués d'émotion comme s'ils me disaient des millions de mercis. Pour bien clore mes recommandations, je concentre mon attention sur le visage plein de bonté des parents, sérieux, attentifs.

En me penchant à sa hauteur pour lui serrer la pince, mon geste administratif de prédilection, il demeure impassible. Mathieu ne me tend pas sa main, toute menue, délicate. Croyant l'avoir mal jugé, je m'apprête à me relever et c'est là qu'il me scie les jambes. Doucement, il s'étire de tout son long et me prend par le cou, me serre contre lui comme si j'étais un soldat revenu du front, en pleine gare centrale. Malhabile, je l'imite et m'appuie sur ses petites épaules comme si je désamorçais une bombe. Pour m'achever, il m'embrasse, à peine du bout des lèvres, sur la joue qui tressaute de malaise. Rouge, embarrassée et sans mots, je fais un signe de tête, un geste de la main qui salue le courage de ce petit homme. Quand je les vois, lui et ses parents amoureux comme dix, quitter le bout du couloir, je remercie le ciel d'avoir provoqué cette rencontre, cette chance unique de devenir meilleure.

Le soir, je rentre du boulot et me laisse tomber sur la chaise en osier près de la porte. Le soir, quand je rentre du boulot, Martin est déjà là, prépare un plat quelconque, m'accueille avec un rouge corsé, un bécot dans le cou. Le soir, quand je rentre du boulot, je déguste mon verre en débitant ma journée, affalée sur la table de cuisine de notre chic appartement. Le soir, quand je rentre du boulot, je parle sans m'arrêter, les yeux fermés, faisant jouer le film de ma journée trop longue. Le soir, quand je rentre du boulot, je ne pense jamais à un jeune garçon de six ans qui me vire les tripes à l'envers.

Mais ce soir, quand je rentre du boulot, je ne pense qu'à lui. À Mathieu, six ans, à son courage, à ma lâcheté.

Ce soir, quand je m'assois devant Martin, alors qu'il m'offre un verre de rouge, je le repousse de la main, tout doucement. Ce soir, quand je fixe mon amoureux, mon amant devenu ami devenu coloc, une évidence s'impose.

– Ça ne peut plus durer... c'est terminé. Fini. Adieu, Martin.

Ce soir, en rentrant du boulot, je laisse l'homme qui partage ma vie, un de plus.

Celui qui voulait me faire un enfant.

Ce soir, j'ai le ventre vide.

Tapie dans la boue, le cœur qui veut lui exploser, Justine voit les corps tomber. L'odeur enivrante de l'adrénaline lui donne un plaisir fou. Elle évalue ses options. Ramper ? Sauter derrière ce pin rabougri ? Charger comme un viking ? À peine cachée derrière un arbre mort qui la protège d'une éventuelle balle perdue, Justine voit passer, à quelques mètres, sa meilleure amie Élyse, qui court en zigzag en poussant un cri de guerre. Elle semble soûle, ce qui est logique vu la grande quantité d'alcool qu'elles ont ingurgitée dès leur arrivée. Les yeux plissés, en se croisant les doigts, Justine prie pour qu'Élyse reste saine et sauve.

Pow !

Le liquide rougeâtre qui ruisselle sur les motifs de camouflage d'Élyse la paralyse net. Elle est morte. Justine lui en veut. Elle lui crie que sa témérité d'adolescente a eu raison d'elle. Pendant de longues secondes qui se prennent pour des minutes, Justine se rend à l'évidence : elle est la seule survivante. Elle doit agir vite ou elle ira rejoindre sa défunte amie. Par une mince fente située entre deux branches d'arbre, elle distingue, au loin, de peine et de misère, ce qui semble être le drapeau du camp ennemi. D'un bleu chatoyant, il semble la narguer, virevoltant de manière espiègle. Mais Justine n'est pas dupe. Ou si peu. Même si c'est la première fois de sa vie qu'elle s'adonne à ce jeu ludique et intelligent qu'est le *paintball*, elle ne sait que trop bien qu'un soldat ennemi est posté là, tout juste aux côtés du drapeau convoité, prêt à défigurer l'assaillant avec ses dents s'il ose s'approcher. Ça sent la chair à canon et la gomme d'épinette.

Un bruissement de feuilles capte son attention. Danger à six heures. Justine, se sentant vivante comme jamais, retient son souffle puis attend un signe, un son. Dotée d'un sixième sens que l'on appelle plus communément l'intuition féminine, Justine se concentre au plus fort de ses capacités.

La nature et elle ne font plus qu'un.

En transe, près d'un aller-simple pour un voyage astral, Justine perçoit, même si l'oreille humaine a ses limites, une respiration saccadée, haletante, révélatrice : un soldat ennemi est bel et bien caché derrière cette butte aux apparences inoffensives.

Que doit-elle faire ?

Et s'il s'agissait d'un grizzly au repos ? Ou d'un wapiti qui se moque des gens de la ville ? Ces moments d'indécision, ces petits dilemmes quotidiens la font suer depuis toujours : il ne faut pas lui offrir de choix. C'est trop long, compliqué, angoissant. Au fond, qu'est-ce qu'elle en a à foutre, de ce jeu ridicule, plus près de la bête que de l'homme ? D'ailleurs, au camp de base, en début de journée, elle s'est fait briser en deux sa petite conscience sociale. Dans un élan d'indignation, Justine a osé lancer à la gueule de tous ces gars musclés-bronzés que jouer à la guerre n'a rien d'intelligent quand on pense à tous ces conflits armés de par le monde. Mauvais flash. Le silence et les regards subtils (bouche entrouverte, froncement de sourcils, narines dilatées) ont vite calmé les ardeurs de Justine l'Engagée.

Et là, alors qu'elle est à deux pas de remporter la victoire et de faire taire tous ses détracteurs gonflés de testostérone, elle hésite. Beaucoup. Malgré de multiples évidences, Justine n'est pas folle. Le soldat inconnu doit lui aussi être très nerveux. Comme dans ces duels de westerns. Qui tirera le premier ?

Soudain, elle prend conscience du sentiment absurde qui l'habite à l'instant même. Son amie Élyse, pour lui changer les idées alors qu'elle traverse une passe difficile, l'a invitée (traînée) dans cette sympathique activité intellectuelle. C'était ça ou l'épluchette dans un camping bondé de mômes. Choix évident. Tout de même, que fait-elle ici ? Elle est moche depuis quelque temps, perd la tête et tout le reste dans les bars branchés de la *Main*, évite de sourire, baise à qui mieux-mieux, oui, mais elle ne mérite pas ce traitement qui tourne au grotesque. Engoncée dans une salopette camouflage, des lunettes de protection qui lui donnent un look d'extraterrestre, Justine prend son courage à bras-le-corps et compte jusqu'à cinq. Un... deux... trois... quatre... quatre et demi... quatre et trois quarts... Elle se demande si les dixièmes sont acceptables dans ce type de décompte. Au diable les maths, elle sort de sa tanière puis rampe comme un serpent qui a la tourista.

«Plus que quelques mètres et les machos aux pectoraux huilés vont se mordre les doigts ! La fille de la ville qui leur apporte la victoire sur... »

Paf ! Paf ! Paf ! Paf !

Suivi d'une rafale de «paf» difficiles à comptabiliser. La visière dégoulinante de peinture, la salopette souillée comme si elle venait de repeindre la chapelle Sixtine, Justine vérifie son pouls. Toujours vivante, comme chantait Gerry. Les oreilles lui bourdonnent ; le cœur, exalté, veut lui sortir de la poitrine pour retourner derrière l'arbre qui la protégeait. Selon les règlements mentionnés en début de journée, il est interdit de déverser son chargeur comme un Conan en rut lorsque l'on se trouve à moins de trois mètres de l'ennemi. «Quel est l'abruti qui a transgressé cette loi du gros bon sens?» se demande-t-elle, en se relevant péniblement du violent assaut. Un grand gaillard, identique à elle sauf un bandeau de couleur les différenciant, se penche au-dessus d'elle. Justine comprend son embarras, son malaise mais n'entend pas un traître mot de ce qu'il raconte, car son casque protecteur lui bloque toute possibilité d'excuse. Un gars plein de bonnes intentions mais dont le mal est fait.

Frustrée de s'être fait ravir le drapeau de la victoire alors qu'elle lui touchait presque, Justine, sacrant comme une sauvageonne, enlève casque et mitraillette, puis pousse le pas-si-grand-que-ça-gaillard comme dans un règlement de compte digne des ghettos de L.A. Bloquant tous les coups de la petite furie, le costaud s'empresse d'ôter tout cet équipement qui lui donne des allures de marionnette.

Comme la vie peut être imprévisible parfois.

Au fin fond des bois, perdus dans une contrée qui les éloigne de leur confortable bitume, en sueur, exténués, vêtus comme des guignols, célibataires, les yeux dans ceux de l'autre, ils ont su. Pas de doute, cette fois.

Elle a enfin trouvé l'homme de sa vie.

Il a enfin trouvé la femme de sa vie.

Le silence, entrecoupé de cris d'oiseaux énervants, se prolonge et confirme que le Destin unit, consolide, attache les destinées de ces deux êtres fragiles qui se cherchent tellement depuis leur enfance.

Comment est-ce possible? Tout était contre eux.

C'est précisément cela qu'ils ressentent en ce moment.

De son côté, Justine devait partir pour l'Europe avec une copine cet été-là, mais une sécheresse majeure a annulé le tout. Ce matin même, alors qu'elle faisait les deux mille pas dans son appartement suffocant tant la chaleur était insoutenable, elle inventait des excuses pour refuser l'invitation d'Élyse à venir se lancer dans la boue en tirant à bout portant sur des inconnus tachetés. En prenant le combiné pour régler l'affaire, Justine s'est retrouvée bouche-à-oreille avec Élyse, bégayant une phrase que sa tendre amie a prise pour un oui. Elle devait fuir cette embuscade. En dévalant les escaliers, elle a rencontré son ex, Martin, qui venait chercher ses derniers trucs. Il traînait en longueur, lui demandant à plusieurs reprises une baise d'adieu. Un connard, un vrai. Il disait qu'il avait vu ça dans un film. Nul. Alors qu'elle le poussait à coups de bassin en dehors de chez elle, Élyse arrivait sur ces entrefaites, offrant son aide pour se débarrasser de l'énergumène. Alors toute cette flopée d'événements mis ensemble, on comprend vite que Justine ne devait pas se retrouver là, en cet après-midi de canicule, la tronche pleine de gouache.

De son côté, Guillaume ne voulait pas suivre Fred dans ces conneries de peinture dans les sous-bois des Laurentides. Le grand air l'étrangle. Les grands espaces l'étourdissent. Rien à voir avec l'agoraphobie, non, juste un profond désagrément lorsque les buildings sont remplacés par les bouleaux. Guillaume était censé travailler sur un début de thèse sur Kant, mais le beau temps s'installait et ses ambitions s'estompaient. Il passait ses soirées (et ses nuits) à batifoler dans les bars et bistros de la ville, il fuyait un mal qui commençait à le ronger. Il n'était pas fait pour vivre une relation simple, saine et stable. Pas pour lui, pas le talent pour ça. En refusant l'invitation de Fred, Guillaume s'était planifié une journée/terrasse avec une fille rencontrée la veille. Attablé, le pichet à moitié vide, Guillaume s'était fait poser un lapin. Un lièvre même. Comme il se levait pour quitter ce lieu minable, Fred tournait le coin avec sa Volvo louée pour l'occasion. Une rencontre fortuite, une situation embarrassante. Et comme ça, comme si tout était écrit dans le ciel, Guillaume est monté à bord de la Volvo, direction contrée nordique.

Et si on ajoute le fait que Guillaume a été choisi au hasard pour protéger le précieux drapeau et que Justine, malgré ses qualités athlétiques, a tout fait pour se faire buter par l'ennemi, courant entre les arbres en hurlant son nom, on arrive à une sacrée coïncidence. Un rare alignement des planètes. Quelque chose de si infime que même les probabilités paraissent ridicules. Il faut se résigner, accepter ce que le Grand Plan a voulu pour ces deux moineaux. Mais, alors qu'ils s'étaient juré de se refuser au grand amour pour une ou deux éternités, Guillaume et Justine trouvent la pilule difficile à avaler. Ils se sentent bizarres. Comme si la chance inouïe qui s'abattait sur eux les rendait à la fois comblés et méfiants.

Comme la vie peut être prévisible parfois.

– Je suis désolé... j'y ai été un peu fort...

Justine se demande s'il parle de la rafale de balles ou du gouffre qu'il lui a percé sous les talons. Elle se passe la langue dans la joue, pour plein de bonnes raisons : se donner de l'assurance, réfléchir à ce qu'elle va lui répondre, le séduire ; enfin, elle gagne du temps de manière élégante, voilà tout.

– C'est OK !... C'est dommage...

Elle se penche, agrippe le drapeau, l'agite en l'air, déçue.

– J'y étais presque... J'aurais aimé le rapporter à mon équipe...

– Fais-le. Je dirai que je t'ai manquée...

– T'es pas si mauvais tireur, un peu de logique, non ?

Il lui sourit. Elle lui sourit.

Dans le désordre, ils ont connu : les faux espoirs des débuts, les masques des dragueurs de discothèques, les attentes éternelles auprès du téléphone muet, les chicanes où la vaisselle vole, les beuveries pour oublier, les amis pour remonter, les amours compliquées, les condoms qui goûtent les fruits, les mensonges pour fuir, l'immense crainte dans la gorge, les genoux par terre, les mains jointes, priant pour que celui-ci soit le bon, pour que celle-là soit la bonne.

Guillaume lui fait signe de courir, qu'il retourne se tapir dans sa cachette. Elle lui fait les gros yeux, mal à l'aise de mentir à tout ce beau monde.

– Allez, fous le camp !

– Oui, mais j'y pense... Mes vêtements me trahissent. Je suis couverte de peinture... ils sauront que je me suis fait avoir...

– Déshabille-toi, ça fait plus « nature »... Ils apprécieront, j'en suis certain...

Elle l'aime déjà. Son humour, son grand front qui respire l'intelligence, sa carrure imposante, mais discrète la rendent heureuse. Simplement. Des mois, des vies qu'elle ne s'est pas sentie de la sorte. Spontanée, elle lui tend le drapeau, lui offre de jouer le jeu jusqu'au bout et d'accepter sa victoire. Il hoche la tête, les yeux noirs, brillants comme s'il était toujours en réflexion.

La balade dans les bois, le chant des oiseaux, l'odeur de l'immense forêt, la discussion qui tourne autour de rien, leur innocence retrouvée, les deux ont la même pensée à la même seconde : ils pourraient mourir maintenant et leur sourire les suivrait jusque dans l'au-delà.

Le feu, tas de branches, de souches et de cartons de bière, crépite, monte dans les airs avec la même intensité que les coudes. Ça trinque fort, les gars déparlent, les filles roulent des hanches, s'accrochent au dos des garçons. Guillaume, passablement éméché, fixe les flammes qui lui lèchent les jambes. En fait, il donne l'impression qu'il est dans la lune, que la moindre étincelle allume ses moindres pensées, mais il n'en est rien. Étant donné l'agitation des dizaines de fêtards autour de lui, Guillaume peut aisément admirer celle qui le rend dingue depuis cet après-midi. Il l'observe. Ses moindres gestes (main dans les cheveux, rire de gorge, lèvres sur goulot) méritent qu'on s'y attarde. Fred se démène à ses côtés pour entretenir un semblant de conversation. Il connaît son Guillaume. Un ami d'enfance sait quand ça ne tourne pas rond.

– Tu m'écoutes pas ?

– Oui, oui, tu me parles de ta fille, de ton ex qui te fait la vie dure, des filles qui risquent de t'accompagner chez toi en fin de soirée...

– Comment fais-tu pour être absorbé par Justine ET t'intéresser à ce que je raconte ?

– Un : je m'intéresse pas à ce que tu racontes, je simule, et deux : comment tu connais son nom ? Une ancienne conquête ?

– Tu me fais rire, Champlain ! C'est une amie d'Élyse, une grande amie d'une grande amie, enfin, c'est compliqué et on s'en balance… Tout ça pour dire…

Il cale sa bière. S'essuie la bouche avec son avant-bras. La grande classe.

– … que cette Justine fait tourner bien des têtes ce soir… mais, veinard, elle semble te jeter des coups d'œil de temps à autre, ce qui est pas mal… Bref, Élyse m'a glissé que cette Justine sort d'une relation difficile, qu'elle adore son célibat et qu'elle fuit l'engagement comme la peste. Je dis pas ça pour t'emmerder, c'est juste que…

– Je sais… et c'est justement ce qui me plaît… Elle est belle, non ?

Justine ne compte plus ses consommations. Elle célèbre la fin de son calvaire avec Martin. Sans le dire à Élyse, elle fête aussi autre chose : sa rencontre avec Guillaume. Elle adore ce nom. Depuis une heure, elle jase de trucs futiles avec Élyse, faisant exprès pour que Guillaume puisse bien la voir à travers le feu qui se fait de plus en plus menaçant. Élyse pourrait lui parler de l'Holocauste, de son cancer incurable qu'elle rirait à gorge déployée tant elle n'écoute qu'au tiers ce qu'elle lui débite depuis une heure.

– Tu m'écoutes pas ?

– Oui, oui, tu me dis que toi et… comment il s'appelle déjà ? Ah oui ! Stéphane et toi, vous êtes faits l'un pour l'autre, que le mariage se dessine à l'horizon et que…

– C'est génial, non ?

– Quoi ? Le mariage ?

– Oui ?

– Ben, tu sais ce que je pense du mariage. Ce n'est pas parce que t'es mon amie que je vais changer mon fusil d'épaule.

– Fais un effort! Sois contente! C'est pas parce que ça marche pour moi que...

Justine interrompt sa gorgée. Elle s'efforce d'offrir à Élyse le plus faux sourire de tous les temps. Un record dans son genre. S'excusant mais bafouillant surtout en raison de l'alcool, Élyse change de sujet et pointe Guillaume. Témoin de cette feinte, Justine hausse les épaules.

– Et ce Guillaume? Il t'intéresse?

– On peut dire ça... on peut dire aussi le contraire... ou les deux...

– Miss Clarté 1998! Mais méfie-toi, ma Justine, c'est un ami de Frédérick Durocher, le pire des courailleux de l'Occident. Et j'arrondis là. Il est beau, j'en conviens, mais à quel prix? T'as déjà donné en la matière, non?

– Il est différent... je le sais...

– Bon, bon, arrête de tomber en amour comme une droguée des sentiments, tu me fais...

– Rire?

– Pitié.

– Merci. Mais garde ta pitié, je saurai te faire mentir... tu verras...

– Je veux rien voir. Écoute-moi: ce Guilaume est un ado attardé, qui tripe sur ses études en philo, un peu dans sa bulle, qui ne pense qu'à sa petite personne.

– Je l'aime déjà...

– Il refuse de s'engager...

– Je l'aime encore plus. C'est justement tout ça qui me plaît, Élyse. C'est tout le contraire de Martin... et c'est ce qu'il me faut.

– Ne t'en sers pas comme bouée de transition dans ta peine d'amour...

– Ai-je l'air «peinée»?

– Non. Juste complètement soûle.

Les deux amies rigolent de plus belle. Elles s'embrassent sur la bouche, se pelotent un peu, pour mettre un peu de piquant dans ce party qui ne lève pas. Guillaume, tout près, admire les provocatrices. Il fait signe à Justine d'approcher. Elle susurre quelque chose à l'oreille d'Élyse puis s'approche de Guillaume. Galant, il lui donne sa veste de laine, lui met le bras autour des épaules, confiant.

Pendant de longues minutes, sans dire un mot, ils observent danser les langues de feu, sentent la forte chaleur leur caresser la peau. Et là, la magie opère, ils s'embrassent. Doucement. Pas comme s'ils se dépêchaient de consommer l'amour qui s'offrait à eux à la sortie d'un bar. Non. Cette fois, ils savent qu'ils auront tout leur temps. Quelques curieux les espionnent, envieux. Et comme leurs langues se touchent, en totale harmonie, ils glissent leur main droite à l'intérieur de leur poche arrière droite. Un bout de papier, soigneusement préparé, y est. Numéro de téléphone. Sans expliquer son geste, Guillaume frôle la main de Justine puis insère son papier dans la poche de cette dernière. Et Justine l'imite à la perfection.

Non, vraiment, la vie est complètement prévisible...

Je ne pensais pas être capable de parler sans rien dire pendant près d'une heure. Formidable ce que peut faire une colonie de papillons dans l'estomac. Je l'avoue : j'aurais mis ma main et quelques autres membres au feu que cette Justine Dupuis ne rappellerait jamais. Intuition masculine, si ça existe. C'est un premier contact. Je connais la chanson, j'ai même le coffret complet à la maison.

L'autre jour, elle m'a charmé, brassé la cage, moi qui y paresse depuis des mois. J'ai décroché de tout ce qui se rapporte au couple. Et, même si cent fois sur le métier j'ai remis mon ouvrage, je fuis les relations stables et elles font de même. L'homme téflon.

Dans sa robe soleil qui rayonne, Justine joue l'ingénue en parcourant avec son index le menu qui semble rempli de hiéroglyphes. En bon archéologue gastronomique, je lui suggère quelques spécialités et à chacune de mes interventions, elle me récompense d'un sourire qui donnerait des sueurs aux esquimaux.

Quel être complexe je suis! Plusieurs de mes amis me croient gay, les autres en étant certains. Fausse route. Leur constat est logique.

Un : j'ai été gâté par la nature, mais ce n'est que tout récemment que je me suis rendu compte de cet atout. Adolescent, mon grand corps flasque et gélatineux me rapprochait plus du végétal que de l'humain et ma maigreur étonnante donnait l'impression que j'étais sidatique et cancéreux.

Deux : je collectionne les amiEs comme d'autres les timbres, sauf qu'elles, je ne les lèche pas… ou à peine.

Trois : à vingt-huit ans, je suis incapable d'envisager une relation à long terme, ce qui veut dire plus de trois mois.

Précision : ce n'est pas la peur de l'engagement qui me bloque, loin de là. Je dirais même que je ne veux que ça, trouver la femme de ma vie, me marier, me bercer sur le perron de notre maison de campagne jusqu'à ce qu'on meure, en cuillère, dans la véranda, bercés par le son d'un cardinal en rut.

Je blague. Ce n'est donc pas l'engagement qui m'effraie, mais le sentiment étrange qui s'anime dans ma petite personne lorsqu'une relation passe d'occasionnelle à sérieuse. Comment expliquer mon problème mental? Plus j'éprouve des sentiments amoureux pour une femme, plus mon désir sexuel pour elle baisse en flèche. Consternant. C'est inversement proportionnel.

Dans les soupers d'amis, je suis le candidat idéal pour une psychanalyse à rabais. Un cobaye célibataire devant mes amis si rangés, si en couple, si insupportables de petits bonheurs. Une bête de foire qui amuse les gens qui ont su trouver la perle rare. Ils me regardent patauger dans les conquêtes et espèrent, disent-ils, que la femme de ma vie s'amènera bientôt avec ses gros sabots.

La dernière en lice leur avait donné de grands espoirs. Ils retenaient leur souffle, priant le soir, dans leur lit, pour que celle-là soit la bonne.

Comment ce conte de fées s'est-il terminé?

Elle a commis l'ultime sacrilège.

En zappant les chaînes de télé, enroulée autour de moi, elle a soupiré devant une pub de bouffe pour bébé. Léger murmure d'une fraction de seconde qui n'est pas passé inaperçu. Elle s'appelait Catherine, trente ans, recherchiste pour une station de télé, et elle ouvrait la porte à un possible pseudo-début de prémisse de discussion sur la possibilité de donner la vie. Après seulement trois mois de léger concubinage. Les jambes à mon cou, les mains à ma tête, j'ai fui, la tête haute, cette jolie trentenaire qui sentait les œstrogènes à plein nez.

Le serveur se pointe en nous demandant si nous fêtons une occasion spéciale. «Un premier rendez-vous!» répond Justine, visiblement heureuse de le dire à voix haute. Étonné, le serveur poursuit en nous assurant qu'il était convaincu que nous étions en couple depuis des années, qu'une forte complicité émane de nous. Bien que Justine l'ait pris comme un superbe compliment, moi, j'ai tout de suite pensé à ce qu'on aurait l'air dans quelques années.

Des retraités en motorisé?

Des grands-parents qui jouent au croquet?

Pas aimé du tout cette réplique du gars en noir et blanc. Peut-il nous laisser la fraîcheur des débuts, si éphémère? Justine commande un carré d'agneau. Tiens, en plein ce que j'allais prendre. À quand les faire-part? Cette coïncidence banale me laisse songeur, laissant le serveur la gueule grande ouverte devant nous. «La même chose», dis-je, tout heureux de confirmer ce qu'il avait décelé en nous observant.

Non seulement nous avons le même âge, mais nous sommes nés le même jour à la même heure. Plein de gens que je connais tueraient pour connaître cette plénitude qu'est la naissance simultanée des amoureux. À part me faire sourire, ça me rend parano. Même si je me fous totalement de toute cette mascarade astrologique, de karma, d'ascendant, plus près de la sorcellerie que du loisir, j'aime à penser, en versant un énième verre à Justine, que cette similitude n'est pas le fruit du hasard. Je ne sais pas si c'est le vin qui me fait roucouler ainsi, mais cette fille m'entre dans les pores de peau, stimule ma circulation, irrigue mon cerveau tellement porté à analyser les analyses. Pas reposant. Tout en restant poli (je continue de la fixer), je mets sa voix en sourdine et me concentre sur chacune des parties de son corps. Hypocrite comme dix, je glisse mes yeux le long de ses lobes, contourne ses immenses yeux verts, m'insère entre ses lèvres sans fond, sautille sur ses épaules dorées. Je l'aime. Pas comme j'ai toujours aimé. Non. Un abandon, un lâcher-prise qui fait du bien, qui me réconcilie avec tous les autres couples de tourtereaux qui se bécotent autour de nous.

Nous nous racontons nos vies trois, quatre fois. Dans le désordre et à l'envers. Elle a vécu à peu près les mêmes trucs. Enfance pas trop Walt Disney. Depuis un an, elle pratique le métier de physiothérapeute. Elle adore. Tout comme moi, ses amours n'ont jamais été des succès. Même peur de s'engager, même difficulté à approfondir les relations. Drôle d'effet. Comme si je retrouvais une vieille amie d'enfance, une jumelle revenue d'une contrée perdue, une âme sœur, une moitié qui errait dans la vie, réclamant ma venue. Mais ce qui est génial, c'est que, malgré le fait qu'elle semble être ma sœur, j'ai une terrible, folle envie de la baiser sur la table, entre les serviettes de table et la facture qui sombre dans l'oubli. Je remets le son et boit ses paroles. Aussi délicieuses que cette nouvelle bouteille.

– T'as des enfants ?

Je passe près de m'étouffer, de m'asphyxier. La gorgée de vin que j'avale en même temps est un alibi sur mesure.

– Ça va ? Tu bois trop vite, je crois.

– Oui, j'ai cette fâcheuse habitude de mélanger œsophage et voies respiratoires…

Elle éclate d'un rire clair, tellement sincère qu'il me serre la gorge de bonheur. Hé ! oh ! on se calme la trachée !

— Pas d'enfants dans le décor, enfin, peut-être illégitimes sinon…

— Et, à vingt-huit ans, la trentaine qui galope vers toi, le goût de te reproduire est-il envisageable ou si t'as mis une croix là-dessus ? demande-t-elle, sérieuse comme un curé en chaire.

— Quelle question !

— Pourquoi ? On discute, là, rien de bien compromettant. Je suis curieuse.

— Disons que les enfants me laissent indifférents.

— Sois franc.

— D'accord : je pense pas en avoir un jour, c'est inconciliable avec ma personnalité… J'envie ceux qui ont cette passion, cette patience, mais je passe mon tour sur ce point.

— Fiou !! Je pense exac-te-ment la même chose ! On est faits pour s'entendre. Je lève mon verre à notre Pro-choix ! Pas de bébé !

Nous trinquons de plus belle. Mais je demeure sceptique. Une fille de vingt-huit ans qui dit non aussi nettement à la maternité dans sa vie ? Il y a anguille sous roche.

— T'es drôle.

— Que veux-tu dire ?

— Qu'une fille refuse aussi simplement de donner la vie me rend méfiant… Ma dernière relation s'est terminée pour cette même raison.

— La mienne aussi.

— Non !?

— Si. Il me harcelait dès que l'occasion se présentait. Il faisait exprès pour inviter ses amis avec leur marmaille pour que j'y prenne goût et c'est le contraire qui s'est produit.

— Idem pour moi. Les enfants, c'est pas qu'ils sont laids et inintéressants…

— Au contraire…

– Exactement. C'est juste qu'ils sont bien mieux dans d'autres mains que les miennes. Tellement de couples ont des gosses pour les mauvaises raisons.

– Absolument ! Combien en ont pour compléter leur collection de projets de vie ? Après les études, la voiture, la maison et les voyages, c'est le bébé, car il faut bien être logique, ça prend le bébé !

– Le bébé ! Et on le placera en garderie, au pensionnat et en colonie de vacances, comme ça, on aura la paix pour jouer au golf et magasiner au Centre Rockland.

Justine s'arrête de déconner. Lentement, elle se penche, s'appuie le menton sur ses mains. Me dévisage comme si j'avais le scorbut.

– OK ! je me calme, dis-je un peu trop survolté.

– Non. Change rien. T'es vraiment un beau mec... sans blague... L'alcool ne me joue pas de tour... Dans mon cas, il amplifie mes perceptions... J'ai vraiment... c'est con, je sais... j'ai vraiment l'impression d'avoir trouvé la personne que je cherchais depuis... Je te fais peur, hein ? Tu me prends pour une de ces démentes qui versent de l'acide sur les capots de voiture ?

– C'est mon souhait le plus cher que tu sois démente. Depuis le début, depuis qu'on s'est rencontrés la semaine dernière, nos tronches pleines de peinture, j'ai la même certitude que toi : on arrête les recherches. Terminus.

Légère, imprévisible, Justine se lève d'un bond, contourne la table, m'invite à me lever et m'embrasse comme jamais une fille ne l'avait fait avant. Les quelques clients près de nous soupirent d'admiration et d'envie.

Il se passe quelque chose ce soir.

Le début d'une nouvelle vie.

Je viens de terminer mon mémoire, je cherche un appartement et Justine m'embrasse à me rendre dingue.

Le bonheur parfait existe. Mais il file. Et on s'essouffle à la longue. Profitons-en. On ne sait jamais quand il vire.

# Maintenant

Extrait du livre maison *La première année de bébé*, témoignage quotidien de Justine Dupuis, aux éditions Guillaume/Emma.

« … Aujourd'hui, Emma fête ses deux mois ! J'aimerais inviter toute la ville, engager un clown et décorer la maison de serpentins et de ballons qui créent de drôles de voix quand on les inspire mais je m'abstiens, sage maman au bord de la dépression. Emma ne fait pas ses nuits. Sur ce point, je la rejoins car je vis la même chose. Elle est vraiment magnifique. Et c'est bien cette sublime frimousse qui lui sauve la vie. Un peu plus laide, un sourcil en bataille par exemple, et c'était la mise à l'encan. Je ne pensais jamais aimer autant quelqu'un. Je suis une machine à clichés, je sais, mais quand tu liras ce journal, Emma, lors de tes soirées nostalgiques à l'adolescence, dis-toi bien que ta maman t'aime à en avoir mal aux côtes. Ce n'est pas une figure de style, c'est un mal physique, bien réel. Comme tes pleurs qui me donnent un teint de zombie. Ton papa Guillaume retourne au boulot demain. Nous serons seules. Et ça me fait tellement peur. Malgré tous ses défauts, aussi nombreux que les miens, il fait un père extraordinaire. Il a ça dans le sang, faut croire. Il est patient, dévoué, drôle, toujours à l'écoute ; bref, il m'énerve royalement ! Excuse-moi, Emma, de te le dire aussi clairement mais ton papa me rend dingue. À chaque bain, chaque boire, chaque changement de couche, il m'expose ma maladresse, mon incompétence en pleine gueule. Charmant papa. Ce n'est pas son but (j'espère bien), mais c'est tout de même ce qui en résulte. Je ne sais pas comment je vais affronter ces longues journées, seule avec toi ? Ce n'est pas que ta compagnie m'ennuie, loin de là, mais je panique à l'idée que Guillaume ne soit plus là… juste au cas où… En ce moment, il vérifie ses notes de cours dans la cuisine. Il écoute les Beatles, question de faire différent. Tu ne sais pas encore qui sont ces pouilleux des sixties, mais tu ne perds rien pour attendre ! Tu t'es endormie, enfin, après un berce-o-thon qui ne finissait plus. Jouons la carte de l'honnê-teté : j'aurais vendu une de mes jambes sur *eBay* pour une nuit complète de sommeil. Maintenant que je t'écris, j'ai l'irrépressible envie d'aller vérifier si tu es correcte. Si tu n'as pas trop chaud, trop froid, si la doudou ne t'empêche pas de respirer, si un voleur de bébés n'est pas caché sous ton lit, toutes ces idées pleines de bon sens. Toutes mes amies me répètent (à croire qu'elles se sont consultées) qu'être une bonne maman, c'est le travail d'une vie, qu'on n'"est" pas une mère le jour de la naissance de notre enfant, on le "devient". Toutes ces théories bidon me font mourir de rire. L'instinct maternel, je l'attends encore après huit semaines. La nuit, quand je me promène dans la maison, essayant de calmer ces foutues coliques, je regarde parfois par la fenêtre s'il n'est pas arrivé en taxi, cet instinct tant attendu. Guillaume, lui, incarne l'instinct paternel et il n'y a pas de hasard au fait que ce mot soit masculin. Ta grand-mère Claire vient parfois à la maison pour m'aider, préparer des plats, faire le ménage et autres tâches qui me sauvent du naufrage. Oncle Fred vient parfois te chatouiller le jour quand il termine au garage. Tante Élyse adore te donner le bain et t'enfiler tes mignons pyjamas roses. Fred, c'est le meilleur ami de papa, et Élyse, c'est la collègue et meilleure amie de maman. Ils t'aiment tellement. Mes journées sont si remplies que je ne vois ni le temps passer ni ton père. Souvent, en fin de journée, on se croise dans la maison et on se lance à la blague : "Qui êtes-vous ?" Nous sommes devenus des "travailleurs pas trop autonomes en néonatalité de bungalow". Tu es le centre d'attention, le point tournant, et nous devons nous forcer pour ne pas oublier de saluer l'autre quand nous le croisons entre une couche et un rot. Je ne devrais pas te dire tout ça mais la fatigue sera mon alibi dans quelques années. Alors je me défoule. Oh ! tu viens de te réveiller en hurlant, comme si on t'avait pincé une cuisse. Ton père, iPod vissé sur le coco, ne doit rien entendre. Je cours, Emma, j'arrive ma belle… »

Extrait d'une lettre manuscrite rédigée par Guillaume Champlain, le jour de son retour en classe, à la suite de son congé parental…

*« … T'as seulement deux mois, tu ne sais pas lire, alors à quoi bon t'écrire ? Pour que tu lises ce truc quand tu auras l'âge d'avoir des enfants ? Tu es optimiste, Emma, il y a bien plus de chances que cette*

*lettre ne se rende jamais à toi que le contraire, tu sais. Je pourrais la terminer maintenant, la déchirer, la poster à une adresse inexistante, la donner à un mendiant, la faxer à l'ONU. La liste est longue, alors compte-toi très chanceuse si tu la lis un jour, d'accord ? Ça fait plus de vingt minutes que je jongle avec cette feuille de papier et ce stylo, bien calé dans mon fauteuil, dans mon petit bureau du collège où j'enseigne. Eh oui, ton paternel pratique le plus beau métier du monde : professeur de philosophie. D'habitude, quand je me présente, on sursaute. Tout le monde est étonné du fait que je ne porte pas de toge, de sandales en paille et de barbe de deux mètres. Qu'un grand gaillard comme moi passe ses journées à jouer avec de grandes idées, de grands concepts dépasse leur entendement. Tu verras, Emma, vouloir développer un esprit critique de nos jours relève de la maladie mentale. C'est dépassé et je parle souvent seul dans mes cours. Bien sûr, il y a des exceptions. Certains étudiants, des bohèmes qui portent des vestons de velours en pleine canicule et qui lisent Nietzsche comme d'autres Tintin, s'intéressent à ton vieux père. Les autres font semblant de m'écouter en s'envoyant des messages-textes. Aujourd'hui, c'était mon retour. Pas évident. De jeunes adultes qui se foutent de Platon, ce n'est pas ce qu'il y a de plus plaisant dans la vie. Je leur ai parlé de toi, de ta venue dans ma vie. Ils ont tous souri par politesse, puis ont fouillé dans leurs notes, embarrassés par mes confidences, ma vie privée. J'ai compris le message et j'ai tout de suite enchaîné avec les quatre vertus mais leur indifférence était semblable. J'y ai donc été pour le grand coup : je me suis mis à poil. Aucune réaction. Pour ta descendance et ma crédibilité ancestrale, le dernier geste était une blague. J'y ai seulement pensé, alors ça ne compte pas vraiment, non ? Je serai franc avec toi, Emma. Cette lettre que tu lis en ce moment n'est pas une idée de ton papa adoré mais une « forte suggestion » de ta douce maman. Oui, je sais, je brise ton rêve de petite fille qui trouve tellement romantique le fait qu'un père écrive à sa fille, mais je préfère la jouer honnête. Dans le journal (qui commence à ressembler à une anthologie de deux mille pages de tes moindres battements de cils) que ta mère noircit chaque soir et chaque nuit où elle ne dort pas (donc toutes), il y avait une page, une seule, où on pouvait insérer un mot du papa. Une page ! Belle façon d'impliquer l'homme dans cette expérience intime qu'est la littérature post-natale. Question de principe, car même une page me semble un mur infranchissable. Mais je garde espoir, car élaborer sur le nombre de pages m'a déjà fait écrire près de cent mots. Je blague. De plus, il n'y a pas que les pages blanches qui sont synonymes d'échec pour moi, il y a aussi toutes les journées que j'ai passées avec vous deux à la maison ces derniers mois. Aux yeux de ta maman, j'ai dû passer pour le conjoint en contrôle, plein d'initiative, qui sait quoi faire et quand le faire... mais c'est du bluff. Je joue au poker chaque semaine, Emma, depuis des années, alors je m'y connais. Mais je ne fais pas le poids à ses côtés. Soyons franc : tu as la chance d'avoir Justine Dupuis comme maman. Elle est merveilleuse, elle me surprend de jour en jour. Je savais qu'elle aurait des aptitudes naturelles avec un enfant, mais elle me renverse. Une force de la nature. Alors que je ronfle plus souvent qu'autrement, ta maman, le corps lourd de fatigue, ne se plaint jamais, a toujours le petit mot doux pour te calmer, affiche un moral d'acier, prend même le temps de me donner une tape dans le dos quand je manifeste une baisse de régime. Elle est mon modèle et elle assure un bel équilibre, si absent dans la plupart des couples. Plus je me relis, plus je souhaite que tu ne lises pas ça avant quarante ans... ou même soixante... cent m'irait davantage. Ce que j'écris me vient spontanément, alors sois indulgente, ma fille. Même si je ne suis pas le papa idéal, celui des films qui se roule par terre en complet Armani et qui pratique tous les sports en cuisinant un méchoui, l'amour que je te voue me fait peur tellement il est inconditionnel. Concept dont je me méfiais avant ta venue. J'écris ces belles phrases, Emma, pas seulement parce que ta maman me l'a demandé, mais bien parce que j'ai des excuses à te faire. À l'annonce de ta présence dans le ventre de ta mère, j'ai douté de ma capacité à bien jouer mon rôle de père. Pas de t'aimer. Ça, c'est clair. Plutôt m'occuper de tes mille et une demandes. Pire encore, je doute encore aujourd'hui. Ta maman me dit que c'est normal, que ça dure toute la vie. Plaisant. Je comprends facilement les plus grands philosophes de ce monde, mais ma propre fille me laisse pantois devant l'inconnu. Je ne sais plus quoi écrire. Un blanc. Je prends une pause... »*

« ... dans ta chambre tamisée, tu avais les yeux grands ouverts. Dieu que tu es belle ! OK, j'en mets un peu, je ne voyais rien mais une mère imagine si facilement que ça devait être le cas. Poursuivons ce témoignage émouvant d'une nouvelle maman. À chacun des mots que je trace, je dors quelques secondes, puis en trace un autre. Ton père vient de

95

passer près de moi, il m'invite à aller me reposer un peu. Dans quel but? Pour entrer dans un sommeil profond et réparateur pendant quinze minutes? Je passe mon tour. Au fond, Emma, sais-tu ce que j'essaie de te dire en tournant autour du pot à t'en donner mal au cœur? Que depuis que l'on t'a déposée sur mon ventre chaud le jour de ta naissance, je me sens comme une femme-tronc à qui l'on demande de courir le marathon de Boston en dix minutes. Pour te rassurer, cette femme-tronc a conservé l'essentiel: un cœur gros comme quinze galaxies. Un calme rassurant, enveloppant, flotte dans la maison, lieu qui commence à me plaire après plus d'une année les deux pieds sur les freins. Ma belle Emma, ce que je trouve le plus compliqué dans toute cette folie des derniers mois, c'est que...»

«... je ne peux pas rester un enfant quand je dois être responsable d'un autre. Pourtant, de l'extérieur, je donne l'image du type en contrôle qui semble en avoir déjà eu des centaines dans une autre vie. Quel comédien je fais. Je joue faux et personne ne le voit, pas même ta maman. Le truc, à ce qu'on dit, c'est la communication, exprimer ce qu'on vit à l'autre. Encore faut-il que cet autre soit prêt à écouter. Désolé, Emma, ma lettre prend des allures de thérapie, je suis loin du poème d'amour du prince charmant à sa princesse. Pourquoi est-ce si difficile d'avouer nos faiblesses, nos zones d'ombre à la personne qui partage notre vie?...»

«... à cause de la peur d'être jugée dans nos failles, tout simplement. Si tout le monde était plus vrai, plus disponible, les familles n'éclateraient pas comme de petites bombes lâchées sur nos orgueils démesurés. J'aurais pu écrire "je t'aime" en rose fluo sur des milliers de feuilles lignées au lieu de t'importuner avec mes angoisses de maman somnambule. Si un jour tu tombes sur cette lettre...»

« *... ne la lis pas. Ou fais-la traduire en hébreu, peut-être aura-t-elle plus de sens ? Je suis prof, pas écrivain. Je déteste écrire. Toutes les fois que je dois rédiger une carte de fête, l'écume me sort de la bouche, ma tête pivote sur elle-même, je perds le goût de vivre. Ton papa s'arrête là pour ce soir, pour tous les autres soirs... Au lieu de t'écrire, je t'embrasserai, te dirai...* »

« ... je t'aime comme je ne croyais pas pouvoir le faire. Merci d'être si douce avec moi, si bonne malgré mes gaffes, si souriante malgré mes yeux de poisson mort. Dans ce journal, j'étais censée faire l'inventaire de ta journée, de tes progrès, pas des miens. Tu vois ? Je prends déjà toute la place. Guillaume est réveillé ? Perdu, à moitié endormi, il titube jusqu'à moi et, comme ça, sans raison, m'enlace et m'ordonne gentiment de le suivre au lit. Je le serre, le compresse de toutes mes forces, comme si je voulais le casser. Je l'aime tant, ton papa, et je t'aime tant ma fille, pourquoi, bordel, faut-il que ça soit si difficile alors qu'il y a tellement d'amour à mes côtés ?... »

« *... Je suis seul devant ces dizaines de chaises vides. Je donnerais tout ce que j'ai en ce moment pour que ta mère m'étreigne comme elle l'a fait hier soir... Hier soir, ta maman était la femme la plus sublime au monde, malgré ses cheveux dépeignés, ses joues creuses, son pyjama multicolore. Et je ferai tout mon possible pour qu'elle le soit encore et toujours... Je t'aime, belle Emma...* »

« ... Belle Emma, je t'aime... »

De
ta
ton
mère
père
qui t'aime
xxx

« JUSTINE DUPUIS, MÉDAILLE D'OR,
CHAMPIONNAT DE BASKET-BALL INTERCOLLÉGIAL, 1987 »

En fixant cette plaque de plastique, toute marbrée, zébrée des mille variantes de turquoise existantes sur l'étagère vitrée du salon, j'ai une boule de quille qui me remonte l'œsophage. L'étagère en question, modeste meuble suédois mal boulonné, prend des allures de mausolée ce soir. Ou plutôt cette nuit. Il est deux heures du matin. Le micro-ondes me le rappelle tendrement en martelant ma cornée à coup de chiffres fluorescents.

Guillaume travaille demain. Je dois le laisser dormir. Il a l'air d'un zombie tout droit sorti d'un de ces jeux vidéo à la con qui ont diverti mon homme lors de ses récentes nuits blanches. Je croise mon reflet dans l'étagère de verre qui soutient divers trophées, multiples médailles, photos dévoilant un couple qui exhibe fièrement son amour.

C'est nous.

C'était.

Qu'est-ce que c'est que ces sourires autour d'une tablée d'amis débordant de victuailles et de bon vin ? Sûrement chez Fred. Le mobilier de l'Armée du Salut en décor de fond me le confirme à l'instant. Étions-nous de si bons comédiens ? Pourquoi avions-nous ce ridicule besoin infantile d'afficher notre amour au grand jour ? On voulait prouver quoi, au juste ? À qui ? À nous ? La vie m'énerve. Son manque de timing me sidère chaque jour. Notre amour était simple, solide. Aucun besoin de se faire rassurer. C'est aujourd'hui, parmi les couches, les coliques, les heures qui se suivent et se ressemblent, que ces photos devraient être prises. Sur le vif. Sans artifice. Au moins, les sourires, un peu lourds en raison de poches sous les paupières qui gonflent à vue d'œil, seraient honnêtes et porteurs d'une vérité presque touchante.

En balayant du regard mon passé sur papier glacé, j'ai la nette sensation qu'il y a deux vies maintenant. Celle d'avant Emma versus celle avec Emma plein les bras. D'ailleurs, elle semble endormie. À user mes bas de laine ainsi sur le bois franc du couloir, je muscle mes mollets et mes biceps, mais me rapproche d'une crise de folie passagère. Je dis ça comme ça, j'ignore à quoi ça ressemble ce genre de crise, mais elle m'irait à ravir, c'est certain. Alors on se demande : ai-je des regrets ? M'ennuie-je de mes escapades de femme libre, de mes soupers d'amis où on refaisait le monde à l'aide de phrases creuses, de théories à deux sous, de proverbes maison ? Non. Je suis rendue « ailleurs », c'est mieux ainsi. Vraiment. J'ai profité de long en large et de bas en haut de ma vingtaine, d'une bonne moitié de ma trentaine, alors faut savoir couper les ponts, faire les deuils nécessaires et faire chauffer des biberons sur le poêle en pleine nuit, en se cognant l'orteil sur une patte de chaise égarée. Le problème, c'est la foutue ligne entre la théorie (où tout semble beau et rempli de personnages de bandes dessinées) et la pratique (ce que je vis depuis plus d'un mois).

Personne n'est prêt.

Même Emma n'était pas si prête que ça. Elle chigne, se tord, pleurniche à vous rompre le gros nerf. Comme si nous étions elle et moi en plein milieu d'une scène d'une tragédie grecque, devant un public assoiffé de rebondissements, et que nous avions perdu nos textes, nos costumes et les autres comédiens. Une pression s'installe sournoisement, dans tous les pores de peau, sous les ongles, dans les os, et elle vous rend dingue peu à peu, vous invitant à parler seule lors de vos promenades nocturnes dans votre maison de banlieue.

Emma ronfle. Guillaume aussi. Si je me concentre, ils le font en parfaite harmonie. Du bonbon à mes oreilles de mère qui essaie de rendre ses nuits endurables.

Quand mon homme me croise dans la maison, il me démontre par des tonnes de petits gestes (caresse, baiser, clin d'œil) combien il m'aime et combien il s'inquiète pour moi. Il aimerait que je sois forte, que je prenne Emma et parte donner des conférences sur la maternité dans tous les CLSC de la province. Je joue à la fille forte qui contrôle toutes les nouvelles facettes de sa vie, mais tôt ou tard, ça va craquer. Je m'en fais trop.

Je dors debout? Les deux yeux fermés, la tête appuyée sur le cadrage de la salle de bain, je vivote en serrant Emma de toutes mes menues forces pour ne pas l'échapper. En ouvrant la porte de sa chambre, j'ai un flash. Je nous revois, Guillaume et moi, en train de décorer la chambre de la petite. En tant que nullités de la brico, nous avons pris trois heures pour installer un rideau. À la fin, au lieu de défoncer les murs à coups de tête, nous avons évacué notre tension en riant aux larmes. Étaient-elles de joie ou de désespoir? Ce moment anodin résume bien comment je me sens en déposant Emma dans sa couchette. Tout me fait rire ou pleurer, sans jamais en comprendre la cause. Ma mère me répète sans cesse que ce n'est que de la fatigue accumulée, mais c'est bien plus profond que ça. Ces trucs-là ne se disent pas. On choisit de les vivre ou non.

Vu d'ici, Guillaume a des allures de naufragé, épave poilue qui fait l'étoile dans notre lit. Est-on encore amants? Depuis la naissance d'Emma, on se touche à peine. On s'effleure en se passant le petit paquet de joie qui gigote. Au moins, on sourit. Le moral tient bon. Mais le sexe. La baise. La crue, la vite-faite, l'allongée ou l'espresso, on repassera. J'ai l'entrejambe comme un champ de bataille. Ravagé. Comme si un ouragan de force quatre y était passé. Plaisant. Guillaume, je le sais, joue au gars rationnel en m'expliquant mes propres malaises. Renseigné, le monsieur. Il a le cœur aussi gros que les couilles ces temps-ci. C'est ce qui fait sa force. Une âme de missionnaire, je vous dis. Ça me tue. D'habitude, dans une autre vie, quand je voyais Guillaume étendu, nu, je lui sautais dessus, les culottes en rivière. C'était spontané, jouissif, merveilleux. En ce moment, le voir nu à quelques pas de moi m'apparaît aussi excitant qu'un pain de viande réussi. Le pauvre! C'est con, je sais, mais plus le temps passe, plus je deviens intimidée quand il tente de me toucher, comme si mon rôle de nouvelle maman n'était pas compatible avec celui de bête de lit. Je m'épuise. Je fais des liens où je ne devrais pas.

L'adaptation « nous sommes maintenant trois » se déroule à merveille. À part une perte de sommeil, d'appétit (culinaire et sexuel) et une profonde remise en question de toutes mes convictions. Faut être positif, c'est Guillaume « Monsieur Bonheur » qui le dit.

Le jour où j'ai compris que cette belle chouette était là pour rester, que je ne pourrais jamais avoir l'esprit tranquille, le jour où mon petit nombril percé est passé au second plan, j'ai pleuré. Comme une Madeleine. J'étais seule, dans la salle de bain, Emma gigotait sur le plancher, pleine de poudre, les fesses à l'air. J'ai ressenti toute cette incommensurable évidence. La figure sur la cuvette, la porcelaine refroidissait mes joues brûlantes d'émotion. Emma me fixait. Deux grands trous noirs, sans fond, qui m'examinaient, me consolaient.

Imaginez.

Un petit bout de chair de quelques jours qui calme les angoisses d'une jeune mère qui flippe. Minute après minute, la routine s'installe, confirmant l'inévitable: je suis gauche, maladroite, sans initiative. Aux yeux de mon chum, tout roule car j'évite soigneusement de montrer mes failles. Ça le ferait paniquer, alors je ravale. Être confinée à la maison n'a rien d'évident. C'est cliché, je sais, mais le travail, occuper son corps et son esprit à la semaine longue finit par porter des fruits : on se détache peu à peu de qui on est, de qui on voudrait être. Mais là, pas d'issue possible. C'est pire depuis que Guillaume est retourné au collège. Seules, entre filles, je cajole, berce, passe le temps et le balai. Même si Élyse fait son tour et que maman rapplique de temps à autre, c'est trop peu trop tard. Alors je lis. De tout. Romans, biographies, revues, horoscopes, boîtes de céréales. Emma dort, pleure, boit, observe sa chambre, surtout le fameux mobile d'animaux de la jungle qui semble l'effrayer. Elle n'est pas la seule. Une idée de Guillaume. Une fausse bonne idée, oui. Même si ma bedaine me manque beaucoup, je me plains le ventre plein. Il faut bien que je chiale un peu, je n'ai plus rien à lire.

Et si la couverture lui cachait la vue ? L'empêchait de respirer ? L'étranglait en se faufilant dans son tube digestif ?

Le grincement de la porte de chambre d'Emma me fait sacrer intérieurement. Et extérieurement aussi. À peine audible. Guillaume devait la huiler, la réparer, la foutre au recyclage. Faut pas qu'elle se soit réveillée. Sa petite veilleuse, touchant dessin d'une fée un peu rondelette, offre à ma vue un éclairage voilé, juste parfait pour ne pas que je me cogne l'orteil sur un meuble malveillant.

Doux Jésus ! Elle ne dort plus.

Que fait-elle ? Même si son visage est à peine visible, Emma me regarde tendrement. Ses yeux, envoûtants, calment mes angoisses nocturnes. Ma main droite lui frôle la joue, replace son duvet ébène. Elle se rendort en s'étirant tout doucement. Les minutes passent et je reste debout à ses côtés, dans sa chambre de petite fille, le cœur éparpillé dans ses doudous.

– Tout est correct ? Je pensais que t'étais au lit... Fait longtemps que t'es ici ?

Boxer moulant, torse bien en vue, Guillaume ouvre un œil pendant que l'autre cherche à se rendormir. En l'espace d'un instant, je lui ferais l'amour, là, sur la commode rose bonbon d'Emma. Mais à l'intérieur du même instant, Emma se réveille et mon fantasme-minute fond comme neige au soleil.

– Tu ronflais, dis-je.

– Je t'ai réveillée?

– Du tout. Emma s'en charge.

– T'aurais pu me secouer, pour un peu d'aide.

– Tu travailles ce matin, non?

– Et alors? On s'en fout. T'as pas à tout te taper, t'es toute pâle...

– T'avais pas remarqué? C'est ma nouvelle crème de nuit: «Clown» de Dior.

– Je suis sérieux.

– Je suis sérieuse.

– Allez, passe-moi cette démone que je la lance en l'air!

– Niaise pas! Merde! Elle vient d'ouvrir l'œil et...

– Détends-toi! Au pire, si elle me glisse des mains, j'en achète une autre dès demain.

– Je... tu... Guillaume?

– Quoi?

– Baise-moi.

– T'es dingue.

Silence.

– T'es sérieuse?

– Prends-moi, embrasse-moi, je te veux tellement...

– Pleure pas... Et la petite?

– Amène-la, on va la déposer dans son siège. Au pied du lit, elle ne verra rien.

Malhabiles, ayant perdu la main, nous nous déshabillons en nous précipitant vers le lit.

– T'es cinglée. Ne change jamais. Je te le pardonnerais pas.

– Cesse de parler, agis.

Et là, quand nos corps se sont retrouvés après des semaines d'égarement, nous avons fait l'amour. Simplement. Même si nous étions rouillés, je n'avais jamais ressenti de telles émotions. Était-ce seulement le pur fruit d'un plaisir trop longtemps refoulé ou le fait de nous retrouver, simplement, comme avant ? Je ne sais trop.

Tout de même, quel étrange moment que le mélange des voix de Guillaume et d'Emma : un qui soupire de plaisir, l'autre qui gigote en babillant.

Ils me rendent tellement heureuse.

# Avant

Là-haut, Fred se sent puissant, inatteignable. Il sourit, frondeur, et m'ordonne de l'imiter. Depuis toujours, Fred a ce petit côté baveux, provocateur. Il aime surprendre, déstabiliser son environnement. Je l'adore, mais il me complète. Je suis le pendant raisonnable du duo.

En grimpant à ses côtés, je me rappelle nos longues journées passées dans notre cabane, notre repaire, chez mes parents. Les pires folies, mauvais coups, découvertes ont vu le jour dans ce petit paradis fait de planches de grange.

Aujourd'hui, sur le toit d'un autocar anglais à deux étages, loin de nos amies de cœur respectives, en plein milieu d'un Londres effervescent, nous nous sentons invincibles. Rien de moins.

Fraîchement débarqués dans la majorité, nous nous payons le voyage de notre vie. Paradis pour tous les fanatiques de musique, Londres et ses environs n'auront plus de secret pour nous d'ici quelques jours.

Le chauffeur nous demande, dans un anglais que nous ne comprenons pas très bien, de descendre de là, que la police, si elle nous pince, ne trouvera pas ça drôle du tout. Les touristes, la tête sortie de l'autobus, nous sifflent, nous encouragent à chanter, à danser. Ce sont, en majorité, de vieux hippies nostalgiques qui sont venus ici pour un dernier tour de piste. Les sirènes de voiture de police anglaise ont un son assez strident, difficile de les ignorer.

Dans toute sa splendeur de jeune adulte irresponsable, Fred se fout à poil en moins de deux. Sous l'œil ébahi du chauffeur et les cris de jeunes Anglaises survoltées. Sans prévenir, il se laisse glisser sur le côté du bus et m'entraîne dans sa chute.

Fred est con.

C'est connu de tous. Surtout de moi. C'est le frère que je n'ai jamais eu, le père qui me guide, l'ami cinglé qui me détend quand je prends la vie au sérieux. Je le connais tellement que de voir son sexe flotter dans la brise londonienne ne m'étonne guère. Impression de déjà-vu. Fred a un public. Ça ne lui en prend pas plus pour en rajouter. Il se lance dans une version *a capella* du *hit* de l'heure en Angleterre, *Lady in red*, de Chris de Burgh.

Dans notre course effrénée, habile, il enfile ses vêtements comme s'il avait été nu-vite toute sa vie. « *Lady in red is dancing with me cheek to cheek* », hurle Fred aux oreilles des passants que nous frôlons en zigzaguant comme des gamins sur Upperstreet. Devant nous, à gauche, à droite, des bars, des pubs à perte de vue. À bout de souffle, Fred se jette littéralement sur la première chaise qu'il voit. Je l'imite. Je le traite d'imbécile. Tout fier, il me remercie en m'offrant une Guinness.

Autour de moi, j'observe des touristes qui, un peu comme nous, trinquent joyeusement ; des Anglais qui soûlent leurs peines ; des étudiants qui célèbrent ; des hommes d'affaires qui décrochent. Partout, c'est l'illusion d'un monde parfait.

Pendant quelques secondes, je réalise que je me trouve très loin de chez moi. La chance aussi d'être en compagnie de Fred, l'instigateur du voyage. Ma douce Julie doit s'ennuyer à mourir. Quand je pense à elle, je deviens mélancolique, mais ça ne dure pas. Trop de choses à faire, à vivre dans cette ville. Fred, lui, ne parle jamais de Manon. Sa Manon. Première amourette d'adolescence qui passe l'épreuve du temps. À notre âge, un an en couple, c'est comme une vie entière. Ils s'engueulent souvent, deux caractères forts qui veulent avoir raison, à tout prix. Ils m'épuisent, mais je ne peux me passer d'eux.

– Allez, sors de la lune. Oui, Julie t'aime, t'attend, te veut…

– Non, je pensais pas à elle. Je constatais la beauté des lieux, l'unique chance qu'on a d'être ici.

– La chance ? Je te rappelle que nous n'avons rien gagné ! De beaux dollars durement gagnés depuis deux ans nous ont menés ici. Pas la chance.

– Ça t'arrive d'être émerveillé ?

– Oui, bon d'accord. Quel film on va voir déjà ? *Top Gun* ?

– Oui. Nos blondes, elles vont nous attendre, tu penses ?

Son expression m'annonce deux choses : qu'il me trouve fleur bleue et qu'il veut m'expédier par avion dès maintenant si je n'arrête pas de lui parler de mes états d'âme.

– On est partis un mois ! Pas cinq ans ! Un mois !

– Je sais…

– Ça fait seulement une semaine et tu t'ennuies déjà ? C'est fou comment t'es dépendant.

– On s'entend pour « amoureux » ?

– Erreur. Je suis autant amoureux que toi, mon cher, mais j'ai ma vie à vivre, Manon a la sienne. Tu fusionnes trop, c'est dangereux.

Je cale l'épais liquide noirâtre pour voir le fond de ma pinte et pour changer de sujet surtout. Au soleil, sur une terrasse, de l'autre bout de l'Atlantique, je mets en marche mon tout nouvel achat : un Walkman Sony AM/FM. *Martha my dear* résonne à mes oreilles.

Hier, je fredonnais *Strawberry Fields* en fouinant dans les ruelles de Liverpool. Fred, pour qui les Beatles riment avec ritournelles pour vieux nostalgiques, suivait mes pas en gueulant à tue-tête les succès des groupes de l'heure : A-ha, UB40, The Smiths, Simply Red, Tears for fears. Deux jeunes adultes aux membres trop longs qui, sac au dos, espèrent trouver des réponses aux Grandes Questions de la Vie qui les habitent.

Aujourd'hui, à midi tapant, alors que McCartney me chantonne sa ballade au piano en l'honneur de sa chienne, je promène mon regard sur la foule disparate qui grouille autour de moi. Et ce tourbillon, ce trop-plein de gueules anglaises trop sévères pour qu'elles me donnent envie de sourire me fout un cafard instantané. Comme si, loin de ceux que j'aime, je me sens coupable de vivre tout seul ce feu roulant de beaux moments. Je ne compte pas sur Fred, le jovial au-dessus de tout, pour un filet de compassion. Il est venu ici pour décrocher. De quoi ? De sa vie quotidienne qu'il trouve trop rangée, de sa blonde Manon qu'il trouve trop entreprenante.

La nuit dernière, je l'ai attendu à l'auberge de jeunesse. Il s'est pointé complètement bourré, chancelant, puis s'est laissé tomber face la première à mes côtés, dans un lit jumeau qui n'avait rien de double. Il ne l'a pas dit. Il n'a même pas tenté de me le faire deviner, mais c'était clair : il avait sauté la clôture. À pieds joints. Sans remords, il a sifflé toute la journée, élaborant sur la nuit « unique » qu'il avait vécue. Bon joueur, je l'ai laissé monologuer sur ses talents de don Juan qu'il réprime depuis qu'il fréquente Manon. Je l'ai laissé se pendre avec sa corde, se noyer dans ses bêtises.

En l'observant, l'air de rien, affalé sur sa chaise, déjà à sa troisième pinte, il a plutôt fière allure. Les cheveux en broussaille comme s'il s'était battu avec un peigne et qu'il avait perdu, le teint blême, le polo blanc boutonné au complet, un veston gris terne deux fois trop grand, il ressemble à Robert Smith. Ce qui explique sans doute les regards en coin et les clins d'œil des jeunes Anglaises quand elles le croisent.

– T'es trop sérieux, Guillaume ! Relaxe ! Nous sommes en Angleterre, mec !

– Vraiment ? Je me pensais à Roberval. Merci du tuyau.

Il s'esclaffe en me tendant une espèce de cigarette indienne qui me fait vomir à chaque bouffée. J'en prends une, souhaitant qu'à la longue, mes nausées s'estompent.

– Tu penses encore à Julie ? Tu…

– Non. À ma mère.

Sa réaction, un sublime mélange de surprise et de mépris, ne m'étonne pas. Chaque fois, quand il est question de mes parents, il adore me faire le morale.

– Ta mère ? Coupe le cordon, merde !

– Aucun rapport. Elle vient de se faire larguer par son nouveau copain, une sorte de mafioso louche. Elle l'aimait beaucoup. Elle ne s'en remet pas. Je m'inquiète pour elle, c'est tout.

– Tu m'impressionnes. Moi, je n'ai aucune idée de l'endroit où est mon père. Ma mère travaille jour et nuit pour s'occuper de mes petites sœurs… et je m'en fous éperdument ! C'est ça ou c'est moi qui claque ! Ton père, il…

– Jamais là.

Fred porte un toast. Ça sent le brûlé.

– Aux amours ultra-complexes et vraiment modernes ! À tes parents, un couple que j'admire pour leur ouverture d'esprit et…

– Ta gueule…

– Oh, c'est une blague ! Allez, fais pas cette tête-là, lève ta pinte et prends toute cette merde en riant !

Quand il déparle de la sorte, je le frapperais. En vérité, quoi qu'il fasse, je le frapperais volontiers.

– Tu sais, je te connais depuis que t'es haut comme ça. T'accordes trop d'importance à ta famille, tu l'idéalises, tu veux qu'elle soit ce qu'elle ne peut être. Les parents, surtout les tiens, sont imparfaits. Ne te sens pas coupable de les juger, de les haïr même. T'as pas à jouer au parent, t'es l'enfant.

– Julie me rebat les oreilles avec ça sans arrêt... Peut-on changer de sujet ?

Il se lève d'un bond, me tape sur l'épaule et fais signe au serveur de lui apporter deux autres pintes.

– Arrête ! La journée débute à peine. On va être soûls dans peu de temps à ce rythme-là !

– Et alors ? Et alors ? Et alors ? Voilà un beau programme : soûls morts avant le coucher du soleil !

Minuit. Étendus. La belle étoile. Vent frais. L'estomac à l'envers, nous nous concentrons pour ne pas être malades. Des touristes, au loin, rigolent. Est-ce qu'ils nous voient ? J'imagine. Je suis trop sonné pour me justifier, pour m'enfuir la queue entre les jambes. À bout de souffle, de bières, d'alcool fort et de disco-thèques assourdissantes, en plein Green Park, nous philosophons mollement sur des sujets tels que la menace nucléaire, la sexualité des aînés et la futilité de certains records Guinness. Édifiant. Nous nous contredisons, nous bafouillons. Notre désir de refaire le monde dépasse largement nos moyens. Cigarette au bec, Fred me demande ce que je veux faire de ma vie. Le plus sérieusement du monde, je lui réponds que j'aimerais seulement faire le bien. Que j'aimerais me laisser porter par le vent, que les études au cégep qui m'attendent à mon retour ne me disent rien, qu'aucun métier ne nourrit en moi de grandes ambitions.

Debout, vacillant, Fred prêche pour sa paroisse, m'invite à tout lâcher, à partir avec lui autour du monde, que nos blondes sauront nous attendre si elles tiennent vraiment à nous. Il s'excite si fort que les amoureux dans les bosquets interrompent leurs mouvements pour l'écouter délirer.

— Tu sais, à t'entendre, on dirait que Manon n'est pas la femme de ta vie.

— Comment en être sûr ? Je veux dire, on s'aime, on s'adore, ça ne peut pas nuire pour continuer un bon bout ensemble.

— « Un bon bout » ? Tu vois, tu restes prudent, t'oses pas t'imaginer avec elle.

— T'essaies de me dire quoi, au juste ?

— Ben moi, tu sais...

— Parlons-en de toi ! Monsieur qui croit en connaître plus que les autres sur l'Amour et ses dérivés. Parce que toi, c'est vrai, tu le sais plus que moi que ta Julie sera la femme de ta vie...

— Oui. Ça sera elle. Je n'ai pas peur de te le dire.

— Et elle ? Elle pense la même chose ?

— J'imagine.

— Merde, Guillaume, c'est pas avec des « J'imagine » qu'on fabrique quelque chose de solide. Et la mère de tes enfants, imagines-tu que ce sera ta belle Julie ?

Pris au dépourvu, la gorge sèche, j'enfile mon tee-shirt pour masquer l'embarras qui fait du jogging dans ma figure. Je réfléchis sur le choix, l'ordre et la valeur des mots que je m'apprête à employer.

— Qui te dit que je veux des enfants ?

— Je sais pas... me semble que t'es le genre de gars qui voudrait en avoir pour réparer des blessures d'enfance ou quelque chose du genre.

— Ferme ta gueule ! Tu m'énerves.

— Laisse-moi finir ! Je sais, je dis n'importe quoi, mais pas tant que ça. En tout cas, moi, des enfants, j'en veux ! Pas des tonnes, mais me semble que sans enfants, on va nulle part...

— Julie en parle. Moi, ce que j'en dis, c'est qu'un enfant, ça se fait à deux.

— J'adore ton sens de l'observation.

– Veux-tu ? Merde ! Ce que j'essaie de t'avouer, c'est qu'avant Julie, j'étais loin d'être certain d'en vouloir, mais depuis qu'elle est là, c'est une évidence : elle sera la mère de mes enfants. Quoi ?

– Je suis sans mot. Non. J'y pense, j'ai quelque chose à ajouter : t'es trop romantique. Ça ne fait même pas un an que ta Julie est dans le décor. Mets la pédale douce, c'est un conseil d'ami.

– Et toi ? Ta Manon ? Ça fait moins d'un an et tu me fais la morale ?

– C'est différent et tu le sais. Nous sommes si… Je suis réaliste, j'évalue les choses d'un point de vue logique, toujours. Toi, éternel rêveur, tu vis d'amour et d'eau fraîche, ça fait pas des enfants forts.

L'air de rien, nous sommes repartis, bras dessus bras dessous, bouteille en l'air et goulot aux lèvres. Notre bonhomie donnait bêtement l'illusion qu'aucune animosité n'avait vu le jour entre nous il y a un instant.

Elles sont magnifiques. Comme ces jeunes filles qui attendent leur copain soldat sur le quai des gares dans ces films américains. Manon, les cheveux en éventail, un toupet tel un soleil levant, balaie l'air avec sa main comme si elle venait d'apercevoir son idole. Son Fred, en fait, c'est un peu son idole. À voir son visage quand il s'amène pour la lancer en l'air, il est clair qu'elle donnerait sa vie pour lui. De retour d'Angleterre, je me sens comme les Beatles en 1964 lors de leur première présence en sol nord-américain. Une foule, des cris de joie, des jeunes hommes qui reviennent d'Europe, impatients d'embrasser leur copine, tout y est pour que l'émeute éclate, pour que nous marquions l'Histoire.

Julie somnole, un café à la main. Elle s'est mise au café ? Un mois sans se voir et elle se permet de se créer de nouvelles habitudes ? Les bagages et le cœur pleins, je me lance à sa rencontre en plein aéroport. Sans m'avertir, elle me scie les jambes, me jette au sol.

K.-O. avant le compte de dix.

Tout est dans son sourire.

Trop forcé pour être touchant, pas assez long pour être valable.

Un sourire de collègue de travail croisé au photocopieur.

À ma droite, Fred et Manon s'enlacent, se violent à coups de langue. Beaux à voir. Le baiser de Julie sur ma joue me rappelle celui de ma mère à ma graduation.

Dès que ses lèvres ont touché les miennes, j'ai su.

Julie ne m'aime plus. Un peu, oui. Pas assez pour moi.

Trop peu pour être madame Guillaume Champlain, mère de nos enfants.

– T'as fait un beau voyage ? me dit-elle, en me frottant l'épaule.

J'ai trop le cœur à l'envers pour lui répondre. Elle me frotte le dos ? Julie n'est plus ma copine. Elle est devenue une amie. Une amie parmi les autres.

Fred avait raison. Je suis un connard de rêveur. Et c'est bien connu, les rêves, plus on en fait, plus le réveil est difficile.

Depuis le divorce de mes parents, il y a quelques années, je vis seul avec ma mère. Parfois, mon père revient faire la cour à ma mère et elle le reprend… le temps qu'il aille voir ailleurs s'il y est. Ce soir, il achève sa parade nuptiale en acceptant l'offre de ma mère : un bon souper maison. Et nous voilà réunis comme autrefois. Sortez les mouchoirs, c'est de toute beauté.

J'aurai bientôt trente ans et il me considère encore comme un gamin qui mouille son lit. Je suis à l'opposé de ce qu'il est et c'est très bien ainsi.

Ma mère parle, nous l'écoutons. C'est drôle, la manière qu'elle a de laisser des pauses comme si quelqu'un lui répondait. Une espèce de dialogue à sens unique qui témoigne de la « grande écoute » que nous avons pour elle, mon père et moi. Mais elle reste zen et essaie de créer une sorte de lien familial *cheap* issu tout droit du catalogue Sears. À bout de bras, ma mère, malgré ses défauts, son hystérie à toutes les sauces et ses aventures avec des hommes de plus en plus jeunes (le dernier aurait pu être mon petit frère), fait tout en son pouvoir pour me donner une sorte de famille rapiécée à laquelle j'essaie de croire pour lui faire plaisir.

En expliquant à voix haute, comme si elle participait à un concours oratoire, les différents ingrédients du plat qu'elle promène sous nos yeux affamés et indifférents, elle me fait sourire. Je l'aime bien, ma mère. Son refus de lâcher prise, d'admettre que notre famille n'en est plus vraiment une me touche beaucoup. Un optimisme comme le sien inspire, guide. Il ne manque plus qu'un GPS.

Les cernes multi-couches et ballottants de mon père illustrent qu'il est au bout du rouleau, qu'il essaie de jouer le jeune mâle de vingt ans en affaires comme en amour, mais les nuits sont courtes et la patate ne suit plus. Je les observe, discrètement, en hochant la tête à tout ce que ma mère énonce comme procédé de cuisson.

Est-on une famille ?

Avec le recul, même si nous sommes trois, je dois me rendre à l'évidence : pas du tout. Ma chère maman a beau remuer ciel et terre pour que nous formions la plus belle famille du monde, ce n'est que toc, mensonge et camelote. Trop de fois, mon père l'a quittée. Pour rien. Pour une autre. Pour un mois. Pour un an. C'est tellement tout croche que j'ai le mal de mère.

À nous voir brouter cette salade grecque-quelque-chose, en silence, le regard perdu, je rêve, je prie pour qu'il se passe un truc grave, imprévu, un truc qui me ferait quitter ce nid sclérosé où le confort et l'insouciance grugent le peu de volonté qui sommeille en moi. Tadam ! Madame, Monsieur, j'ai nommé mademoiselle Justine. Cette magnifique brunette rencontrée il y a plus d'une semaine. En discutant avec elle hier soir au resto, j'ai su qu'elle était LA fameuse, LA tant recherchée, celle qui me tirera loin d'ici.

Allez, brise ce silence funèbre, Guillaume, fais un jeune adulte de toi.

– Hier soir, j'ai dîné avec une fille.

– Une autre ? T'es dur à suivre.

Son clin d'œil du type «on est pareil mon homme / tel père tel fils» m'exaspère, me force à me concentrer sur l'air qui sort et entre de mes poumons nerveux.

– Je voulais juste vous dire que j'avais passé une belle soirée.

– Tu pourrais te forcer, André, dit ma mère, pleine de compassion pour son fils, l'enfant prodigue.

Quand ma mère prend ma défense, je me sens nul, les culottes baissées. En s'essuyant la bouche, encore pleine, mon père veut répliquer.

– Mon grand, je veux que tu te cases, c'est sûr, mais pas n'importe comment. Si c'est la bonne, bien ça sera un bon prétexte pour que ta mère se débarrasse de toi.

– T'essaies d'être drôle ? Je le sais bien plus que toi que je ne suis plus à ma place.

– Si tu le sais…

– André, Seigneur ! lance ma mère en échappant une tasse sur la table.

Encore une fois, mon père, un carencé affectif maladroit qui veut toujours dire ce qu'il pense en tout lieu, n'importe comment, essaie de me faire la morale. Il a honte de moi mais ma honte de lui le surpasse haut la main. Parfois, je me dis que les liens du sang sont une belle arnaque : impossible de s'y fier.

– Michelle, puis-je avoir mon mot à dire ? Merci. Tu sais, me semble que je suis correct avec toi ; étant donné tes études qui s'étirent, j'ai le droit de m'inquiéter de ce que tu vas faire de ta vie, non ?

– Stop. Papa, laisse-moi te mettre au parfum : je ne suis plus aux études depuis près d'un an et j'enseigne la philosophie à temps partiel... Et je paie un loyer à maman... Ce n'est que temporaire, ma coloc m'a foutu dehors... Te voilà au courant maintenant.

Ses yeux de flétan, sa bouche qui fait un bruit insupportable me glacent le sang. Il ne sait rien de moi et il ne fait aucun effort pour le savoir.

– T'es prof ? Depuis quand ?

– Fin janvier.

Mon père hoche la tête, fixe son assiette. Comme s'il mesurait ma valeur par rapport à l'emploi que j'occupe.

– Surpris ? dis-je, un peu baveux.

– Je pensais pas que tes années d'études t'auraient mené à quelque chose de concret, c'est tout... mais je suis heureux pour toi.

– « Nous » sommes très heureux ! ajoute ma mère.

Cette manie qu'elle a de parler au « nous », au nom de mon père. Amen. Je sais que dans le silence qui suit cette conversation se glissent une foule de souvenirs.

Mes parents, en jouant de leur fourchette, se remémorent toute ma vingtaine, parsemée de doutes, de laisser-aller, d'échecs et mat. Ils revoient défiler les anciennes copines, en paquets de dix, assises au bout de cette même table. Blondes, brunes, bleues, jeunes, divorcées, paumées ou missionnaires, elles ont bouffé dans cette cuisine parfois quelques semaines, et d'autres fois le temps d'un déjeuner. En fait, j'étais le parfait branleur, l'enfant unique cliché qui vivait et se faisait vivre, qui ne lisait du Nietzsche que pour s'inventer un semblant de mentalité. D'employé pour la Ville section entretien à caissier de dépanneur, je roulais ma bosse et mes joints en voulant à tout prix « embarquer » dans le vrai monde. Celui de mes parents. En pensant à tout ça, je me méprise. J'étais, avec le recul, une espèce de petit-bourgeois qui ne pensait qu'à son nombril plein de mousse.

117

– Et cette nouvelle flamme ?

– Justine. C'est la femme de ma vie.

Le visage de ma mère en forme de point d'interrogation et celui de mon père, qui enfle à vue d'œil à cause du vin, me montrent à quel point je n'ai aucun modèle, aucun appui sur lequel fonder un quelconque principe. Leur sourire en coin, en harmonie et plein d'ironie, fait la preuve par dix qu'ils ne forment plus un couple depuis... depuis quand ? Toujours, j'imagine. Les ai-je déjà vus s'embrasser ? Un regard coquin ? Un frôlement imprévu ?

Ce sont deux entités indépendantes qui ont semé, jardiné, ensemencé à gauche, à droite. Ai-je des frères, des sœurs aux quatre coins de la province ? Même si toute ma vie j'ai rêvé comme un fou d'être le plus génial des grands frères, à en faire des cauchemars, tout mouillé en pleine nuit dans un lit trop grand pour moi, je n'ai plus le même discours ce soir.

Même si cela m'attriste beaucoup, je ne souhaite ces parents-là à personne.

Parfois, j'imagine qu'ils se sont connus dans une prise d'otages à la caisse populaire. Mon père dans le rôle du méchant bandit, ma mère dans celui de la caissière au décolleté plongeant. Pendant un siège qui n'en finit plus, en pleine négociation avec les forces de l'ordre, ma mère fait de l'œil au séduisant vilain qui, lui, dans un excès de romantisme, la kidnappe et s'enfuit avec elle sous le bras dans le dédale des souterrains de la banque. Une histoire à faire fondre le cœur d'un jeune garçon pour qui aimer une femme n'a rien d'évident. Cette Justine, cette fille rafraîchissante qui me donne le goût de croire que tout est possible, sera-t-elle à la hauteur de mes attentes gargantuesques, illogiques, impossibles ?

Au rythme des bouteilles qui se vident et des répliques qui ne volent pas haut, mes parents s'amusent à déblatérer sur des souvenirs d'enfance. La mienne. Et ils montent le ton, s'obstinent à qui mieux mieux, essayant de coincer l'autre avec un détail qui lui ferait gagner cette joute verbale d'un ridicule consommé. Ils ont toujours eu l'art de s'arracher la tête pour n'importe quel prétexte, comme s'ils voulaient me convaincre de leur valeur, de leur véritable nature.

Ce soir, ce sont mes prouesses de bébé, d'enfant et d'ado qui agrémentent leur lavage de linge sale. Sans prévenir, voilà que Michelle dérape.

– Veut-elle des enfants?

En fixant les aiguilles de l'horloge, je me rends compte qu'elles ne bougent plus.

Qu'est-ce qui te prend, maman? Je la dévisage comme un psychopathe, elle me tient en joue, la bouteille en l'air. Elle remplira ma coupe si je parle.

– Penses-tu vraiment que je le sais? C'est pas le genre de sujet abordé lors d'un premier rendez-vous galant, non?

– Enfin, si elle a ton âge, c'est évident qu'elle doit y penser… comme toutes les autres avant…

– «Toutes les autres»? Comme si je les collectionnais! Et si jamais elle valait le coup? Si jamais elle me donnait envie d'en avoir, des bébés, hein?

Mon père, en se frottant les cheveux, me fixe, songeur. Il se mord les lèvres, joue avec sa langue une bonne dizaine de fois avant de parler.

En allant déboucher une bouteille sur l'îlot de la cuisine, mon père paraît songeur. Il réfléchit. Ma mère s'occupe de débarrasser. Je lui offre de l'aider. Elle refuse et me demande, en un seul regard, de poursuivre cette discussion père-fils si rare qu'elle en a le cœur à l'envers.

– Les gens pensent que de ne pas vouloir d'enfants est une décision égoïste… mais le fait d'en vouloir peut l'être tout autant, je sais de quoi je parle, dit-il en ravalant un trop-plein d'émotions.

Les trois debout dans une cuisine trop tendance pour être accueillante, nous ne savons plus comment conclure le tout.

Quitter dans un claquement de porte théâtral?

S'étreindre en pleurant sur nos faiblesses qui nous rendent si humains ?

Nous décidons, sans mot dire, de faire la vaisselle.

Je les épuise. Je le sais. Je ne compte plus les fois où je leur ai dit que Julie était la bonne, qu'Émilie me comblait, qu'Édith avait les mêmes goûts, que Lisandre était sympathique malgré son look gothique. Combien de fois j'ai changé d'idée ? De look ? De choix de carrière ?

Je suis si dur avec eux.

Même s'ils sont incapables de la moindre émotion, ils font ce qu'ils peuvent. Je sais tout ça, mais j'aurais tellement besoin de plus. Tellement. Il ne faut pas que je vide Justine de tout l'amour qu'elle a en elle, comme une pieuvre avide de reconnaissance. Je ne peux plus le faire. Jusqu'à maintenant, ça n'a rien donné.

Il est temps que ça change.

Je frotte un plat de pyrex comme si c'était de l'or massif. Je me perds dans mes pensées. Et en Justine. En ses yeux. Son rire. Contagieux. Que fait-elle ? Où est-elle ?

Ma mère, de dos à moi, s'essuie la figure. Pleure-t-elle ? Elle nous quitte pour la salle de bain.

En passant derrière moi, mon père me prend par les épaules et dépose un baiser sur ma tête.

Je l'entends s'éloigner, n'ose pas me retourner.

Même blessée, dysfonctionnelle, séparée, mal en point ou handicapée, une famille a toujours besoin de garder espoir.

En composant son numéro, tard dans la nuit, je prie pour qu'elle décroche.

– Allô ? dit Justine, la voix ensevelie sous des tonnes de rêves incomplets.

– C'est Guillaume… Je voulais te dire…

– Chut !... dis rien... Mon lit est...

– Si grand...

– Si vide...

– J'arrive...

– J'attends...

En pleine nuit, en quittant mon chez-moi, en empoignant mon sac, en le déposant sur mon épaule, je regarde mon lit, mes meubles, mes vinyles des Beatles éparpillés. Et je sais. Je sais que je ne dormirai plus jamais ici. Et ça me soulage tellement que je me mets à rire. Le stress du départ sans doute.

En entendant marcher au-dessus de ma tête, je me faufile, sort par l'arrière, hume l'air, bondit de joie, murmure un prénom.

Elle devrait arriver. Sûrement un pépin de dernière minute. Pour une fois qu'elle veut venir me voir jouer, qu'elle ne travaille pas un samedi. Elle me l'a promis. D'accord, elle était encore dans les vapeurs d'alcool de la veille, son hochement de tête alors qu'elle ne pensait qu'à s'allumer une cigarette n'était peut-être pas si clair, mais j'ai le sentiment qu'elle voulait me voir jouer, me voir triompher à cette finale. Je suis le capitaine de l'équipe de basket-ball féminin de mon école. On se prend contre les Italiennes. Elles donnent des coups vicieux, que les arbitres ne voient pas, mais nous sommes de meilleures joueuses. Mais là, sur le banc, pour les rares minutes où mon entraîneur m'impose de me reposer, je panique. Le score est presque égal. Le pointage se promène d'une équipe à l'autre. La tension est à son comble. La sueur me brûle les yeux, mais je garde mon sang-froid.

À mon retour au jeu, avec le temps qu'il reste au dernier quart, je fais trois paniers consécutifs sans bavure et on remporte la finale. Devant les yeux ébahis et tellement fiers de ma maman. Scénario parfait.

Je fixe le chrono. Et l'entraîneur. Et l'estrade vide de la présence de ma mère.

Mise au jeu. Face à face avec Donatella, la grosse aux mollets d'acier. Facile à déjouer. Je remporte la mise, la contourne, évite le mur italien des défenseurs et monte au filet comme si je venais tout juste d'apprendre à voler. Et je répète ce manège deux autres fois. Fin de la partie. 88 pour les Italiennes. 92 pour les petites Québécoises. En nous jetant les unes sur les autres, je manque d'étouffer, mais je réussis tout de même à voir les parents envahir le terrain, agrippant leur fille comme si elle se mariait. Effusions de bonheur, moments magiques. Mon entraîneur, voyant que je suis seule, m'invite à ouvrir la bouteille de mousseux. À treize ans, j'ai bien le droit de célébrer. Après tout, je me suis défoncée pour mener cette équipe à la victoire.

Le temps passe. Le terrain se vide. Une amie me demande de les accompagner au Chalet Suisse pour célébrer. Je la remercie, prétextant l'arrivée incessante de ma mère. Elle me plaque une accolade qui me fait un bien fou. À peine éclairé, sans une âme qui vive, le vestiaire, lieu d'habitude festif et bouillonnant, est désert. Pourquoi je fais ce sport? Pourquoi je fais ce sport-là? Parce que le volley-ball m'ennuyait, que le patin m'a blessée, que la gymnastique a fait son temps. J'adore le sport, ça va de soi, mais je ne suis pas folle. Je sais que je fais tout ça pour que ma mère me trouve bonne, parle de moi à ses clients au bar ou à ses patrons riches de l'ouest de la ville. Seule à la maison à longueur de soirées, j'ai fini par faire le tour. Et le sport m'a sauvée de bien des troubles auxquels j'aime mieux ne pas penser. Elle n'a jamais assisté à un match. C'est un fait. Elle travaille le jour, le soir, les week-ends pour joindre les quatre bouts. Je l'admire, mais elle me manque terriblement. Je ne suis plus d'un âge pour la suivre dans les bars et les piaules de luxe et m'inventer une fausse vie en me déguisant avec les robes de princesse des vieilles Anglaises de Westmount.

En prenant ma douche, je me ressaisis et décide de me faire plaisir en allant rejoindre l'équipe au resto. Faut que je joue mon rôle de capitaine jusqu'au bout. Je ne suis pas une lâcheuse, une braillarde. J'ai la couenne dure et maman m'expliquera son absence demain matin au déjeuner. Voilà. Faut pas en faire un plat. Et pendant tout mon blabla de fausse conviction, je me prends à brusquer mon sac à dos de tous les côtés. Je perds les pédales et le lance contre les cases. J'ai une douleur au ventre qui me fait hurler. Pliée en deux, j'arrache la médaille d'or de mon cou. Un torrent de larmes m'empêche de me lever. Je frotte dans mes mains ce petit bout d'or, symbole de tous mes efforts à me dépasser, à faire de moi une jeune fille forte, autonome, douée, intelligente, mature, enfin tout ce qu'a produit une enfance sans mère. D'accord, j'aurais pu devenir une *bum* de mauvaise famille, une ado débauchée, etc. On peut dire que j'ai été chanceuse. Que la vie, malgré sa grande misère, m'a épargné bien des maux.

Mais ce soir, à genoux dans le vestiaire, ma médaille contre le cœur, je fais un serment. Une promesse. Une vraie. Pas une de bébé lala qui veut avoir un bonbon au supermarché. Non. Une promesse qui fera de ma vie un monde meilleur dans lequel il fera bon vivre. Une promesse qui fera la différence. Qui évitera bien des larmes, des attentes, des désespoirs à la chaîne, comme un chapelet qui ne finit pas de s'égrener. Je jure, je prie tous les saints, je fais la promesse solennelle… de ne jamais avoir d'enfant.

Et que si jamais la vie me joue un tour, je promets d'être là. Partout. En tout temps. Même à ses matchs de pétanque à Gaspé.

– Trouves-tu que nous formons une vraie famille ? Je veux dire, sans père, un enfant ? On peut dire «famille» quand même ?

Ma chère maman, ma douce Claire, toute menue mais bouillante d'énergie comme si elle était branchée sur une centrale nucléaire, me regarde drôlement. Comme si elle avait sa réponse bien à elle mais qu'elle voulait s'assurer qu'elle coïncidait avec la mienne.

– Oui. Je t'ai élevée à bout de bras, me semble que le titre «famille», je l'ai gagné haut la main, non ?

Toujours le sens du punch, chère maman.

– C'est pas ça que je mets en cause, maman, je veux dire, je suis enfant unique… ni frère ni sœur, me semble que…

– Que ? Es-tu en train de me reprocher…

– Du tout ! Voyons ! maman, on boit du bon vin, tu ne viens plus à la maison, on se voit tellement rarement depuis que je travaille à l'hôpital, je pensais à ça parce que…

Elle s'étouffe. Lit dans mes pensées. Je suis démasquée.

– T'as rencontré quelqu'un, toi ? Et ton Martin ?

– Bel et bien fini.

– C'est bien le suffisant, là, un peu frappé ?

– Oui, maman, mais c'est pas pour ça que je l'ai plaqué.

– Ah oui, c'est vrai, il voulait des enfants… Je te comprendrai jamais, t'en voulais pas, toi, des enfants ?

– Euh ! attends que j'y pense… NON. Surtout pas avec lui. Pire gaffe de ma vie.

Elle m'écoute, mais je vois bien qu'elle est mal à l'aise. Car elle sait trop bien que ma peur de donner la vie provient en partie de ses sermons peu élogieux sur les hommes. Entre mère et fille, on sent ces trucs-là. Est-il trop tard pour la rassurer ? Sois gentille, Justine, calme ses remords.

– Tu sais, maman, j'ai rencontré un gars.

– Beau ? Riche ? Les deux ?

– Arrête ! Très beau. Prof de philo.

– Philo ?

– Bien, un truc intello que t'aimerait pas, mais il est vraiment charmant. Il est grand, foncé, des yeux tellement… et des mains ! Je craque. On a mangé ensemble hier soir.

– T'as eu une belle soirée ?

Elle me demande ça comme si elle voulait connaître la météo en Turquie. Son indifférence cache une peur réelle. Pourquoi ? C'est subtil mais c'est là. Dans son inquiétude toute maternelle, je sens quelque chose que je réclame depuis tant d'années, une attention à ce que je vis. Si elle angoisse tant, c'est que j'ai sûrement frappé le bon.

– Tu sais, maman, je crois qu'on peut parler de coup de foudre.

– Ma fille et coup de foudre dans la même phrase, ça sonne drôle.

– Je sais, Justine la cynique qui devient fleur bleue du jour au lendemain, ça peut sembler louche mais, crois-moi, Guillaume Champlain est là pour rester !

Elle trinque à ma déclaration à l'emporte-pièce. Et nous vidons les bouteilles et nos cœurs de femmes. Nos discussions vont dans tous les sens. Pour aboutir au final à l'épineux sujet des enfants. La trentaine approchant à pas de loup, ma mère se doit de tâter le terrain. Attention, gare au chien. Je peux mordre.

– Si je comprends bien, pas de bébé possible avec l'autre frais chié, ce Martin, mais avec ce nouvel homme, Guillaume, la question se pose... même qu'elle peut se répondre, non ?

– C'est pas aussi simple que ça, maman. On vient à peine de se connaître. Comment veux-tu que je songe à de telles idées ?

Maudite menteuse, Justine Dupuis ! Crache le morceau qu'on en finisse.

– Me prends-tu pour une imbécile ? T'es ma fille, Justine, je sais que t'en meurs d'envie...

– Non...

– ... qu'il te fasse des millions de bébés...

– Non...

– ...

Elle s'arrête. Voit mes larmes couler. Prend une gorgée de vin. Se lève, vient me rejoindre, m'enlace. Je viens de gagner le gros lot.

– OK, OK, je m'excuse, t'as le droit de me dire que t'en veux peut-être pas, mais j'ai le droit, en tant que mère, de te dire ce que j'ai vu s'allumer dans tes yeux quand j'ai parlé d'enfant... mais j'insiste pas... Encore un peu de vin ?

Étant donné ma mince réserve, Claire finit la soirée dans la bière et les cafés espagnols. Après une vie entière dans les bars, elle s'est immunisée contre les cuites. Elle a un foie en béton armé. Comme son cœur.

On jase jusqu'à tard dans la nuit. Elle me raconte des trucs qui me la font voir autrement, qui me rendent moins intransigeante envers elle. On exige tant des parents, c'est sans doute pour ça que je ne veux pas d'enfants. Peur de les décevoir.

En boule sur le divan, emmitouflée dans d'épaisses couvertures, j'observe ses lèvres qui bougent lentement, sa peau, ses rides où est écrite l'histoire de sa vie, la mienne, ses cheveux noueux, gris, blancs, naturels, vrais comme son amour, son incommensurable amour qu'elle a, mais qu'elle ne peut pas toujours donner, faute de talent.

Elle s'endort alors que je lui apporte un autre café. Je la laisse dormir. Flatte ses mains plissées, trop pour l'âge qu'elle a. Je la couvre. L'embrasse. Et je ne me fais pas prier pour fondre dans mon lit. Je me vautre dans un matelas qui remplirait mieux sa fonction s'il était habité par mon beau Guillaume. Sur ces fantasmes nocturnes, je lâche prise.

La sonnerie du téléphone me réveille brusquement. Nue, sautillant dans l'appartement par-dessus d'immenses piles de linge sale, je me dépêche de répondre pour ne pas que Claire se réveille. Et, vu ma hâte, j'en profite pour souhaiter autre chose. Voyons voir.

– Allô ?

– C'est Guillaume… je voulais te dire…

– Chut !… dis rien… Mon lit est…

– Si grand…

– Si vide…

– J'arrive…

– J'attends…

En pleine nuit, dans mon appartement bordélique, où dort en paix ma maman Claire, je bondis, à poil, vers mon lit tout chaud. L'homme de ma vie s'en vient. Comme ces trucs cons et clichés et impossibles de Prince charmant. Ce soir, en regardant mes trophées de natation, de judo, de basket-ball, je sais. Je sais que je ne dormirai plus jamais seule.

Une main me frôle. Une bouche chaude s'abandonne dans mon cou. On me fait l'amour. Je suis à moitié réveillée. Se mêlent rêve et orgasme. Je murmure son prénom.

# Maintenant

Qu'ils soient vêtus de coton, de jeans, de shorts, de pantalon trois quarts, de leggings moulants, de jupe à faux plis ou d'imprimés militaires passés de mode, ils ont tous un point commun : une tendance au gonflement à vue d'œil.

Je parle ici du cul des filles. Celui-là même, il va de soi, qui a donné naissance.

Scruté à la loupe, étouffant sous une pluie d'études scientifiques et de contre-expertises multiples, je confirme que le derrière des jeunes mères s'éloigne des pistes de danse pour trouver un étrange confort dans l'imitation parfaite de celui de leur propre mère. C'est mathématique. À condition bien évidemment que ladite mère possède cet attribut de taille, auquel cas la génétique poursuit son inlassable travail : l'élargissement du popotin. De rares exceptions viennent adoucir cette règle d'or. Chez certaines, le bassin de jeune fille demeure intact, même après le passage de la progéniture. Justine devrait appartenir au deuxième groupe. Si je me fie au postérieur de belle-maman.

Ce matin, dans le parc au coin de la rue, les pupilles remplies de silhouettes de mamans, je croise les doigts, les bras, les jambes, tout ce qui plie : faites que la Nature soit bonne avec Justine. Et avec moi, par la bande. Et je ne suis pas un de ces arriérés machos qui ne jurent que par le corps de la femme. Non. C'est beaucoup plus subtil. Ça ne s'arrête pas qu'au fessier.

Affalé sur le banc, je feuillette une BD d'une main et brasse le carrosse où dort Emma de l'autre. L'attroupement de nouvelles mamans et leurs poupons près des balançoires m'angoisse. On dirait une secte. Leur compassion l'une pour l'autre m'horripile. D'ici, je ne les entends pas. Elles chuchotent, parsèment leur gestuelle précise de quelques ricanements qui suintent la fausse complicité. Justine n'est pas comme ça. Elle évite ces «clubs mamans» comme la peste. C'est d'ailleurs ma douce qui m'a poussé dans ce parc en ce beau samedi matin ensoleillé. Dire que j'aurais pu faire plein de trucs au lieu de venir paître ici. Comme ne pas venir paître ici, par exemple.

Entre deux cases où Gotlib me déride d'un quotidien pesant, je jette des coups d'œil à la meute de mutantes. Je m'explique. Comme je le disais plus tôt, bien que leur corps change, les jeunes mères se métamorphosent dans un autre domaine, beaucoup plus important : l'aura. Je ne veux pas jouer le mystique des pauvres mais, si on prend le temps (comme je perds le mien ce matin) d'observer le regard absent mais serein des mères et leur attitude de «personne ne peut m'atteindre, même pas un cyclone, deux tsunamis et quelques big-bang», on remarque qu'elle ont perdu quelque chose. Une certaine naïveté, une part de féminité, LA part qui faisait craquer leur homme. De conjointes, blondes, amantes, elles sont devenues mères, mères, mères. Comme si les deux états étaient incompatibles. Bien sûr, elles peuvent jouer le rôle d'antan mais ça ne reste qu'un jeu. Moi, je suis père par nécessité, pour les besoins de la cause, pour faire joli dans mon CV. Les filles, du moins celles qui grimpent les échelles, glissent, se roulent dans les bacs à sable devant mon regard perdu, le sont par urgence, par obligation.

Simpliste comme vision ? Sûrement. Mais je suis trop épuisé pour pousser l'analyse.

Une maman s'approche. Je lui souris comme un dingue, les yeux éblouis par un soleil de plomb. Elle me complimente sur les yeux (du papa !), le nez (du papa !) et la bouche (du papa !) d'Emma. Puis se lance dans un monologue sur ses douleurs post-partum, son fils de deux mois, ses coliques (du fils, pas les siennes), sa grossesse, ses multiples échographies, son accouchement dans d'atroces douleurs, trente-cinq heures, ventouse, pinces, *traction aid*, les pleurs de son mari lorsqu'il a eu son fils dans les bras (un gars qui ne pleure jamais en raison de l'enfance difficile qu'il a vécue avec ses trois demi-frères au Saguenay), son congé de maternité qu'elle savoure car son emploi (assistante-fleuriste à temps partiel) l'ennuyait à mourir, son amour pour les enfants, les films d'horreur, le scrapbooking et Sean Connery. Elle est myope, déteste le mauve et possède un REER à la Banque Scotia.

Étourdi, le cœur et les oreilles qui débordent, je secoue le carrosse où rêvasse ma belle Emma. Désolé, ma puce, mais ma survie dépend de ton réveil brutal. Emma hurle. Mon âme rayonne de bonheur. J'avise Emma, mimant un père débordé, un peu gauche, qui ne sait pas trop quoi faire. Délaissant ses marmots, la mafia maternelle se dirige vers moi, en cadence, comme dans ces mauvais films d'action. Qu'est-ce qui leur prend ? Ai-je l'air si désemparé ? Oui, je le suis, mais pour des raisons bien différentes de ce qu'elles pensent. En rang, les têtes sous les mentons des unes, les bras dans les côtes des autres, elles me vomissent leurs conseils, m'offrent des biberons, agitent moult hochets.

J'ai peur.

D'un bond, je saute derrière le carrosse, les salue bien bas et part en direction des jeux d'escalade. Fiou !

Amalgame plus ou moins réussi de tubes de métal aux couleurs criardes et modules de plastique représentant de fausses

132

montagnes, ces trucs sont l'attraction par excellence du quartier pour tous les enfants qui ne possèdent pas de cour. En zigzaguant entre quelques jeunes ados qui se bousculent, je vois deux jeunes femmes. Superbes. Je bave, mais la bouteille d'eau qui m'obstrue la bouche passe sous silence mes sécrétions buccales. Et je pense à Fred qui m'envoie des courriels racontant ses plus récentes et perverses prouesses sexuelles avec de jeunes et jolies inconnues. Je suis jaloux. Je l'envie. Je le tuerais. À coups de bâton. De roche. Papier. Ciseaux. Longtemps.

Depuis près d'un an, en fait dès que Justine m'a annoncé qu'elle était enceinte, j'ai paniqué. Comme si le temps était compté, j'ai baisé jusqu'à plus soif, dans toutes les pièces et les positions. Comme si quelque chose s'échappait de moi. Comme si je faisais des réserves avant une traversée du désert. Je charrie, mais il y a une vérité là-dedans qui me blesse lorsque je la laisse flirter avec mes doutes : j'ai peur que la paternité ne rime pas avec désir.

Avant Justine, c'était noir ou blanc. J'aime cette fille, je déteste l'autre. Et une date de péremption s'appliquait à chacune de mes relations. Depuis Justine, c'est le bonheur le plus complet. J'adore cette fille. Ma raison le sait, mon cœur n'émet pas d'objection... mais je panique à l'idée que mon désir, le pur, le brut, l'animal, s'effacera peu à peu. Comme si je tentais de retenir de l'eau entre mes doigts.

Emma bouge ses mains, étire ses minuscules doigts, calme mes questionnements. J'ai peur, ma petite, de rester auprès de ta mère pour les mauvaises raisons. J'ai peur que mes inquiétudes de nouveau père s'imprègnent en moi et grandissent au point de tout faire éclater en un formidable point de non-retour. J'ai peur, oui, mais Justine, malgré toute sa bonne volonté, a autant peur que moi. Deux trouillards qui souhaitent que l'autre allume la lumière de leur nouvelle vie mal éclairée. Et je sais plus que quiconque combien j'aime Justine. Aucun doute qu'elle pense plus ou moins la même chose.

Le parc est vide. Une balançoire flotte au vent. Des cris d'enfants retentissent derrière les maisons. Ça sent l'automne et les bons soupers du dimanche. Ces images de soupers de famille, même si je me force, n'évoquent rien en moi. Mes parents ont tout juste vu Emma à l'hôpital. Depuis, ils se font rares. Sûrement en train de se faire rôtir quelque part sur un bout de plage. Emma pleure, réclame un biberon. En essuyant mes larmes qui passent pour un début de grippe, je presse le pas vers notre refuge.

Savoir où l'on vit est-il un gage de savoir où l'on va ?

Justine habille la petite. Elle la juge, l'analyse. Sous toutes les coutures, tous les plis. Un examen en règle. Je les espionne, debout devant le frigo, cherchant désespérément un truc à me mettre sous la dent. Je le sais, je veux manger mes émotions... et tous les électros si le cœur m'en dit. Mes parents viennent tout juste de téléphoner. Content qu'ils veuillent passer voir la petite, mais découragé qu'ils soient de nouveau ensemble. Encore. Je ne compte plus le nombre de fois où mon père est revenu dans le décor, suppliant ma mère de le reprendre, que cette fois, il savait ce qu'il voulait. Aujourd'hui, j'ai décroché. Dans ce cas précis, l'indifférence est le meilleur des remèdes. Donc, une visite éclair. Non prévue. Justine déteste cela. Elle pourrait tuer si elle n'avait pas si peur de la prison. Et moi, j'ai dit : «Oui, oui, venez, on ne faisait rien !» Bravo, Guillaume ! C'est vrai que nous ne faisons rien, mais ce «rien» qui nous sauve, ces petits moments de repos, glanés ici et là, qui nous permettent de tenir le coup. Je sais tout ça. Mais mes parents sont si peu présents dans ma vie que lorsqu'ils manifestent ne serait-ce qu'un soupçon d'intérêt pour ma personne, je flanche. Justine déteste ça aussi.

Sa mère vient aussi souvent qu'elle peut pour nous guider dans ce monde fascinant qu'est le nourrisson insomniaque. Toujours le bon mot, le bon geste, Claire est peu démonstrative mais elle agit. Et c'est ce qui nous manque. Gauches, nerveux, hésitants, elle nous brasse un peu, nous démontrant que notre incompétence est normale et que nous pouvons la surmonter. Claire était là au premier bain, à la première crise d'Emma. Sans elle, je serais roulé en boule dans le cabanon, gigotant comme une dinde qu'on mène à l'abattoir. Sans elle, Justine boufferait les pages du Guide 101 du parent parfait qu'on nous remet à notre sortie de l'hôpital.

Étrangement, Justine me parle peu de sa mère. Elles s'adorent, c'est évident, mais tout est dans le non-dit. Faut être observateur. Des sourires, main sur l'épaule, c'est beau de les voir. Quand Claire berce la petite pour l'endormir et que, subtilement, je remarque que Justine les dévore des yeux, couchée à plat ventre sur notre lit, alors là, je sais qu'elle est parfaitement heureuse.

Dans un tout autre ordre d'idées, mes parents, eux, n'ont vu que quelques minutes leur petite-fille le lendemain de l'accouchement. Voyage d'agrément oblige. Et, ce midi, sans préavis, ils débarquent dans notre cocon qu'on s'efforce de maintenir dans le calme et la sérénité. Deux mots que mes parents, surtout mon père, semblent ignorer quand ils discutent du sujet le plus banal. Pas reposant. En bonne mère, Justine enfile une charmante camisole rose bonbon à notre Emma, mais je sens qu'elle rumine. Les visites-surprises, elle s'en passerait haut la main. Maladroit, j'essaie de la convaincre d'être fière que mes parents pensent à venir nous voir, eux qui ne se sont déplacés qu'une seule fois pour nous rendre visite. J'aimerais dire que c'est parce que c'est nous qui préférons aller les voir, mais ce n'est pas le cas.

En berçant Emma, je chuchote à voix haute, comme si j'avais une extinction de voix mêlée à de la colère contrôlée. J'ordonne à Justine de remettre le balai dans l'armoire, et la vadrouille, que le plancher est nickel. Chaque fois qu'une voiture passe devant la maison, elle se presse à la fenêtre, criant que c'est eux qui arrivent. Ce n'est jamais le cas. Chaque fois qu'elle passe devant un miroir, elle se replace les trois cent quarante mille bobépines qui lui ornent la chevelure. Un vrai champ de mines. Elle qui a si confiance en elle, devant mes parents, elle fond. Mon père l'intimide par sa voix forte, son ton un peu brutal et ma mère par son silence, ses sourires si compliqués à interpréter.

– C'est eux. Suis-je correcte ? À ton goût ? demande Justine.

– À vrai dire, non.

– Arrête ! Dis-le si…

– Ben non, je blague. Tiens, prends Emma, je vais ouvrir.

S'en suivent les cris d'exclamation, les « Es-tu assez belle » ! », « À qui ressemble-t-elle ? ». Mon père nous kidnappe Emma. Littéralement. Il fait les cent pas dans le corridor. Emma est au creux de ses gros bras rassurants. Il lui raconte des tonnes de secrets, il est dans une bulle, plus rien n'existe. C'est drôle de le voir ainsi. Comme s'il m'avait caché tout au long de sa vie ce côté sensible, paternel. Tant mieux pour Emma. Justine discute bébés avec ma maman. D'un œil, elle regarde ma douce, mais de l'autre, elle ne lâche pas des yeux sa petite-fille. Elle est en adoration, une béatitude qui fait du bien à voir.

Après quelques minutes de câlins, mes parents prennent place à la table, refusant de boire quelque chose. Ma mère n'arrête pas de s'inquiéter des cernes de Justine, l'invitant à aller dormir dès qu'elle le peut. Avec tout le tact que je lui connais, elle ricane un peu, un rire bref, hausse les épaules, puis me fixe l'air de me demander de la pincer très fort dans la zone la plus sensible possible. Mon père n'arrête pas de nous sermonner sur les difficultés de la vie de parent, qu'elle est dure, qu'il faut être courageux pour mettre des enfants au monde de nos jours, que faire des enfants, y a rien de plus facile que ça, mais que de bien les élever est une tout autre chose, et ainsi de suite jusqu'à plus soif. Parlant de soif, Emma se met à hurler, réclame un biberon.

Voyant que je me lève pour faire chauffer le liquide divin, ma mère se lance dans une tirade sur les supposés bienfaits de l'allaitement, que dans son temps, les médecins leur interdisaient presque de donner le sein. Vas-y, maman, tourne bien comme il faut la scie mécanique dans la plaie encore fraîche de la culpabilité de Justine. Pendant que ma mère m'arrache le biberon encore tout chaud des mains, mon père discute de tout et de rien avec Justine et moi.

– Vous savez que ça va changer toute votre vie, cette petite ?

– Oui, on s'en doute, dit Justine, un peu choquée.

– Je veux pas vous faire peur, mais votre liberté va prendre le bord ! Mais vous étiez sûrement prêts si vous l'avez voulue, la petite, hein ?

Justine me décoche un de ces regards et se rend bien compte que je n'ai pas soufflé un mot sur l'arrivée imprévue d'Emma. Mais elle se ravise, elle laisse parler mon papa chéri.

– Alors ce que je veux dire, c'est là que le couple s'unit ou se divise, y a pas d'entre-deux. Ça passe ou ça casse.

– Et dans ton cas, ça n'a pas passé, hein ? lance ma mère, bien calée dans le divan, Emma qui boit plein les bras.

Surpris que ma mère s'intègre à la conversation, il n'ajoute rien, se contentant de changer de sujet, comme il a toujours su le faire. Un artiste.

Après un certain temps, je ne l'écoute plus, agacé par sa manie de jouer avec nos napperons, les pliant, repliant, dépliant, à volonté.

Entre deux sujets anodins (la greffe capillaire et la montée du prix de l'essence), mon cher papa a réussi à jeter de l'huile sur le feu. De forêt.

– Et vous la faites baptiser, cette petite ?

– Non.

Mon père lâche son napperon. Fixe les feuilles de mon érable qui virent doucement vers l'orangé. Il ne nous regarde plus, mais poursuit la conversation.

– Qu'est-ce que voulez dire exactement par « non » ?

– Je pense qu'on peut pas être plus clair, dis-je.

– Si je comprends bien, pas de baptême pour ma petite-fille ?

Justine veut enchaîner. Elle prend tout de même le temps de me dévisager tendrement. Je pense que les temps changent, qu'Emma la rend plus aux aguets, que même son beau-père qu'elle craignait tant ne lui fait plus peur.

– Vous savez, M. Champlain, de nos jours, bien des parents ne font plus baptiser leur enfant.

– OK, fille, mais là, je parle pas des autres, je parle de « ma » petite-fille. Vous pouvez pas y faire ça ?

– P'pa ! C'est pas un crime, voyons ! On veut pas lui imposer un rituel religieux.

– Mais c'est aux parents de donner une éducation, une religion ? !

– Pas une religion. On croit que c'est mieux ainsi, M. Champlain.

– C'est vrai ? Vous êtes athées, vous autres ? Comment vous faites pour croire en rien ?

– P'pa, arrête ta morale, tu vas plus à l'église depuis des années.

– Pas grave ! Je suis croyant, moi ! Avec la vie que j'ai eue, si Dieu avait pas été là les fois où j'ai eu besoin de lui, je serais peut-être pas grand-père aujourd'hui. Vous, les jeunes, vous vous pensez plus forts que vous l'êtes… Y a des épreuves dans la vie au travers desquelles il est très difficile de passer sans un être qui veille sur nous…

– Un petit café ? dit Justine, le visage rouge, avec une gentillesse un peu forcée.

Le choc des générations prend tout son sens cet après-midi. Et c'est correct ainsi, car malgré le ton moraliste de mon père, je ne me souviens pas d'avoir parlé autant avec lui. Imparfait comme échange mais tellement enveloppant pour mon cœur de nouveau papa. En nous promettant de revenir le plus souvent possible, et même si je n'en crois pas un mot, je le remercie en le serrant fort dans mes bras. Ce geste, rare, le décontenance, mais il se laisse faire et lance une bonne blague grasse qui fait honte à ma mère. Ils sont superficiels, mais ils ont un chic fou dans cette rutilante décapotable.

Emma dort à poings fermés. La tempête est passée. Peu de dégâts. Maintenant que nous sommes seuls tous les deux dans le portique, j'enlace Justine et réalise que ça fait une éternité que nous n'avons pas été seuls… ou que nous n'avons pas pris le temps de l'être. La figure dans mon épaule, Justine me murmure qu'un baptême serait peut-être un bon prétexte pour faire une grosse fête, pour inviter tout le monde.

— Ma douce, si c'est une fête que tu veux, j'engage dès demain une troupe de clowns, jongleurs et acrobates, un immense chapiteau érigé dans la cour.

— Je hais les clowns, ils m'ont toujours fait peur.

— Moi aussi, je les hais. J'en n'ai pas peur, non, c'est juste qu'ils sont insupportables avec leurs ballons en forme d'animaux, leurs vêtements trop longs, leur maquillage de *drag queen*… Ils ont l'air malhonnête, non ?

— Oui. Allons dormir une petite heure, je trouve qu'on déparle.

Têtes sur l'oreiller. Paf ! Endormis. Je fais un rêve étrange.

Mon père, immense comme un gratte-ciel, est habillé en clown et se balade en ville en détruisant tout sur son passage. Pour l'arrêter, un autre géant, mélange de Superman et de Jésus, descend du ciel et engage un combat ultime. Et moi, au sol, parmi les incendies et les voitures déchiquetées, j'encourage un des deux combattants. Mais impossible de saisir lequel des deux.

Quand je me réveille en sursaut, Emma est entre nous, elle est calme et elle me fait son premier clin d'œil.

# Avant

## Février

Ce qui me fait le plus de peine, c'est leur réaction. À tous.
Comme si nous leur annoncions le jour et l'heure de leur mort.
Livides, la bouche pâteuse, ils nous dévisagent le corps au
complet, oubliant de respirer au passage. Tous sans exception
nous plongent encore plus dans un doute interstellaire. Au lieu de
nous encourager, d'applaudir à la charmante «grimace» du
destin, ils cherchent leurs mots, se lancent des coups d'œil comme
des signaux d'évacuation de l'immeuble pour cause de bombarde-
ment. À croire que la venue de notre enfant les terrorise à un tel
point qu'ils préfèrent éviter les réjouissances. Je les comprends.
Depuis plus d'un mois, depuis que je sais qu'une personne (un

être venu d'ailleurs, une expérience de la CIA) pousse au tréfonds de mon bas-ventre, j'essaie de m'accrocher à tout ce qui me tombe sous la main, comme quand les passagers du *Titanic*, suspendus à la proue, glissaient en lâchant la main de leur épouse, de leurs enfants. Celui qui me surprend le plus, c'est mon Guillaume. Il m'apporte des déjeuners au lit, m'offre des massages imprévus, des bains moussants qui débordent. Il ne voulait pas d'enfants. Son deuil était fait. Le mien l'était plus ou moins. C'était un secret de Polichinelle entre moi et Polichinelle. C'est drôle quand je repense à mes résolutions pour la nouvelle année. Guillaume n'en savait rien, mais je m'étais juré de passer à autre chose. Et c'est quand tout semblait clair que tout a dérapé. Pour le meilleur, certains diront, mais ça reste à voir.

Notre premier rendez-vous avec le médecin se passe très bien. Trente minutes top chrono. Il est gentil mais expéditif. Proche de la retraite, pensant plus à son 18 trous qu'à mes questions sans fin, il hoche la tête, se contentant de dire « oui » ou « non » ou « on verra » à toutes nos angoisses de futurs parents. Le teint blême, un crayon comme cure-dent aux lèvres, il nous écoute vaguement, gribouillant des chiffres, des lettres, bonshommes allumettes, dans un calepin trop petit pour être pris au sérieux. Préparé comme s'il se présentait en Cour suprême, Guillaume bombarde Clint Eastwood (c'est son sosie, en mille fois moins beau) de questions plus ou moins pertinentes. Selon des calculs qui me semblent être exécutés sans trop d'assurance, je vais augmenter la démographie quelque part en septembre. Quand Clint me révèle ce mois parmi tant d'autres, la panique s'installe : tente, glacière, chaise pliante, BBQ, elle fait comme chez elle. Comme un compte à rebours. Depuis que Challenger a explosé en plein ciel, les décomptes m'angoissent. Ça peut finir mal.

Alors, comme je le disais, parents et amis ont perdu les pédales quand nous avons propagé la Bonne Nouvelle. Nous étions fiers, dynamiques… et c'est justement ça qui les a inquiétés. Aux yeux des autres, nous étions le couple « anti-bébé » par excellence. À leur sens, prendre un enfant dans nos bras était du même ordre que d'envoyer un sourd-muet-aveugle à la guerre en Irak. Peu importe, nous saurons composer avec ce poupon que nous aimons déjà, il va de soi. Et si jamais on pète les plombs, nous partirons les trois à l'île de Pâques refaire notre vie comme vendeurs de statuettes miniatures en similiplastique. Il y a toujours une solution.

# Mars

Clint n'aime pas tâtonner. Un peu à gauche, un peu moins à droite, il promène une espèce de micro datant de l'ère paléolithique. Comme s'il nous annonçait qu'une guerre civile est sur le point d'éclater, il nous prévient qu'il est possible que nous n'entendions pas le cœur de notre bébé. Que c'est fréquent, que c'est normal, qu'il ne faut pas avoir trop d'attentes. Je l'interromps en lui avouant que comme nous ne savions même pas que nous pouvions entendre le cœur de notre bébé, il n'a pas à s'inquiéter de nos états d'âme. Il s'arrête net. Nous observe en se frottant le menton (double, triple) et nous demande notre âge. Et là, dans toute sa sagesse, dans toute sa connaissance des femmes, des bébés, des trompes de Fallope, il nous prévient que nous ne sommes plus très jeunes pour un premier enfant, qu'à notre âge, un premier enfant peut s'avérer éreintant, que notre génération désire avoir un enfant comme un chalet, un voyage en Toscane ou des implants mammaires. Guillaume me fait les gros yeux, me demandant de laisser tirer ce connard de Clint. En rattachant ma blouse, j'informe mon cher doc que cet enfant est un cadeau de la Providence, imprévu, donc non planifié dans notre quête matérialiste de l'existence. Ses mentons s'embourbant les uns dans les autres, il gruge frénétiquement son Bic, roule sur sa chaise déglinguée, empoigne son agenda, me fixe à la va-vite mon prochain rendez-vous.

Dans la voiture, Guillaume, déçu, me demande si je le suis, à mon tour, que le cœur de notre enfant, le petit pois qui pompe tout l'amour du monde, soit resté muet. En lui mentant comme un prêtre lors des derniers sacrements, je le rassure disant qu'on a joué de malchance, qu'on ne perd rien pour attendre, blablabla. Je fixe les lignes blanches qui défilent comme une toxico en manque. De quoi ? D'abandon. D'abandon au sentiment, à la peine qui m'étreint la gorge. En cachette, la main sur ma bedaine à pleine gonflée, je cherche un pou. Un pouls.

## Avril

La mode a toujours été un élément important dans ma vie. Les vêtements sont pour moi une extension de ma personnalité, de mon être, de mon âme. La fille toujours *in*, à la page, qui collectionne tous les magazines de filles, qui dépense sans compter pour une paire de bottes italiennes, qui charge sa Visa pour un coup de cœur de suède, de cuir, griffé.

Ce matin, j'essaie compulsivement tout ce qui est dans ma garde-robe. Tout. À part un pantalon noir qui s'étire comme un costume de clown, plus rien n'est à ma taille. Assis par terre, Guillaume m'encourage, me dit que tel jeans n'est « pas si mal », que tel tee-shirt est « sexy », même s'il me comprime l'œsophage. Mon corps change.

Erreur.

Mon corps mute, mue. Comme Gizmo en Gremlin. Au fond, j'adore mes nouvelles formes, ma sublime circonférence. Mais je me sens envahie, même si ce n'est pas le bon mot. Mon amoureux me répète de lâcher prise, que mon corps, celui que j'entretiens comme une collection de voitures anciennes, est « prêté » pour en concevoir un autre, qu'il me reviendra dans quelques mois à peine. Il a raison. Je panique toujours pour rien. Je me surprends à flatter mon bedon, le soir, quand je regarde ces émissions stupides où l'on nous montre une femme enceinte, une femme qui parle de son couple, le mari qui agite la tête en arrière-plan, une femme qui hurle dans des douleurs qui ne semblent jamais vouloir finir, une femme qui berce son nouveau-né, un sourire angélique imprimé sur le visage. J'ai beau trouver cette émission désagréable car trop intime, je ne peux m'empêcher de la regarder. Entre deux copies d'élèves, Guillaume lève la tête pour la finale, quand la madame hurle comme si on l'égorgeait. J'espère seulement que tout se passera bien, sans trop de douleurs, sans trop de drame, de meurtres d'infirmières incompétentes. Un peu de courage, allons faire la razzia avec Élyse dans ces boutiques spécialisées pour femmes enceintes. Et si je ne trouve rien, il y aura toujours la boutique plein air pour une tente quatre places ou un parachute.

## Mai

Devant deux petites chandelles vacillantes, nous dégustons un repas sans saveur. C'est le silence. La pluie frappe doucement la «porte-patio». Guillaume joue avec sa fourchette. Il me caresse le bras. Je pleure. De joie. Je fixe la photo noir et blanc de notre... fille. Je le savais. À la seconde où je l'ai appris dans ce stationnement enneigé de la pharmacie, je savais que notre fille, notre Emma, commençait sa vie. Depuis trois bonnes minutes, j'essaie de comprendre ce test de Rorschach. Cette tache sens dessus dessous où l'on voit une main, un front, l'essentiel. Emma existe. Guillaume est bouleversé. Tout devient concret avec ce cliché. Je suis si heureuse que j'afficherais cette photo floue en bordure de toutes les autoroutes de la province, pour signifier au peuple québécois qu'une princesse va naître sous peu. Au lit, avant le dodo, Guillaume déconne en collant les écouteurs de son iPod sur mon ventre, allant de *And I love her* à *Got to get you into my life* en passant par *I feel fine*. Moment magique.

## Juin

Je la sens cogner. Emma se manifeste, toute polie, déjà bien élevée. Guillaume, pauvre lui, n'a jamais le bon timing. Trop tôt, trop tard, il cherche un mouvement, un toc-toc de sa fille. Ce soir, il se sent plus que nul. Cours prénatals. Tous les autres pères sentent leur bébé, témoignent du bonheur de ce toucher, qu'avant ce contact, ils se sentaient exclus. Il n'y a que Guillaume qui n'a pas connu le nirvana du toucher main-bedaine-bébé.

Ces cours nous énervent.

Les autres couples ont l'air de s'aimer comme des jeunes mariés sur l'acide. Ils sont renseignés, parlent de leurs émotions, font des blagues avec l'intervenante du CLSC qui donne le cours. Bref, on les déporterait volontiers sur une banquise de la Terre de

Baffin. Étant physiothérapeute, je connais la méthode Bonapace, ces points de pression qui vous enlèvent toute douleur. Miraculeux. On s'en servait sur les estropiés lors des grandes guerres : un petit pouce qui vous frotte la paume et hop ! vous oubliez presque que vous n'avez plus de jambes. Même si j'y crois en tant que professionnelle, je doute que ça soit concluant sur moi. Surtout si c'est Guillaume qui exécute ladite méthode. Il est si peu manuel, tellement gauche avec ses pouces pleins de mains qu'il va créer des points de douleur au lieu de les enlever. En écoutant déblatérer la trop réaliste intervenante, elle me perd dans son jargon « forceps, ventouse, césarienne », et j'en viens à la conclusion que la seule option pour moi sera l'anesthésie générale. Et ces temps-ci, Guillaume me harcèle avec sa plus récente obsession : il veut m'organiser un shower. On verra, que je lui dis, pas convaincue que ce genre de partouze prénatale soit vraiment mon genre.

## Juillet

Nous sommes à la crèmerie. Rage de crème glacée choco-praline. Seul choix possible. Je tuerais des armées de barbares pour un cornet. Guillaume, en léchant sensuellement sa boule qui fond à vue d'œil, me la joue cochon, m'invitant à imaginer plein de trucs pervers. Je lui demande d'arrêter mais mon rire nerveux me trahit. Il sait que j'aime ça. Alors pour le ramener à la raison, je lui tamponne mon choco-praline en plein sur le museau. Il recule, un peu frustré. Honnêtement, je nous fais penser à ces couples de jeunes collégiens américains dans les *drive-in* des années cinquante. Délicieux au point de taper sur les nerfs.

Nous sommes seuls sur la terrasse extérieure. Comme je croque à pleines dents dans mon cône sucré, un couple dans la quarantaine sort de la crèmerie, avance vers nous : l'homme/banana split et la femme/milkshake aux fraises. Je les regarde, attirée par ce qu'ils dégagent. Comme s'ils étaient blasés de la vie. Ils n'ont pas d'enfants, c'est clair. Car la femme, tout en tirant sur sa paille, me dévisage l'abdomen, et je décèle une tristesse infinie dans ses yeux. Comme si elle changerait de vie avec moi à tout moment, comme si le fait de ne pas avoir d'enfants était plus « la suite logique des choses » qu'un véritable choix. Je lui souris, essayant de toutes mes forces de lui dire combien je compatis, combien j'aimerais la convaincre qu'il n'est jamais trop tard, qu'un imprévu est souvent la plus belle chose qui puisse arriver dans une vie trop calculée, trop centrée sur elle-même. Mais elle détourne son regard et discute à voix haute de leurs récentes vacances à Hawaï, comme si le fait qu'elle voyage, qu'elle fasse ce qu'elle veut quand elle veut puisse compenser le plus grand vide d'une vie, un trou impossible à remplir, même si on pellette des carrières, des restos, des chiens, des voyages, des meubles en acajou, des cours de ci, de ça, des Jeep de l'année, et tous les *et cætera* inimaginables. Ma crème glacée n'a jamais goûté aussi bon.

## Août

Je vais exploser. Je ne me supporte plus. J'ai chaud. Je me plains pour rien. Je ne dors plus, aucune position confortable.

Qu'on me la sorte de là, maintenant ! Si les relations sexuelles activent le processus, Guillaume est mieux d'être fringant.

## Septembre

Étant Madame Liste, celle de mes effets à apporter à l'hôpital fait plus de cinq pages. Comme si je partais vivre un an au Congo. Insécure, je préfère en mettre trop que de me retrouver le bec à l'eau en jaquette de papier bleu, debout sur mon lit, poing vengeur en l'air. Aurai-je vraiment besoin de deux lampes de poche ? Une sera suffisante. Guillaume, chrono en main, minute consciencieusement mes contractions. Je ne les sens qu'aux quinze minutes et il voudrait qu'on parte tout de suite pour l'hôpital. Pourquoi tant de hâte ? lui dis-je pour le rassurer. Il m'explique qu'il veut être prudent et, aussi, qu'il n'aimerait pas que ce soit un auto-stoppeur de l'Ohio, ancien détenu, édenté, ayant fait le Vietnam, qui m'accouche sur la banquette arrière.

En quittant la maison, pliée en deux tellement j'ai mal, je prends le temps de fixer ma demeure. Comme si je voulais la photographier mentalement. Pour m'en rappeler. Pour me rappeler ma vie d'avant, car même si la maison ne bougera pas d'un iota à notre retour, elle ne sera plus jamais pareille.

À notre retour, nous serons trois. Pour toujours. En reculant, Guillaume manque d'écraser un enfant à vélo. Soulagés, nous nous regardons en silence. Faut-il y voir un signe ? Peu importe. Appuie sur le champignon, Guillaume ! Elle bouge tellement en moi qu'elle pourrait bien grimper sur le tableau de bord.

Je suis enceinte jusqu'aux oreilles. Au front. À la racine des cheveux. Chaque pas est une épopée. À la télé, à la radio, on nous rebat sans cesse les oreilles que jamais nous n'avons connu un mois d'août aussi chaud. Notre chère demeure, notre havre de paix lavallois, est manifestement mal isolée, car l'été c'est le four, et l'hiver l'igloo. Ce matin encore, Guillaume est allé acheter un autre ventilateur (le cinquième) pour que je puisse me supporter et l'endurer. Depuis hier, il ne tient plus en place. Il m'étourdit. Monsieur a décidé, en se foutant complètement de mon opinion, de m'organiser un shower de bébé. Il sait mieux que quiconque combien je n'aime pas ces orgies de cadeaux. Pour avoir été témoin des dizaines de fois de ces événements prénatals, j'en suis arrivée à la conclusion que ça ne me correspondait pas. Mais Guillaume s'en fout et c'est le grand jour aujourd'hui.

Je saute de joie.

Toutefois, je me garde une petite gêne. Jamais je n'oserais faire la gueule à mon homme. Niet. Il se démène comme un dingue. Je l'aime trop. Il est à peine dix heures et la terrasse extérieure est déjà toute prête. Prête pour accueillir parents, amis, mascottes, cracheurs de feu. OK ! j'exagère, mais je me prépare au pire. De cette façon, tout me plaira et je ne serai pas déçue. Je sais, je me plains le ventre plein (hou là là ! jeu de mots), car je suis extrêmement chanceuse d'avoir un gars comme Guillaume dans ma vie. Aujourd'hui, je peux dire que la pilule a été avalée (autre jeu de mots me rappelant la fois où j'ai oublié l'autre) et que nous avons fait la paix avec le destin. Je dois appartenir à la catégorie de gens qui ne savent pas quoi faire avec le bonheur, comme s'ils sentaient qu'ils ne méritaient pas les joies qui leur tombent dessus.

Le voir frotter l'ensemble patio avec tant de vigueur me rassure sur l'amour qu'il me porte. Y a des indices qui ne trompent pas.

Vingt minutes que les invités sont arrivés et je sue comme un poulet empalé sur une broche. Tout le monde pense que je vais exploser, que mon ventre va fendre à l'instant et répandre tous mes organes : un par convive maximum. Justine la kamikaze, la bedaine-bombe-humaine. Ma chère maman s'inquiète de mon teint pourpre tirant sur le fluo. Elle m'éponge le front, les joues et mes amies du boulot flattent mon bedon, et elles éructent un son, sorte de spasme peu esthétique de la gorge, quand Emma donne des coups. Leur compassion m'émeut autant qu'elle m'agresse. Je sais qu'elles s'intéressent à moi, signe d'une grande amitié, mais la chaleur qui règne autour de moi change la donne... je tuerais pour une crème glacée. En fait, je tuerais pour bien moins que ça : un beau cornet à la main, l'arme du crime dans l'autre.

Mes beaux-parents montrent les photos de leur dernier voyage à Florence. Qu'est-ce qu'on s'en tape! Mon beau-père, pas trop intéressé par le fait que je porte la vie en moi, me tend une photo en jasant avec une de mes collègues au décolleté assez plongeant.

Une église. Wow. Je pleure d'émotion.

Il en rajoute en m'expliquant le processus de construction de cette cathédrale de la Renaissance. Sa voix un tantinet trop forte agresse mes réserves de patience, comme si on me frottait la figure sur l'asphalte. Fait trop chaud pour discuter monument avec beau-papa. En lançant la photo glacée sur le comptoir de la cuisine, je quitte la meute pour ouvrir la porte du congélateur. Je plonge la tête à l'intérieur.

J'ai presque un orgasme.

Dans un élan spectaculaire, tout le monde me montre du doigt, et hurle de rire, criant à tout rompre combien je suis adorable de faire tant pitié.

Très drôle.

Je ne veux pas me sortir de là. Je suis bien. Laissez-moi tranquille ou je vous lance une boîte de poissons panés que je fixe depuis déjà une trop courte minute.

– Justine, t'es où? lance Guillaume, la tête dans l'embrasure de la «porte-patio».

Il me prend doucement par les épaules, referme la porte frigorifiée. Lui, il ne rit pas. Lui comprend. Il me serre dans ses bras. Embrasse doucement mon cou congelé. Même chaudes, ses lèvres font du bien. Comme s'il organisait des showers toutes les semaines, Guillaume invite tout le monde à l'extérieur. C'est fou comment deux femmes peuvent changer un homme.

151

Le couple princier. C'est comme ça que je nous décris à la foule qui s'empiffre de crudités, de croustilles et de vin. Ô le vin ! Tout le monde en boit et moi, la future maman zen, je frotte mon bedon en me disant que c'est un bien petit sacrifice pour l'être que j'aime le plus au monde.

Blablabla, blabla et re-bla et re-re-blabla.

Dès le premier cadeau, offert par Élyse et Stéphane, un jeune garçon, un blondinet qui semble un brin hyperactif, se propose de nous aider à déballer nos présents. Guillaume trouve l'idée géniale : faire participer un enfant montrera à tout ce beau monde combien nous sommes complices avec les bambins. Mauvaise idée, que je me tue à lui dire en souriant, dents serrées.

Et là débute la valse étourdissante des cadeaux. De la poubelle, joli réceptacle design à couches souillées, aux vêtements si roses que les pupilles me font mal, au tire-lait manuel qui fait rire les filles qui ont déjà allaité pendant que leurs copains imitent le beuglement de la vache, un gros bouquin au titre pompeux : *La première année de bébé*, et des tonnes de crèmes, sacs à couches, mobiles. À chacun des cadeaux, le jeune blondinet se charge de me révéler son contenu, me lance la carte pour que je la lise au plus vite, car, lui, il ne se peut plus : il veut déchirer du papier fuchsia !

Mais LE cadeau qui remporte la palme du *nec plus ultra*, c'est le morceau de tissu affublé d'un nom si mignon qu'il en est insupportable : le porte-bébé Maman kangourou. Une espèce de longue écharpe dont le maniement nécessite au moins des études universitaires. Doctorat, un atout. Ce bijou de coton m'est gracieusement offert par Catherine, une amie d'enfance de Guillaume qui m'horripile depuis toujours. Elle a trois enfants. Trois superbes enfants, un mari charmant, père modèle, bref, un couple qui me complexe, me tue, m'énerve. Pendant dix minutes, elle se donne en spectacle pour bien nous montrer comment plier-replier ce kangourou bleu marine. Elle va même jusqu'à prendre un melon d'eau dans notre frigo pour prouver combien ce truc peut résister à de fortes charges. Insinue-t-elle par là que ma fille sera une grosse poche de graisse ? Elle joue avec le feu, la maman parfaite. Et en m'embrassant pour se remercier de m'avoir offert un si beau et pratique présent, elle me tend une carte où on peut lire : « Vous êtes maintenant membre du Club Kangourou. »

Quoi ? Des mamans se rencontrent pour se parler de leur vécu en compagnie de leur morceau de tissu ? J'ai si hâte que j'avalerais tout rond le melon d'eau.

Fred, l'éternel ado, père un peu tout croche, Fred, le gars avec qui je me soûlais au porto jusqu'à tout récemment. Un gars pas responsable pour deux sous mais drôle comme un singe. Fred est accompagné d'une « autre fille ». Jamais la même, mais assez semblable. Belle, style stripteaseuse, trop jeune pour lui. Mon Fred, incorrigible, mais sa délinquance me rejoint. Et le voilà qui repousse le jeune blondinet en lui donnant un popsicle. Il s'approche et nous remet un sac où le logo de la boutique SEX CITÉ ne laisse personne dans le doute.

Guillaume traite Fred de tous les noms, lui indique ses parents, montrant clairement son malaise. Se sentant visé, le père de Guillaume se met à se vanter de ses prouesses sexuelles, que les jeunes ne lui font pas peur, qu'il est tout un étalon. Mes amies rigolent, Guillaume rougit. Moi, je ne pense qu'à un bain de glace. En ouvrant le cadeau de Fred, j'ai comme un choc : menottes et fouet. Oh ! my God ! Ça détonne parmi les carrosses et les pyjamas pastel. Voyant le malaise, Fred se sent investi d'une mission.

– Quoi ? Tout le monde a déjà joué à ces petits jeux coquins de domination, non ?

Personne ne répond. Silence. Même la mouche ne vole pas.

– Vous savez, c'est bien beau, le bébé, mais, moi, j'ai pensé aux parents. Faut pas l'oublier : avant d'être parents, ils ont été un couple… couple qu'ils sont toujours. Alors faut entretenir ce couple ! Faut lui montrer qui commande, lui donner une bonne leçon… d'où le fouet. Allez, à chaque coup, vous penserez à moi. Santé !

Tout le monde lève son verre. Mais personne n'a vraiment compris ce qui vient tout juste de se passer. Et ça me fait tordre de rire. Guillaume, sourire un peu jaunâtre, me demande pourquoi je ris tant. Au lieu de lui répondre, je lui fouette un peu les cuisses pour lui indiquer de passer par-dessus mes délires de femme enceinte sur le point d'exploser.

Sur ces rafales de franche rigolade, j'aperçois ma belle amie Élyse. Et son merveilleux chum Stéphane. Un couple formidable. Que j'admire. Pour ce qu'ils sont, bien sûr, mais surtout pour leur courage. Ils tentent de mettre un enfant au monde depuis bientôt deux ans. Depuis quelque temps, ils ont opté pour la clinique de fertilité. Sans résultat. Le plus beau, dans toute leur histoire, c'est qu'ils gardent le moral, ne jouent jamais aux victimes, de quoi donner bien des leçons. Même si elle ne se plaint jamais et est la première heureuse lorsqu'une fille de son entourage tombe enceinte, Élyse a ses moments de désillusion. Comme cet après-midi, entourée de ces mille babioles qui lui rappellent ce qu'elle ne peut avoir. Prenant conscience que je l'observe en silence, elle se ressaisit et m'envoie un baiser soufflé. Hoche la tête, me demande si je vais bien, si j'ai besoin de quelque chose. C'est ça, Élyse, la bonté incarnée sur deux pattes. Dire qu'elle ferait la meilleure des mamans et que c'est moi qui suis enceinte. Trop absurde. Je décroche.

En nous couchant le soir, Guillaume me demande si j'ai aimé ma journée. Je ne parle pas. Je lui caresse les cheveux en le remerciant d'avoir fait tout ça, d'avoir voulu me rendre heureuse, qu'en insistant de la sorte, j'ai pu faire un pas de plus vers le rôle le plus important de ma vie. Mais je lui demande pardon pour une grave erreur que j'ai commise. Étonné, Guillaume me demande de quoi il s'agit. Je refuse de lui dire mais je l'invite à me punir de mon inconduite… et brandis le fouet en l'air.

Qui a dit que je n'aimais pas les showers de bébé ?

*Possédée. C'est le seul mot qui me vient. Un esprit malveillant s'est emparé de ma blonde. Cet hôpital est-il construit sur des ruines de cimetière indien ? Vacillante, les mains appuyées sur à peu près tout ce qui se trouve dans la chambre et la jaquette bleu acier d'un chic fou, ma belle Justine est bien près de s'évanouir. Ou de briser tout objet de valeur autour d'elle.*

*Depuis plus de quatre heures, de violentes contractions lui coupent le souffle mais lui donnent aussi le goût d'en finir. Elle hurle, dans un concert de cris et de jurons, qu'elle va mourir si on ne sort pas sa fille MAINTENANT ! Par la bouche, le nez ou les oreilles, elle s'en fiche, faut qu'elle voie le jour dans les plus brefs délais. Moi, détendu, je lui masse les épaules en lui répétant jusqu'à l'abrutissement qu'elle va s'en sortir.*

Au début, lors de notre arrivée, j'étais monsieur Optimiste, le gars cool qui fait des blagues avec les infirmières. Sauf que là, alors que Justine vient de crever ses eaux et le peu d'amour en la vie qui lui restait, je doute. Beaucoup. J'ai la bouche sèche, la tête me tourne.

Debout, les mains tendues vers moi, elle me supplie de mettre fin à ses souffrances. Et tout ce que je trouve à dire, c'est: «Lâche pas, t'es capable!» Là, Justine éclate vraiment. Elle se répand, sueur et larmes, sur tout le mobilier en chêne laminé.

J'allume. Sa respiration.

Ne me rappelant aucunement si elle doit retenir son souffle ou haleter comme une haltérophile, je la prends par les épaules. Son regard d'épagneul qu'on amène chez le vétérinaire me trouble, car il me fait pitié autant qu'il me fait rire. Étrange moment que celui-là.

— Justine, Justine. Détends-toi. Concentre-toi sur ta respiration et…

— Ma respiration? Ma respiration? Je suis à des années-lumière, arghh!!! de penser à ma respiration. Je, hmmphh! veux juste… que ça arrête… Guillaume, prie pour moi!!!

Elle a toujours eu le sens du tragique développé, ma Justine. Alors, bien sûr, la porte lui est grande ouverte aujourd'hui. En pleine session de motivation pour redonner une once d'espoir à ma condamnée, l'infirmière, se foutant d'interrompre ce moment intime, mélange de sport extrême et de perte de dignité, entre dans notre chambre pour effectuer un examen de routine qui semble ne plus avoir de fin. La joie. Ayant les traits d'un masque neutre de théâtre, elle analyse la descente aux enfers de Justine. En enfilant ses gants de latex peu érotiques, elle essaie de se rendre joviale, amusante.

— Alors, ma belle, on dirait que ça commence à travailler «pour vrai» là, hein?

Justine, pompant pour une nouvelle raison maintenant, me fixe les rétines. Son message est clair: cette femme est prétendante au Prix Nobel de la perspicacité. Wow! La Sherlock Holmes de Cartierville est démasquée!

Je tire la future maman par le bras vers le lit qui, à la voir se contorsionner pour s'y étendre, ressemble à une planche de fakir. Elle est à huit centimètres. Est-ce bon? Quel est le chiffre qu'il faut atteindre déjà à ce petit jeu des nombres qui me rappelle « Violette en bicyclette »? Vingt? Mille? Mon désarroi doit s'imprimer à l'encre de Chine dans ma figure paniquée, car Sherlock me lance que Madame n'est plus qu'à deux centimètres d'expulser ce petit paquet.

Puis elle fait volte-face, s'éloigne, le son de ses sandales molles témoignant d'une routine qui ne la stimule plus depuis des lustres. Je scrute le visage enflé de ma douce. Ses yeux me rassurent, mais sa bouche en extension me perturbe. Son nez semble à la bonne place, mais ses cheveux en bataille lui donnent un look de mendiante qui propulse dans d'autres galaxies toute l'imagerie naïve de la maternité.

Merde! Mais qu'est-ce qu'il fout à me dévisager la gueule, en silence, les mains dans les poches? Bravo pour l'initiative, Guillaume Champlain! On fait une sacrée équipe de poules pas de tête, non? Tu me répètes les mêmes mots depuis que mon ventre se crispe aux deux minutes: «je suis là», «ça va aller» ou l'attendrissant «où est-ce que t'as mal?», comme si ça changeait quelque chose au mal insupportable qui me décape le bas-ventre! Désolée, Guillaume, on fait de notre mieux tous les deux. C'est seulement décevant de constater que c'est loin d'être suffisant.

J'ai tellement mal! Et le truc qui me frustre, c'est que je sais que c'est irréversible, que le contrôle, ce n'est pas moi qui l'ai, mais mère Nature! Occupée, la madame! En plus de penser à offrir du beau temps aux adeptes de plein air, elle dirige de main de maître toutes les naissances. Sacré contrat. Pourquoi faire durer les souffrances? Pourquoi ce n'est pas trente minutes ou c'est gratuit?

Ça fait plus de vingt heures que je me lamente, que mon mental et mon physique se dégradent. Ma douleur est si intense que même le fait de penser à l'immense bonheur que j'aurai en voyant Emma ne suffit plus. Ce n'est qu'une mince consolation, un prix de présence, un coupon-rabais de circulaire. Comme si je décidais de redescendre l'échelle menant au plongeon de dix mètres. Pour l'amour du ciel, Guillaume, lâche mes épaules deux minutes ! Merci, mais ton geste est si anodin comparé à ma douleur. Un pansement sur un guillotiné paraîtrait moins absurde. Je délire. Que tu partes ou tu restes me ferait le même effet. Je suis si exténuée, je pleurerais toutes les larmes du monde si je ne pensais pas à me garder des provisions pour l'arrivée d'Emma…

*Pousse. Pousse. Pousse. Pousse. Pousse. Respire. Respire. Tu es merveilleuse, Justine, tu me renverses. Il y a quelques minutes, alors que j'allais jeter la serviette et annuler le combat, tu es ressuscitée d'entre les morts ! Quand tu as entendu docteur Sicard t'annoncer que tu pouvais commencer à pousser, j'ai senti un regain partout sur ton corps, des talons jusqu'aux lobes. Qu'est-ce que…? Quoi? Justine, je vois sa tête, pleine de cheveux, oui, oui, je te jure, regarde dans le miroir, tu la vois? C'est magnifique, lâche pas, pousse, respire, pousse, tu la vois? Regarde, oui, oui, sa tête, Justine, Justine, Just…*

On te dépose sur mon ventre, ton père se blottit contre nous, je sens que le grand horloger braque son doigt pour bloquer le tournis de la grande aiguille. Tout prend son sens, tout s'aligne. Le mélange de joie, d'amour et de vertige qui me saute à la gorge anéantit le peu de retenue qu'il me reste. Je pleure plus fort que toi. Deux sopranos qui n'ont pas la note, mais qui le remarque en ce moment? Guillaume tremble. Il t'embrasse partout, n'a plus de mots pour s'exprimer. Soudain, tu cesses de pleurer. Comme ça, sans préavis. Tes grands yeux sont ouverts, prêts à embrasser le monde. Ta minuscule tête calme, par sa chaleur indescriptible, mon ventre qui poursuit son travail. Emma. Je me tais maintenant, tu peux incendier mon cœur, tordre mes doutes, arracher mes remords. Prends toute la place néces-saire, je me ferai petite…

*Justine voulait que je reste. Sans forcer la note, elle m'a invité à passer la nuit sur ce magnifique fauteuil de cuir rose pâle à pattes manquantes. J'ai prétexté une douche à prendre, du linge de rechange, un ventre qui crie famine. Excuses qui sonnent creux. Dans son attitude, malgré un «c'est OK, je comprends», j'ai vu que je la décevais. J'ai vu qu'elle sentait en moi une peur de commencer ma vie de père dès maintenant, qu'il fallait que je me retrouve un peu pour éviter de me perdre pour de bon par la suite. Comme le Petit Poucet qui retourne sur ses pas. N'importe quoi. Je serre Emma, l'embrasse, fais de même avec ma douce, puis file direction resto. Il est tard. Tout est fermé. Allons chez le clown, il saura me remettre sur les rails.*

Des bruits de glaçons concassés me réveillent toutes les cinq minutes. Des cubes de glace comme des bouées pour ces femmes enceintes qui sont sur le point de donner la vie à leur tour. Une course à relais. Et à obstacles. Une espèce de 100 m haies qui ne semble plus vouloir finir. Emma ne veut pas prendre le sein. Toute la nuit, un escadron d'infirmières se sont relayées pour m'enseigner les sept cent soixante techniques d'allaitement et rien ne se passe. J'y avais longuement réfléchi : si Emma ne voulait pas de mon lait dans les premiers instants, je n'insisterais pas et lui donnerais le biberon. Point. Ici, par contre, on veut que ça fonctionne. À tout prix. On me juge gros comme le bras, mais j'ai tout un caractère. Même épuisée, je peux encore brasser la cage des infirmières trop insistantes.

Une maman se promène dans le corridor en berçant son miracle. Faiblement, elle lui chantonne une comptine pour le rassurer dans cette noirceur qui baigne l'étage des naissances. C'est mélodieux, la voix d'une nouvelle maman. Depuis la naissance d'Emma, j'ai à peine ouvert la bouche. Je veux tourner ma langue au moins mille fois avant de parler. Peur de dire des conneries. Je joue de prudence. Emma ronronne dans son petit lit. À chaque son, chaque bruit, inquiétant ou pas, je me lève de mon lit pour vérifier, contre-vérifier si elle est toujours en vie. En vérité, c'est moi que ça rassure : ça me prouve que je suis toujours de ce monde. Mettons que ça enlève un poids.

*Plus d'un an que je vis ici et je ne m'habitue pas aux lumières de surveillance des voisins qui me brûlent la rétine chaque fois que je passe par-derrière. Ils se croient dans 24 ? Laval, c'est loin d'être L.A. Trois lettres de plus et ça y est. La maison semble immense en sachant que les filles sont loin de moi. Je m'installe au salon, hamburger/frites disposés devant moi comme si c'était du caviar Almas. J'allume le téléviseur. Un film de Clint Eastwood, celui avec le gorille. Je zappe. Une infopub d'un broyeur à déchets qui sert aussi de bicyclette stationnaire et de tente gonflable. Je zappe. Un film porno. Je regarde. La grossesse, bien qu'étant un moment sublime dans la vie d'une femme et de son conjoint, ne rime pas avec sexualité débridée et spontanée. Je regarde toujours. Les nymphettes qui se déshabillent dans une piscine où le filtreur semble inutile me fixent avec insistance. J'attends.*

Qu'est-ce que peut bien faire Guillaume à la maison ? Il doit bouffer du McDo, tel que je le connais. Je ne sais pas s'il pense à nous ? Sa famille. C'est drôle de dire ça, «famille». Trop abstrait encore. Faut pas que j'oublie de téléphoner à maman dès que le soleil se lèvera. Dors bien, Guillaume, si tu en es capable…

*Les filles ne m'ont pas lâché des yeux une seule seconde. Je ne suis pas con. Je sais bien qu'elles jouent la comédie, que tous les gars doivent se sentir observés comme je le suis. Mais mon épuisement physique, la naissance d'Emma, le soleil qui se lève sont autant de bonnes raisons pour me laisser y croire. J'éteins le téléviseur. J'ai l'estomac à l'envers. Est-ce l'émotion ou les frites grasses ? Allons-y pour l'émotion, ce sera plus gagnant lorsque je raconterai cette anecdote.*

Une vraie gloutonne. Emma cale son biberon comme une jeune universitaire dans une initiation. Étrangement, tout semble plus clair, plus défini autour de moi. C'est sûrement une impression, mais l'effet est assez convaincant. Il y a comme une paix, une nouvelle sérénité qui m'apaise, comme si le fait de bercer Emma, de lui donner à boire ce matin de septembre me rendait invincible. Rien ni personne ne peut plus m'atteindre. Sûrement la fatigue qui me fait divaguer de la sorte. J'ai si hâte de revoir Guillaume.

*J'ai si hâte de revoir Justine. Et Emma. Les fleurs, c'est cliché, Justine n'aime pas trop ça d'habitude, trop commun, dit-elle, mais là, c'est autre chose. En franchissant les portes de l'hôpital, j'ai comme un mouvement de recul. Un vieil homme me rattrape du mieux qu'il peut. Je me confonds en excuses, puis m'assois sur un banc, près d'une distributrice de boissons gazeuses. Je ravale. Je piétine. Je me gratte partout, nerveux comme je ne l'ai jamais été. On part comment quand on est père? Du début? Oui, mais quel début? Je ne vois que des maudites fins, une longue série de culs-de-sac, une grosse flèche qui m'indique de descendre de trois cases en glissant le long d'un serpent.*

Je change Emma pour la première fois. Je sue comme une carpe étendue au soleil. Je tourne ses bras, déplace ses jambes une à une, soulève sa tête de porcelaine: je ne change pas une couche, je désamorce une bombe. Quel fil je coupe? Le bleu? Le vert? On entre à l'improviste dans ma chambre. Orgueilleuse, je joue la fille *cool* qui a déjà eu quinze marmots lors du baby-boom. J'exulte la mauvaise foi. L'infirmière dans toute sa gentillesse «dépose» Emma dans son petit lit à roulettes et, en les voyant quitter les lieux, je déduis qu'il faut que je les suive. Bienvenue dans la vraie vie, Justine Dupuis.

*Personne. Est-ce la bonne chambre? Oui, ce sont ses choses. Sans doute parties magasiner des chaussures entre femmes. Elle ne perd pas de temps, la Justine. Bon, un pichet avec de la glace fondue, ça devrait faire l'affaire. Pas mal du tout, les fleurs. Allons prendre l'air en écoutant ces bons vieux potes de Liverpool. Ils devraient m'ancrer dans ma nouvelle vie, ils ont toujours su le faire…*

Coup de cœur instantané. On peut y lire :

> **BUNGALOW À VENDRE**
> **Laval**
> **Idéal pour jeune famille**
> **Construit en 1953**
> **Beaucoup de potentiel – Rénovateurs motivés**

    Guillaume m'hypnotise, me drogue ou m'envoûte. Il met en scène une messe vaudou qu'il organise à mon insu. Découragée, je fixe le journal en évitant de lui donner un indice sur ce que je pense de ce suicide prémédité.

Tout dans cette annonce ne nous ressemble pas.

Tout.

Nous sommes des urbanoïdes qui étouffent lorsque le smog se fait rare, qui perdent le nord et la tête lorsqu'ils s'aventurent plus loin que la Métropolitaine.

Nous sommes des locataires purs et durs, le rôle de proprio étant trop contraignant lors de nos nombreux coups de tête.

Laval, mis à part son sublime Cosmodome, nous indiffère comme peut l'être un Texan obèse devant une salade feta et olives noires.

Sans enfant, la mention «jeune famille» nous fait plus rigoler qu'elle nous émeut.

L'année de construction nous laisse sans mot, car lorsque cette maison fut bâtie, ma mère apprenait à marcher.

La dernière ligne de l'annonce, c'est le coup fatal, le knock-out qui brisera le peu d'espoir qui gargouille au fond de nos délires psychotiques. La rénovation représente un concept tellement complexe pour nous que même la physique quantique semble d'une hallucinante simplicité. Guillaume ne sait pas planter un clou (sait-il seulement à quoi ressemble un clou?) et, de mon côté, je ne fais pas la différence entre du bois et du métal. Je charrie? À peine. Donc, la Grande Question Existentielle qui gambade sur toutes les lèvres est : pourquoi, bande de caves, êtes-vous attirés par cette cambuse? Un coup de cœur, je le répète. Et n'allez pas chercher un raisonnement clair et profond dans cette décision, de l'amour pur, je vous dis.

Le journal dans une main, le téléphone dans l'autre, Guillaume s'excite. Il attend mon assentiment pour pouvoir fixer une visite avec l'agent. Comment, doux Jésus, toute cette histoire a-t-elle commencé?

La semaine dernière, il apprenait qu'une tâche complète d'enseignement s'offrait à lui au collège Montmorency. «Super», lui ai-je dit. «Où c'est, déjà?», ai-je ajouté, nerveuse. Quand j'ai entendu «Laval», j'ai feint l'émerveillement d'un enfant devant un clown pathétique. Piqué à vif, Guillaume m'a expliqué, déblatéré, schématisé, prophétisé tous les avantages d'un tel changement dans notre vie.

Qu'est-ce qu'elle a, notre vie ?

Pourquoi vouloir la transformer à ce point ?

Au bout d'une interminable dialectique qui donnait des frissons à Guillaume tant il était aux anges, j'ai craqué. Et nous voilà, une semaine plus tard, dans la cuisine de notre modeste mais attachant quatre et demi de la rue Chateaubriand, incapables de foncer dans l'inévitable.

Il compose, épuisé par mon silence qui ne finit plus. En un éclair, je lui arrache le combiné des mains, puis le cache derrière mon dos.

— Arrête de déconner, tu sais que c'est ça qu'il nous faut, lance un Guillaume semi-fâché.

— Qu'est-ce qui nous dit que c'est pas la plus grosse gaffe de notre vie, hein ? On veut prouver quoi à qui en allant s'établir là-bas ?

Avec précaution, Guillaume se passe le bout de la langue sur chacune de ses dents. Si je ne le connaissais pas aussi bien, je croirais être devant un psychopathe qui réfléchit aux options de dépeçage.

— Je veux ce poste, c'est l'occasion d'une vie, c'est le moment ou jamais…

— Je choisis jamais.

— Tu serais à quelques minutes de ton travail, tu t'éviterais ces longues minutes de voiture.

— J'aime conduire, bon. J'aime l'idée de ne pas vivre à deux coins de rue de mon boulot, ça m'aère l'esprit de penser que je quitte mon monde de jour pour retrouver celui du soir quand je rentre chez moi. J'ai besoin de cette coupure.

— On s'arrange comment ?

Son ton est sans équivoque. Il est sérieux, le sadique. Il ne cédera pas. Au fond, et c'est ça qui me rend folle, j'ai un tout petit commencement d'envie de le suivre. Je ne me donne pas cette chance, c'est tout.

– Tiens, appelle-le ton agent. C'est quoi son nom, déjà ? Gaston ? Je te gage vingt dollars qu'il porte la moustache et les bas blancs !

– T'es pas du monde ! Je compose, dis-le tout de suite si tu me niaises…

– Allez ! Profites-en pendant que je suis affaiblie…

J'entends la sonnerie dans le combiné. Le décompte s'enclenche.

– C'est seulement une visite, si on n'aime pas ça, on… Oh ! bonjour, M. Gaston Guay ? C'est Guillaume Champlain…

Je l'observe faire des courbettes devant l'agent et je le trouve si charmant, si beau. Au fond, je devrais me calmer, ce n'est qu'une visite qui ne nous engage à rien.

Je suis vidée. Morte. Je ne marche pas, je rampe, je me vautre parmi les quatorze millions de boîtes de carton qui peuplent, de haut en bas, le salon de notre nouvelle maison. Il est 23 h 23. Je fais un vœu. Qu'un petit farfadet sorte d'une boîte et me propose de terminer ce pénible déménagement en beauté. Il pourrait, si le cœur lui en dit, me faire couler un bon bain chaud. Un massage serait aussi le bienvenu. Pendant que je fantasme sur ces bienfaits corporels, Guillaume surgit d'entre deux boîtes, puis m'offre une coupe de vin. Galant mais dangereux. Si je goûte, ne serait-ce que du bout des lèvres, ce nectar velouté, je me roule sur le prélart d'origine en chantant un tube de la Compagnie créole.

– Fais-moi un enfant.

J'avale ma première gorgée. Me concentre sur sa descente. M'amuse avec la coupe de verre, la faisant tournoyer dans ma main tremblotante.

166

Guillaume n'a pu prononcer ces mots.

Je suis si vannée que je déforme ses mots pour en créer d'autres.

– Justine, fais-moi un enfant.

– C'est le manque d'espace parmi ces vingt millions de boîtes qui t'embrouille l'esprit ?

– Je suis sérieux.

– Pourquoi ? Pourquoi revenir sur une question mille fois débattue, ce soir, en plein déménagement ? Nous sommes exténués, ce n'est pas le moment de...

– Quand ? Demain ? Un jour impair ? Une année bissextile ? Y en a pas, de bons moments pour ça, tu le sais, nous...

– Arrête ! Je veux pas parler de ça ! C'est un dossier clos. Point.

– Ah oui ? C'est pas toi qui me rebattais les oreilles avec les copines du travail, enceintes jusqu'au front ? T'avais l'air de les envier.

– Mon Dieu que tu me connais mal ! Même après cinq ans de vie commune, t'es incapable de déceler toute la splendeur de mon ironie. Je les envie pas, je les plains ! Pourquoi faut-il que tu gâches notre beau moment de fin de soirée en ouvrant une porte que « nous » avions barrée à double tour ?

Guillaume lève les yeux. Il se gratte le front, tête baissée, comme s'il pesait un à un tous les mots qui s'emboîtent dans sa cervelle. Je voudrais tellement être la fille pâmée d'un film américain. Lui sauter au cou en hurlant ma joie de lui donner un enfant. Ça m'est impossible. Et ça me tue de voir que cette question n'est pas réglée dans la tête de Guillaume. Depuis quelques mois, subtil comme un kamikaze en plein salon de thé, il me tend des perches, des cordes pour que je me pende. Cette maison est un énorme changement dans nos vies. Un enfant serait un acte irréfléchi dans les circonstances. Au fond, j'attends quoi ? D'être prête ? Que mon horloge biologique m'étourdisse par sa sonnerie désespérée ? Chaque fois que j'ai envie de devenir mère, c'est le même sentiment que je ressens devant une pub de croustilles à la télé : sur le coup, je tuerais pour en avoir mais je me dis que ça va passer et c'est précisément ce qui arrive.

Guillaume se faufile dans le fouillis, me colle, se love. Son souffle chaud réchauffe ma nuque. Il est si près, si simplement à l'écoute, que je le baiserais sur-le-champ. Mais ces soixante millions de boîtes empêchent toute chevauchée spontanée.

– Nous serions les pires parents du monde et tu le sais, dis-je, tout bas.

– Oui, je sais. Peut-être serions-nous surpris…

– C'est pas un jeu.

– T'as raison. Désolé d'être si chiant si tard. Tu travailles demain et…

– Chut! Arrête. C'est tout à fait normal ce désir d'être père qui refait surface de temps à autre. Suffit d'être plus fort que lui, de le laisser passer. Je sais, ça m'arrive souvent.

– Jamais tu me parles de ça…

– Pour dire quoi? Que mon choix se précise de fois en fois? Il y a tant de sujets qui méritent d'être discutés. Celui-là, c'est un chien qui court après le bout de sa queue.

En se hissant de notre position impossible, Guillaume s'excuse, ricane, remplit nos coupes, change de sujet en me signalant un artefact religieux, gracieuseté de l'ancienne occupante, une vieille dame de quatre-vingt-huit ans qui n'avait pas touché à la déco depuis l'ère duplessiste. Un crucifix rose fluo où trône un Christ passablement amoché et, sous ce dernier, une photo couleur jaunie du pape Jean-Paul II.

Et là, alors que la discussion tourne autour du réaménagement de la pièce du fond qui servira de bureau, mais qui possède toutes les caractéristiques du camp de réfugiés, un immense doute s'immisce en moi. Il creuse, arrachant puissamment toutes mes convictions.

À trente-trois ans, ce lundi soir de juin, dans ma nouvelle demeure à refaire, presque soûle, appuyée sur le torse réconfortant de Guillaume, à cet instant précis, je ne suis plus sûre de rien.

Coup de tête instantané. On peut y lire :

> **BUNGALOW À VENDRE**
> Laval
> Idéal pour jeune famille
> Construit en 1953
> Beaucoup de potentiel – Rénovateurs motivés

Justine m'ignore. Son magazine de mode l'absorbe comme s'il renfermait le secret du Graal. Depuis qu'elle est rentrée du boulot, je patine, je prends des raccourcis qui n'en finissent plus, j'essaie de lui faire avaler une pilule qui ne passe pas. La description, la photo et le prix de la propriété sont parfaits pour moi. Lorsque je lui parle de déménagement, Justine hausse les épaules, roule les yeux à l'envers.

Je sens, depuis quelque temps, qu'on s'enlise. Est-ce la routine, un sentiment d'habitude qui s'insinue doucement entre nous de si belle façon que personne ne réagit ? Tous les couples vivent ce « changement » de l'amour passion à l'amour tout court, plus fort, plus vrai, dit-on. Plus le temps passe, plus les gens nous complimentent sur la manière que j'ai de la regarder, sur les gestes complices qu'elle dessine au milieu d'une foule. Ils ont raison, Justine et moi, c'est l'amour fou ! Je l'aime, pas de doute, mais un vide se creuse en moi depuis quelques semaines. Inexplicable. Alors, dans ma grande bonté, dans un élan d'intelligence manifeste, je lui propose ce magnifique projet de vie : déménager en banlieue. Elle n'y comprend rien. Moi non plus, à vrai dire. Et c'est d'ailleurs la principale raison pour laquelle je veux vivre là-bas. Un coup de tête, je vous dis.

Justine se lève, plie soigneusement la page de sa revue, s'assoit en Indien sur la table de la cuisine. Terriblement sexy, ma blonde, dans cette position. Elle m'arrache des mains l'annonce, ce petit bout de papier qui pourrait tout changer. Je croise les doigts. L'annonce lue, elle reste muette.

Je l'imagine se dire que nous sommes des urbanoïdes, l'air de la banlieue nous étant fatal, que devenir propriétaires comporte trop de responsabilités, que l'année de construction semble suspecte et que les travaux de rénovation s'y rattachant nous assurent découragement, dépression et suicide collectif. Dieu que je partage ses doutes, mais une petite voix dans un mégaphone me crie de ne pas l'écouter. Que le poste au collège Montmorency est fait pour moi, qu'à trente-trois ans, il est temps de s'activer, d'entrer dans la vraie vie, quitte à perdre son âme.

Un demi-sourire, une savante combinaison de joie, de doute et de panique, pointe aux commissures des lèvres de ma douce. Elle me tend le journal, ne voulant pas être celle qui ouvre les hostilités. Poule mouillée ! Le journal d'une main, le téléphone dans l'autre, je m'excite comme un gosse dans une piscine publique.

Comme je débute la série de chiffres fatidiques, Justine m'enlève doucement le combiné, détonateur combien fragile. Avec une classe toute féminine, elle le cache derrière son dos. Pourquoi me rend-elle la tâche si compliquée ? Un peu de compassion, Justine !

— Arrête d'en mettre, on a besoin de ce changement, c'est évident, dis-je, très sûr de moi.

— Évident ? Toi, monsieur le philosophe, la seule chose que t'as trouvée pour mettre du piquant dans notre existence, c'est de plier bagages et t'installer à l'autre bout du monde ?

— Toujours le drame ! On a toujours su bien s'entendre, on pourrait trouver une solution à deux ?

— ...

— Je veux ce poste. Et ça serait idéal pour toi aussi, tu serais à quelques minutes de l'hôpital.

— Je sais.

— C'est quoi le problème ?

— Tout ça me fait peur. Tu me fais peur. T'as tellement l'air d'y tenir. Je ne sais pas quoi dire de plus.

— Alors, tu me redonnes le combiné ?

J'ouvre ma paume comme si je l'invitais à s'y blottir à jamais. Je vais tout faire, Justine, pour que tu sois heureuse. J'espère que tout sera assez.

— Je t'aime, ma douce, c'est une visite, rien de plus. Si on trouve ça laid, si tu trouves qu'il y a trop de portes, pas assez de fenêtres, on fout le camp.

Elle rigole, légère. Dès que je raccroche, elle se jette sur moi. Me serre, se colle sur mon corps comme si elle voulait se cacher en moi pour toujours. Jamais je ne l'ai sentie aussi émotive, fragile. Et je sais que la maison de Laval n'y est pour rien.

171

Je suis vidé. Mort. Justine est dans le salon, elle réclame ma présence ainsi que la bouteille de vin. Dans la cuisine, c'est le bordel le plus complet. On se croirait en plein dépotoir. En plus chaotique. Un bric-à-brac dans toute sa splendeur. En branchant le micro-ondes high-tech qui détonne aux côtés d'armoires issues tout droit d'un musée de la Nouvelle-France, je jette un coup d'œil à ma montre. Les aiguilles se promènent, le sommeil se fait sentir. Tiens, il est 23 h 23. Même si ces sornettes superstitieuses m'amusent, je fais un vœu.

En lui versant un généreux verre de son rouge préféré, je l'observe du coin de l'œil. Même dépeignée, vêtue de vieilles guenilles, les yeux gonflés de fatigue, Justine reste la plus belle fille du monde. Comme je tourne le coin, Justine se lève d'un bond, interpellée sans doute par la vision du liquide divin.

– Fais-moi un enfant.

Elle me lance ça comme si elle me demandait l'heure. Malgré l'insouciance dans sa voix, ses yeux sont d'un vert étincelant. Ils me supplient, mais avec ce qu'il faut de fierté, d'audace. Mon silence pendant que je porte ma coupe à ma bouche veut tout dire. Et plus les secondes tombent comme des mouches, plus son regard perd de son éclat. L'espace d'un instant, nous aurions pu faire semblant.

– Guillaume, fais-moi un enfant.

– Bois ce délicieux syrah et tout ira mieux.

– Je suis sérieuse.

– Tu me surprendras toujours ! Nous tenons à peine debout, nous sommes au bout du rouleau et toi, tu parles d'enfant. Question timing, tu avoueras que…

– Y en a pas de « bons » moments ! Demain matin, entre la pose de rideaux et l'installation de la laveuse, ça t'irait ? C'est pas calculé, je te dis ce que je ressens, point. Arrête de tout analyser. Si t'étais moins rationnel, aussi, peut-être que…

– Ne ramène pas tout à moi. Le dossier « bébé » a été maintes fois ouvert. Et un jour, « nous » avons décidé de le fermer. Je veux pas me justifier ce soir.

172

Elle dépose sa coupe, soupire, voyant que cette discussion de fin de soirée n'aboutira à rien. Elle m'avait pourtant juré de ne plus ramener ce sujet dans le décor. Trop émotif.

À nos débuts, le fait de ne pas vouloir d'enfants était un point d'ancrage pour notre couple. Il a fallu que je sois vigilant, fort, pour ne pas sombrer dans les regrets, les remords. Justine, je le sens depuis quelques mois, s'émeut devant des bébés au centre commercial, est attendrie devant des parents qui balancent leur bambin au parc, envie ses copines d'être enceintes, de vouloir fonder une famille. Dans toute ma naïveté, je croyais vraiment que ce changement, cette migration au nord, lui ferait passer cette lubie de procréer.

Ce soir, comme deux pantins désarticulés, nos cordes se défont une à une, sans que personne y puisse grand-chose. À mon âge, je sais ce que je veux, ce que je ne veux pas et les enfants entrent dans la deuxième catégorie. J'aime bien m'amuser avec eux quelques minutes, puis retourner à ma petite vie rangée. Je n'ai ni la patience ni le minimum requis.

Justine m'enlace. D'une caresse qui peut signifier tout aussi bien le pardon que l'invitation à batifoler, elle me murmure dans l'oreille qu'elle est désolée, que c'est plus fort qu'elle, qu'elle ne pense qu'à ça. Elle se retient à deux mains, à deux pieds pour ne pas pleurer.

— Voyons, nous serions les pires parents du monde et tu le sais.

— Oui, je sais. Mais le désir de donner la vie, d'essayer de devenir une mère juste assez convenable... comme si je voulais prouver à la face du monde que...

— Quoi ? T'as rien à prouver. Sois réaliste. On n'a pas ce qu'il faut. Et ça fait pas de toi une moins bonne personne, une fille moins accomplie, loin de là...

Elle hoche la tête, le regard vide. Je suis dur avec elle, je le sais. Mais je me dois de garder la tête froide pour deux. Bien sûr, à l'occasion, j'ai une petite rechute. Mais une analyse de la situation, en mettant de côté les sentiments (ces petites bêtes trompeuses), me ramène toujours sur le droit chemin : les enfants, c'est pas pour nous.

– T'as raison, désolée d'être si chiante si tard. Je travaille demain et...

– Chut ! C'est correct. Notre bébé à nous, c'est notre maison et si tu as une rage qui refait surface de temps à autre, tes amies ou même Fred se feront un plaisir de te faire jouer à la *baby-sitter*. Allons dormir, tu cognes des clous alors que c'est demain que ce sera vraiment utile.

Je réussis à la faire rire. Mais c'est un rire de fatigue, jaune et faux. En la suivant dans le corridor obscur, je suis convaincu de deux choses : la prochaine fois, Justine sera difficile à convaincre et, moi, maintenant, en ce lundi soir de juin, la main sur l'épaule de ma douce, à cet instant précis, je ne suis plus sûr de rien.

Un jeune garçon, MP3 aux oreilles, perdu dans des vêtements six fois trop grands, lève son bras. Geste courtois. Il connaît le savoir-vivre. Même s'il se rapproche dangereusement du bras d'honneur. La ligne est mince. Porte-parole du groupe vu sa grande gueule, il quémande une pause. Déjà? Ça ne fait même pas une heure que je monologue sur mon podium et ils sont épuisés d'ouvrir leurs grands esprits à Platon, Socrate et toute la bande. Les Grecs, pour eux, ce n'est que synonyme de resto, de sauce tzatziki. Et je ne veux surtout pas jouer au prof hautain qui méprise la pauvreté intellectuelle de ses élèves. Le goût y est, j'en conviens, mais soyons indulgent. Je ne fais que constater qu'au fil des années, leur motivation s'effrite, leur curiosité s'envole, leur sens de la réflexion me donne envie de pleurer.

Est-ce moi qui ne sais plus comment les accrocher ? Possible.

La philosophie, dans la vie des collégiens, est synonyme de mal nécessaire parce qu'obligatoire. Dans une société où tout se consomme rapidement et où l'effort est inexistant, je fais figure de Don Quichotte qui se bat contre des moulins à vent qui ne jurent que par le hip-hop, les tailles basses et le bronzage. Comment puis-je les intéresser, ne serait-ce qu'une seconde, à l'idée qu'avait de l'Amour un vieux barbu il y a deux mille cinq cents ans ? Ayant fait le choix d'abdiquer devant mes utopies pédagogiques, je fais le minimum, m'amuse un peu, saupoudre le tout de rigueur et compréhension et laisse agir le tout le temps d'une session. Et les quelques élèves qui viennent me remercier à la fin en valent le coup. Les autres ne le savent pas, mais ils sont d'une grande aide : ils me rappellent, cours après cours, la raison pour laquelle je ne veux pas d'enfants. Quand on est prof, quand on a dans la figure le résultat d'un court moment de folie romantique vingt ans plus tôt, on a une chance que les autres n'ont pas. Alors j'observe, je prends des notes et me contente des enfants qui me sont prêtés le temps de quelques semaines. C'est suffisant.

Ces temps-ci, Justine me paraît fragile. Elle pleure souvent, pète les plombs pour un rien, me glisse, entre deux phrases anodines, que ses collègues de travail tombent enceintes comme des mouches, comme si une maladie contagieuse courait à l'hôpital où elle travaille. Toutes les fois qu'elle ouvre cette porte, je la referme poliment en prenant le temps de lui demander si elle les envie, si elle aimerait faire partie de cette meute de grosses bedaines. « Oh que non ! Je les plains… » Sacrée Justine ! Le vide qui suit cette phrase la trahit à tout coup. Mais je ne vais pas plus loin, question de ne pas déterrer les morts, car on ne sait jamais sur quel squelette on va tomber.

— Monsieur ? Êtes-vous avec nous ou quelque part en Grèce ?

Tout le groupe éclate de rire. Vraiment plaisant, cette sensation de ne pas savoir où vous étiez pendant la dernière minute. L'air hagard, je m'essuie rapidement la bouche de peur qu'un long filet de bave n'y pende. Bon joueur, j'embarque dans leur délire et mime un débile profond qui n'a pas pris sa médication. Ça hurle de plus belle. Si je pousse juste un peu, j'ai droit à une ovation.

Mais je me ressaisis et je les fous à la porte, leur ordonnant d'aller ingurgiter nicotine et caféine pour qu'ils puissent endurer mon cours jusqu'à la fin.

Des brunes. Des blonds. Des Noirs. Des Arabes. Des gays dans le placard. Des petites filles à maman. Des nerds qui cherchent l'amour. Des sportifs qui bombent le torse. Mais tous une même gueule : celle qui chambranle entre l'enfant et l'adulte. En les voyant défiler à la sortie de la classe, en leur rendant le charmant sourire qu'ils m'offrent spontanément, je remarque un détail. Du type qui fatigue l'œil, comme dans le jeu des sept erreurs.

Un étudiant, Michael quelque chose, porte un bijou de tee-shirt : sur fond noir, la pochette du *White Album* des Beatles.

Un fan.

Telle une groupie dont le Q.I. baisse à vue d'œil, je lui fais signe d'approcher. Michael semble *relax* mais surpris que je veuille le voir.

– Désolé, je sais, monsieur Champlain, j'ai pas remis la dissertation sur…

– Ah non ? Pas grave. Enfin, oui, mais c'est pas pour ça que je voulais te voir.

Ses yeux deviennent petits. Il ne comprend pas. Il me trouve bizarre, c'est évident.

– C'est ton tee-shirt… Les Beatles.

Il tire sur son chandail comme s'il prenait feu.

– OK !… oui… vous aimez les Beatles, monsieur ?

Ma réaction le fait sursauter. Il recule d'un pas, prêt à répliquer si j'ose l'attaquer. Adrénaline, pression, teint rougeâtre et yeux globuleux, voilà le cocktail qui mijote en moi lorsque l'on m'ouvre une porte sur ce groupe de Liverpool.

– Si je les aime ? Ils sont toute ma vie ! Ils me guident, m'inspirent. Ce sont mes amis, mes parents, mes modèles… je leur dois tout. Et, surtout, ils ont écrit les plus belles chansons du monde.

Pendant toute la pause, alors que plusieurs élèves ont regagné leur place, fantasmant pour que les aiguilles de l'horloge tournent plus vite, nous poursuivons notre entretien. Enfin, je monologue ; lui, m'écoute, subit.

– L'album *Blanc* est intemporel, si éclectique... même s'il est une preuve concrète que le groupe n'allait plus, que chacun avait quitté le navire, il demeure néanmoins que c'est un pur chef-d'œuvre... Savais-tu que *Helter Skelter* est considéré comme une des premières chansons heavy metal ?

Je décèle une sincère volonté de me suivre dans mon discours mais je saute du coq à l'âne en passant par le bœuf et la jument. Un fan fini, bien que touchant, laisse toujours un arrière-goût de pitié, de profond malaise. Et on se met à bavarder sur plusieurs sujets à la fois : l'avant-gardisme de Lennon, l'immense talent de mélodiste de McCartney, leur évolution à chaque album, nos chansons coup de cœur et surtout leur incroyable pertinence dans ce nouveau millénaire.

– Mais pourquoi ce groupe de jeunes Anglais modestes, fils d'ouvriers, a-t-il autant marqué la musique ? Ils étaient là au bon moment ? Question de timing ? demande mon élève, avec un faux intérêt qui me touche autant qu'il me blesse.

– À mon humble avis, Michael, c'est l'union de deux génies créateurs, deux êtres d'exception qui, séparés, auraient donné deux très bons groupes mais jamais de la qualité des Beatles... Le destin, en les réunissant, a produit... un miracle...

Je lance cette dernière parole, trop près de l'incantation pour être vraiment sincère, en haussant ma voix, essayant d'enterrer les hurlements d'étudiants excités au café. De reculons, Michael quitte mon podium en me souhaitant bonne fin de journée. Il sait vivre, ce jeune homme, même si j'ai pu comprendre qu'il ne portait ce tee-shirt que pour le look. Je respecte ça. Je déteste ça. Je multiplie les excuses, les courbettes pour lui avoir volé sa pause, mais je n'ai pas le temps de terminer ma phrase qu'il se faufile entre un groupe de garçons ultra-musclés, joueurs de foot il va de soi. Je l'ai traumatisé. Évident. Pourquoi lui ai-je sauté dessus pour l'entretenir d'un sujet qui, peut-être, ne l'intéresse pas du tout? Merde. En raison de mon âge, je me fais avoir avec l'attitude du prof *cool*, près des jeunes, qui veut absolument tisser des liens d'amitié maître-élève.

Pathétique. Je n'ai pas à jouer ce jeu-là. Eux non plus.

Pour masquer mon embarras grandissant, je farfouille dans mes notes de cours, le bon vieux truc du prof qui semble possédé par sa matière et qui cherche un sens au chaos, près du génie, qui règne en permanence dans sa tête. Allez, Guillaume, sois fort. Ne laisse pas ta vie et ses déroutes perturber ton cours.

Ces temps-ci, Justine m'inquiète. Hier, elle est rentrée tard, d'un souper de filles, la plupart enceintes, complètement soûle. En la voyant se dévêtir et me raconter sa soirée par monosyllabes, j'ai d'abord cru que son état était dû à un surplus de joie, mais c'était tout le contraire. Elle s'est remplie le corps et le cœur d'alcool pour geler le mal qui remonte à la surface. Une douleur qu'elle pensait être capable de maîtriser.

Le visage qu'elle m'a offert quand elle m'a lancé, le plus sérieusement du monde, que Marie, Isabelle, Annie, Karine, Mélanie arboraient de magnifiques bedons me hante encore aujourd'hui.

Les élèves maugréent, haussent les épaules, soupirent. Leur pause s'étire et ils ne voient pas la fin de ce cours de philo. Soyons coopératif et abrégeons leur souffrance.

– Pour la plupart d'entre vous, l'évolution rime avec Darwin, l'homme descend du singe, l'*homo erectus* et tous ses descendants. Oui, d'un point de vue anthropologique, biologique. Par contre, quand on ouvre le dossier, souvent négligé, à d'autres types d'évolution, on oublie souvent celle du sentiment amoureux, de l'Amour originel, celui remontant à Éros, aux Grecs et à leur mythologie. Laissez-moi, chers élèves, vous conter la plus belle de toutes les histoires.

Dans un synchronisme redoutable, les garçons lèvent les yeux au plafond, s'étirent de tout leur long. Les filles... font la même chose mais avec une telle légèreté qu'elles me donnent l'impression que je suis un être captivant, le Cirque du Soleil réuni dans une seule personne.

179

– ... Selon le texte *Le Discours d'Aristophane*, notre nature était, autrefois, différente. Il y avait trois catégories d'êtres humains : le mâle, la femelle et l'androgyne. De plus, nous avions une forme différente. Sphérique, possédant quatre jambes, quatre mains, deux visages, une seule et même tête, quatre oreilles et deux sexes, les humains se déplaçaient soit en avant ou en arrière, ou roulaient sur leurs huit membres. Leur orgueil était immense et, dans un excès de folie, ils s'en prirent aux dieux. Zeus, en colère, trouva un moyen de les punir sans les tuer : il les coupa en deux. Mais, chaque morceau, regrettant sa moitié, tenta de s'unir à elle : ils s'enlaçaient, voulant se confondre, et mouraient de faim et d'inaction.

Chaque fois, c'est la même réaction. Passant de l'indifférence à une écoute quasi mystique, les élèves laissent tomber leurs préjugés envers la philosophie et acceptent bras ouverts cette vieille légende grecque de l'origine du sentiment amoureux. Car ils ont soif de passion, d'amour qui dure, d'eau de rose. Ils sont si blasés, cyniques dans leurs relations, qu'ils sautent sur mes bribes de romance des temps anciens comme des vautours sur des cadavres d'amours impossibles.

– Comme vous pouvez le constater, la représentation de l'amour chez l'être humain est donc très ancienne. C'est l'amour de deux êtres qui tentent de n'en faire qu'un pour guérir la nature humaine. Nous sommes la moitié d'un être humain et nous cherchons sans cesse notre moitié, et quand nous la rencontrons, nous sommes foudroyés d'un sentiment d'affection et d'amour. Nous refusons alors d'en être séparés...

Un élève, l'éternelle grande gueule, lance son bras en l'air comme s'il voulait attraper un coup de circuit. Il est allumé. Laissons-le mettre le feu.

– Oui ?

– Qu'est-ce qui nous dit que nous sommes en présence de cette fameuse moitié ? Y a-t-il des signes ?

– On le sait. Simplement.

Il esquisse un sourire qui en dit long. Il a l'air de se dire qu'en matière amoureuse, ce n'est pas moi qui vais lui en montrer. Si seulement il savait. Si seulement il avait déjà croisé Justine.

– En gros, ce que nous souhaitons tous, c'est nous fondre le plus possible en l'autre pour ne former qu'un. Personne ne le refuserait, car personne ne souhaite autre chose. Le bonheur de l'espèce humaine, c'est de retourner à son ancienne nature grâce à l'amour, c'est là notre état le meilleur.

La seconde pause que je laisse s'immiscer entre nous me rend fébrile. Car je sais pertinemment ce qui s'en vient. La grande gueule, presque debout sur son bureau, s'étire la main, veut commettre un meurtre au premier degré, me faire la peau sur mon podium qui rétrécit comme peau de chagrin.

– Vous, M. Champlain, l'avez-vous rencontrée, votre moitié ?

J'éclate de rire. Je le fixe, m'amusant du fait qu'il pense me piéger. Repassant en tête une réponse mille fois répétée, je m'avance au bord de l'estrade, croise les bras et je prends le temps de prononcer chacun des mots qui sort de ma bouche.

– J'ai eu la chance, car il est vrai qu'il y a une énorme part de hasard, de coïncidence dans tout ça, de « trouver » ma moitié il y a cinq ans. Elle se nomme Justine, c'est une femme extraordinaire.

L'éternelle grande gueule, surpris, recule sur sa chaise, chuchote à l'oreille de sa voisine. Cette dernière, un peu blasée, le dévisage en le poussant. Ils s'invectivent l'un l'autre. Comme je m'apprête à mettre de l'ordre dans cette fin de cours, elle se tourne vers moi, passe une main rapide dans sa longue crinière brune, et me pose une question.

– Monsieur, quelle est la plus grande preuve d'amour qu'on puisse offrir à notre moitié ?

– Euh, bien, les réponses sont multiples et sont en lien avec nos croyances, nos valeurs et...

– D'accord, oui, mais selon vous, selon vos croyances et vos valeurs à vous ?

– Chose certaine, je ne crois pas que c'est le mariage, par exemple.

Éternelle grande gueule, bras derrière la tête, nonchalant, se mêle de la discussion.

– Un enfant ? dit-il, avec une sagesse qui ne lui va pas du tout.

– Effectivement, la venue d'un enfant est une immense preuve d'amour.

– En avez-vous ? demande la belle brune, curieuse.

– Non. Enfin, pas encore.

Qu'elle est drôle et absurde cette impression que notre subconscient prend le dessus et nous fait dire des trucs auxquels nous ne pensions pas. Un gros lapsus qui me fait perdre la voix, la notion du temps, de l'espace. Il y a un flottement qui s'installe entre mes élèves et moi. Impossible d'agir.

Merde ! J'ai vraiment dit « pas encore ».

– Merci à tous pour ce bon cours et terminez Platon pour le prochain cours. Petit contrôle, 15 %. Allez, bonne fin de journée.

Dans un brouhaha un peu flou, le groupe me souhaite aussi une belle fin de journée. Du moins, quelques élèves de la première rangée. Mais la plupart sont déjà sortis, pressés de prendre le bus.

En croisant Michael alors qu'il déguerpit, je fixe son tee-shirt. The Beatles. Et même si la rencontre de Paul et John nous a donné les plus grandes chansons qui soient, il reste que leur union, bien que miraculeuse, n'a pas été éternelle. Même pas une décennie. Deux moitiés qui n'ont pas su résister à l'érosion que le temps crée chez les êtres, les choses. Cette vérité me déprime et m'imprime sans arrêt dans le cerveau le visage de Justine.

En nettoyant le tableau, dos à la classe, je sais que j'ai été malhonnête. Du moins incomplet. Si j'avais voulu aller jusqu'au bout de ma pensée, si j'avais voulu être un vrai pédagogue et non un type qui veut épater la galerie, j'aurais terminé mon histoire en leur soulignant le fait que ce n'est pas tant de rencontrer notre moitié qui est ardu mais bien d'y rester attaché, de dépasser le stade des papillons pour fonder un véritable projet de vie. Pas des sorties à des restos branchés de la rue Bernard. Une famille, par exemple. Donner la vie à un être qui nous remettra en question, changera nos priorités, donnera un véritable sens au couple que nous formons. Voilà ce que j'oublie toujours d'ajouter à ma belle légende romancée. Au fond, je ne l'oublie pas, j'omets volontairement de le leur dire : j'aurais trop peur de sonner comme une vieille casserole rouillée.

En quittant le collège, le corps voûté, la tête lourde, j'implore tous les saints pour qu'à mon arrivée à la maison, Justine y soit, qu'elle m'invite à m'asseoir, puis qu'elle me dise, doucement, qu'elle a changé d'idée, qu'un bébé serait la plus belle chose qui pourrait nous arriver. Je le souhaite si fort parce que je sais qu'il m'est impossible de me substituer à elle. En fait, elle est notre dernière chance. À nous. À nous deux. À nous trois.

Cheveux placés, maquillage discret, verre de vin, main délicate, féminine, jeans moulants, tee-shirt rouge vif, sourire sympa, yeux cochons, Justine lit un de ces magazines de mode qui m'horripile. Elle me salue d'une voix doucereuse, à peine audible. Les lumières du salon sont tamisées. Leonard Cohen parle à voix basse dans la radio. Ma blonde est magnifique.

Debout, sur le seuil de la porte, mon sac de cuir dans les bras, je ferme les yeux, ma respiration s'accélère. Le moment de vérité approche. En ouvrant les paupières, mes pupilles se contractent, se dilatent. Le focus se précise sur l'image de ma blonde.

– Ton cours s'est bien passé ?

– Oui. Super. Dis donc, t'as rien à me dire ?

– Si. T'avais deviné ?

– Un peu.

– Allez, viens ici, mon beau brun.

Ma douce se replace, dépose son magazine, me serre dans ses bras, si fort que j'ai la frousse qu'elle me casse en deux. Après quelques secondes d'étreinte passionnée, elle s'éloigne et me lance avec un aplomb qui me déstabilise :

– Je suis heureuse. Je suis amoureuse. J'adore notre vie.

Allez, dis-le, dis-le.

– … mais j'ai besoin…

Allez, Justine, je suis prêt.

– … de te l'entendre dire. Es-tu heureux, Guillaume ? Es-tu toujours aussi amoureux de moi ?

– Tu doutes ?

– Non. Du tout. J'ai seulement besoin de te l'entendre dire. Me sens un peu insécure ce soir.

– T'es la femme de ma vie. T'es ma moitié retrouvée et, oui, je suis amoureux de toi, encore plus qu'à nos débuts.

Elle se rapproche, se love sur mon torse. Me prend la main.

– Nous sommes si bien tous les deux, non ? Personne ne pourra venir changer ça.

Et là, je me sens tout drôle.

Comme un mineur perdu dans une galerie souterraine à qui les piles de sa lampe de poche viendraient de rendre l'âme.

«Jamais je ne te demanderai ce service pour une raison banale. Là, mon ami, c'est la crème de la crème. Elle est Russe ou Roumaine, je sais plus trop, je comprends pas tout ce qu'elle dit, mais on s'en fout. Elle vient tout juste de m'appeler. Je peux pas, tu m'entends, manquer cette fille-là ! Sarah-Ève vous adore, Justine et toi, elle a déjà hâte de vous voir ! J'attends un «oui» de ta part dans la prochaine heure ! Ciao ! »

Bip ! Dos à ma douce, je sais qu'elle m'attend avec une maison de briques et un magasin de fanaux. Nous avions prévu une soirée romantique. Nous travaillons comme des fous : Justine accumule les heures supplémentaires, je corrige jour et nuit à m'en faire éclater le crâne. Nous avions besoin de cette soirée. Mais Fred m'a déjà rendu tellement de services qu'il m'est impossible de lui faire faux bond.

– Tu le rappelles et tu lui dis que tu aurais bien aimé, mais que tu as prévu une soirée d'amoureux avec ta copine. Clac! Fin de l'appel.

– Tu sais que je peux pas.

– Oui tu peux.

– Justine. Nous pouvons remettre ça demain.

Elle sourit. Du plus beau sourire qu'elle est capable de produire. De belles dents étincelantes. Et pointues. Elle va m'arracher la jugulaire et me sucer le sang jusqu'à la dernière goutte. Je contre-attaque.

– OK! c'est imprévu, OK! j'aurais aimé qu'il m'en parle plus tôt, mais ça sera toujours comme ça avec Fred. Il est désorganisé, impulsif, et tout le monde autour en subit les contrecoups. Et la petite Sarah-Ève est charmante, non?

Tenter d'amadouer Justine Dupuis avec la corde insensible des enfants est du même ordre que d'attirer des sœurs cloîtrées dans un *rave*.

– Charmante? Te souviens-tu, Guillaume Champlain, que la seule fois où cette petite douceur s'est approchée de moi elle a trébuché et m'a rentré une paire de ciseaux dans la cuisse? Comme première impression, j'ai vu mieux...

– Tu charries! Allez, j'appelle Fred et je lui dis quelle heure?

– Un mercredi de la semaine des quatre jeudis... vers dix-neuf heures, dit Justine, les yeux levés au plafond.

– Ça va juste nous remuer plus qu'autre chose d'aller garder cette fillette. Le sujet était clos, non? Avec toutes les discussions que nous avons eues tard dans la nuit, me semble que tout avait été dit. Elle va foutre le bordel.

– Justine! Voyons! Au contraire, je crois qu'elle va confirmer notre choix. Tu le sais, chaque fois que nous sommes en présence d'un jeune enfant, notre pouls s'accélère, notre gorge pique, nos yeux coulent : hyper allergiques au monde de l'enfance. Sarah-Ève ne sera que la confirmation de notre décision des plus réfléchies. C'est tout. Sans plus. Allez, embrasse-moi, non, pas sur la bouche, là, plus bas...

Elle se penche et me mords l'entrejambe. Je la repousse dans un réflexe de protection. Au même moment, un couple de vieillards passe près de nous et regarde à l'intérieur de notre voiture. Ils pensent ce qu'on pense. Le vieil homme semble outré tandis que sa femme tape un clin d'œil à Justine.

De l'auto au seuil de la porte, on rigole comme des enfants d'école, se poussant l'un l'autre. Fred sort comme on arrive, nous embrasse, nous rappelle que sa fille a déjà pris son bain, qu'elle est en pyjama et qu'elle se couchera lorsqu'elle nous tapera sur les nerfs. Et zoum ! Fred est déjà parti faire la fiesta. Et il nous crie de sa voiture de dormir dans son lit, qu'il pense ne pas rentrer avant demain midi.

Sarah-Ève nous accueille avec une accolade digne des plus grands films d'amour. Elle nous assaille littéralement. Elle veut nous montrer ses Barbie, sa chambre, ses dessins, ses cahiers à colorier, enfin, tout ce à quoi elle pense en moins de trois minutes. Justine me surprend. Elle la suit partout, s'étonne plus que le client en demande et s'assoit aux côtés de Sarah-Ève, intéressée par ce qu'elle lui présente. Et tout ça sans la moindre trace d'ironie. Au fil de la soirée, de la cachette au ballon en passant par le théâtre de marionnettes, nous avons oublié que nous étouffions près d'un enfant. Le temps d'une soirée, nous étions deux adultes capables de se laisser aller à des jeux insignifiants, à des activités sans but ; nous, êtres rationnels qui analysent les enfants, avons fait céder nos propres barrières. Les yeux de Justine n'ont jamais autant brillé et, de mon côté, rarement une soirée a aussi vite passé. Ça change de notre routine de couple qui, même après cinq ans, commençait à ressembler à celle d'un vieux couple.

Mais à la seconde où nos yeux se croisent, aucun de nous deux ne veut montrer à l'autre qu'il est attendri. Quel stupide orgueil mal placé ! Nous avions tracé une ligne, il fallait la respecter. « L'heure du dodo est arrivée maintenant », lance

Justine, malhabile pour se ressaisir. Même dans les yeux de Sarah-Ève, je vois une incompréhension, comme si elle ne comprend pas le changement soudain de l'humeur de Justine. Elle n'est pas la seule.

Pour une troisième fois, la petite se lève et demande un verre d'eau. Je me lève, lui donne quelques gorgées, puis monte le ton pour avoir l'air plus autoritaire. Justine pouffe de rire, le visage caché dans les coussins du salon. Sarah-Ève demande à aller aux toilettes. Je perds patience et demande du renfort. Justine se pointe le bout du nez, accompagne la petite aux toilettes et la couche pour la énième fois.

Et nous jasons de notre petit confort, qu'un enfant, bien que normal, nécessite trop d'attention, de petits soins, qu'il est une petite planète autour de laquelle le satellite Parents tourne.

La nuit approche, et nos choix se confirment. Justine est rassurée de voir, me dit-elle, qu'elle n'a pas la patience, le talent et l'instinct pour avoir des enfants. Qu'ils sont mignons, oui, le temps d'un instant. Que ceux des autres combleront nos hormones et horloges. Justine se lève, urgence toilette. Je zappe des téléromans espagnols un peu bizarres de fin de soirée. Je manque de perdre la carte quand une pub d'un produit ménager me darde le cœur en raison d'une bande sonore un peu trop rythmée pour l'heure qu'il est. Tiens ! moi aussi, j'ai une de ces envies. En me rendant à la salle de bain, je vois une ombre dans la chambre de la petite. Une veilleuse La Petite Sirène procure un éclairage apaisant. Justine est à peine visible, mais je sais qu'elle est là. Je décide de l'espionner. Par l'ouverture de la porte, je la vois penchée au-dessus de la petite, elle ne bouge pas, semble vérifier si la petite est encore en vie. Elle replace les draps pour qu'elle ne prenne pas froid. Lui caresse les cheveux. Oh ! elle revient ! Je me glisse derrière la porte de la salle de bain, fait semblant d'en sortir.

– Qu'est-ce que tu fais ? demande-t-elle, nerveuse.

– Pipi *time*. Toi ?

– Rien. J'avais cru entendre du bruit, alors je suis allée m'assurer que…

– Tout est OK, donc ?

– Tout est OK.

J'aurais donné tout ce que j'ai pour voir son visage au-dessus de Sarah-Ève endormie. Vraiment tout.

Dix secondes, c'est le temps que ça prend pour dévisser un couvercle tenace, pour envelopper un ami dans nos bras afin de le réconforter, pour jeter un coup d'œil à une facture d'épicerie, pour lire un courriel d'un ami qui nous envoie un questionnaire à la con, pour décider entre une table ou une banquette dans un resto de grillades, pour exécuter un stationnement parallèle, pour mettre un maillot dans un vestiaire bondé de femmes à poil, pour expliquer un trajet à un touriste qui cherche l'oratoire, pour se faire une idée de la qualité d'un CD au poste d'écoute d'un magasin à grande surface.

Dix secondes, c'est peu de choses. Des millions de dix secondes s'accumulent depuis que j'ai pris mes premières bouffées d'air. Pris séparément, ces paquets de secondes sont insignifiants.

Mis ensemble, nous pouvons mesurer le pouvoir qu'a le temps sur nos vies. Enfin, jusqu'à maintenant, très précisément à la seconde où je me trouve, les dix secondes n'avaient aucune emprise sur ma petite personne. Je surfais sur ces secondes, minutes, heures, sans me soucier du danger qui me guettait. Celui qui vous fait tanguer, puis vous jette dans les flots. C'est là, et uniquement là, que, paniqué, vous prenez la pleine mesure du temps qui roule, immuable vague. Si vous menez la vie que vous vouliez, tout se passe bien. Vous remontez à la surface, souriant, et faites un peu de crawl pour savourer le moment présent.

Toutefois, si vous réalisez que vous êtes passé à côté de l'essentiel, que le temps, que les dix secondes vous ont doublé, eh bien, vous vous débattez en coulant comme une brique dans les abysses d'une vie ratée.

Et ces réflexions pseudo-aqua-philosophiques ont vu le jour dans ma petite tête creuse en un temps record : dix secondes. Pile.

Et quelle est la cause de ce grand branle-bas de combat ? Un dix secondes de trop. Celui que j'aurais aimé ne pas voir. Ne pas vivre. Celui qui vient tout juste de me rentrer en pleine gueule.

Je suis au boulot. Journée de fou. Patients impatients. Collègues insupportables. En vérité, elles sont magnifiques. « Je » suis insupportable. Ma jalousie, mon envie me donne des nausées. Du coin de l'œil, entre deux rapports, je les observe. Dodues, toutes roses, tout sourire, elles respirent le bonheur. Dans quelques mois, elles donneront naissance à leur enfant. Un premier pour certaines, un deuxième pour d'autres. Depuis quelques semaines, j'évite de dîner avec elles. Question de survie. Un seul sujet de discussion au menu : la grossesse et ses dérivés (accouchement, allaitement, blablabla). Je m'isole pour conserver le peu de santé mentale que la nature m'a légué. Quand les premières sont devenues enceintes, je les plaignais. Avec Guillaume, le soir venu, nous trinquions à l'effondrement de leur petit couple. Mais les mois ont passé, et les bedons se sont multipliés.

Une invasion. Une épidémie. Une avalanche de fœtus.

Fille de caractère, forte, disciplinée, j'étais convaincue que j'avais le parfait contrôle de mon corps. Sportive, je repoussais souvent mes limites, mais je les connaissais parfaitement. Naïve, je m'étais préparée à un combat gagné d'avance entre moi-même et mon horloge biologique. Quand elle sonnerait, comme la cloche d'un round, je l'assommerais d'un solide uppercut. K.-O. Sans appel.

Pendant les dix dernières secondes, j'étais fière, les bras en l'air. Je savourais ma victoire. Mais au tout dernier moment, alors que j'étais de dos, l'horloge, en traître, m'a frappé le crâne, puis noir. Elle avait gagné. Malhonnêtement, oui, mais c'est le résultat qui compte, pas la manière.

Pendant ces dix secondes, je pensais avoir fait le deuil d'être mère. Qu'enfin, après des années de déni, de refus, de fuite, de sacrifices, j'avais eu le dessus sur ce foutu instinct maternel. Mais j'abandonne. Je n'en peux plus. Je suis fatiguée. Ce n'est pas un hasard si toutes mes collègues sont enceintes, elles ont formé un clan indestructible, voué à détruire mon armure.

Mais il ne faut pas. Pour toutes sortes de raisons. Même si aucune d'entre elles n'est bonne. Il ne faut pas. Le temps passera, comme toujours. Elles auront leur poupon, comme toujours. Je m'habituerai à me mentir, comme toujours. Et je poursuivrai avec doigté un rôle de composition auprès de Guillaume : la femme moderne qui ne veut pas d'enfants. Maintenant, j'ai dix secondes pour me convaincre de tout ça.

# Maintenant

En musique de fond, on entend *White Christmas*, interprétée par Diana Krall. Si on porte une plus grande attention, on peut percevoir, à peine, Justine qui chantonne, glissant sur les paroles, inventant des rimes ici et là.

En cette veille de Noël, notre premier en famille, quelque chose change. À mon sens, c'est pour le mieux. Ça étourdit, car pour Justine et moi, Noël n'est plus qu'une vulgaire fête commerciale où le fameux «esprit» de Noël n'est qu'un prétexte à une orgie de cadeaux. La mère de Justine vivant avec les moyens du bord, mes parents festoyant immanquablement dans le Sud, sans frères ni sœurs, nos Noëls perdaient de leur saveur, de leur sens. Ce soir, par contre, alors que je berce Emma dans sa chambre en tentant de l'endormir malgré d'intenses maux de ventre, Justine prépare un souper aux chandelles, un premier tête-à-tête depuis la naissance de la petite. Disons que ce n'est pas un luxe. Une nécessité. Noël se transforme et ça me plaît.

J'avoue, je n'ai jamais cru à ces conneries de « magie » de Noël. Même que ça me déprime. Emma vient tout faire basculer. Le calme de la maisonnée, la musique de circonstance et ma fille qui se colle contre moi ont raison de mon cynisme. Je suis bien.

Les premiers mois ont été particulièrement difficiles pour notre couple. Un test en bonne et due forme. Les mauvais plis s'installent, les compromis frustrent et les communications sont moins franches, plus obscures, comme si nous souhaitions que l'autre devine, agisse, comprenne. Grande erreur. On garde la tête au-dessus de l'eau, oui, mais le niveau ne cesse de monter. Ce temps, cette pause de Noël tombe comme un miracle. Pauvre petite ! Elle se tord, se crispe, cherche à apaiser son mal. En la comprimant sur mon ventre, je calme ses crampes, enfin, j'essaie. Aussi vite qu'elles sont arrivées, les douleurs repartent. Un front, immense comme le mien, m'invite à le caresser du bout des doigts. À peine. Moment parfait. Moment que l'on souhaite mettre dans un bocal, déposer sur une tablette de foyer et s'en servir comme réconfort le jour où les choses clochent. Tiens, Justine ne chante plus. Ça me manque déjà.

Dès que je ferme les yeux, le cœur gonflé d'un bonheur immense, j'entends Justine qui arrive. Au lieu de me laisser coucher la petite comme à l'habitude, elle s'approche, nous entoure de ses bras rassurants, puis m'embrasse goulûment, comme une jeune ado inexpérimentée, dévoreuse de langues. Pendant de longues minutes, nous dansons tous les trois, accompagnés par une douce berceuse. Sans lui parler, mes yeux lui chuchotent :

« Faisons attention… c'est si facile de se perdre… »

Ses yeux me répondent :

« Je sais… Retrouvons-nous au plus vite… Tu me manques… »

Mes yeux lui disent :

« Comment fait-on ? »

Ses yeux me répondent :

« Aucune idée… »

Nous couchons Emma. Nous mangeons comme des rois. Nous faisons l'amour. Au lieu de jouir, nous pleurons comme des enfants.

À plat ventre dans le salon, sous les couvertures, nus, nous fixons le sapin. Toutes ces lumières qui clignotent nous étourdissent. Justine me caresse les cheveux en s'essuyant les yeux du revers de la main. Elle semble si apaisée. Elle me remercie pour le beau cadeau que je lui ai offert ce soir. Je ne pige pas. « Quel cadeau ? » lui dis-je, étonné.

– Ta présence, dit Justine, hésitante.

Ma culpabilité se mêle au bien-être qui se réveille en moi, ce soir.

Je tente une percée. Sans réfléchir, je dis :

– J'ai fait un long détour pour te dire…

– Je t'aime… Joyeux Noël, Guillaume Champlain.

Je sais, je suis un peu parano. Beaucoup. Guillaume, en glissant un CD dans le lecteur de la voiture, m'ordonne de me calmer, que les ronds du poêle sont éteints, que les biberons sont remplis, que la plomberie fonctionne, que la toiture est solide, que le FBI est bien relié à notre nid d'amour fortifié. Excessif, oui, mais rassurant. On se les gèle en ce beau et glacial lendemain de Noël. Il fait si froid que je me retiens de fondre en larmes, de peur que la glace se fige dans mes yeux et qu'on file à l'urgence pour que l'on m'ampute l'iris.

Je sais qu'il sait. Il sait que je sais qu'il sait. C'est la toute première fois qu'Emma se fait garder par quelqu'un : ma belle-maman. J'adore Michelle. Sauf qu'elle veut tellement nous aider qu'elle commence à être étouffante. Des petits plats préparés par ci, des coups de téléphone aux dix minutes par là, Guillaume et moi commençons sérieusement à puiser dans nos minces réserves de diplomatie. C'est mon instinct protecteur, la louve qui tient à distance toute menace pour ses petits. J'ai confiance en Michelle, mais ma crainte est plus forte que ma raison. Rien à faire.

Guillaume me frotte les cuisses. Sa délicate attention pour me réchauffer cache un profond désir de me rassurer. Voilà pourquoi je l'aime tant, mon Guillaume. Pas un grand parleur mais un faiseur hors pair. Il essaie d'être subtil, mais sa touchante naïveté, que ses grands yeux de panda dissimulent mal, le trahit chaque fois.

Emma s'est-elle endormie?

S'arrache-t-elle les cordes vocales en réclamant un câlin d'urgence?

En quittant notre chez-nous, notre bunker familial depuis quelques mois, je trouve que notre maison détonne. C'est la seule qui n'est pas décorée. Niet. Tous les voisins se sont donné un mot d'ordre : illuminer la rue pour quelle soit visible de Mars. Même si je me suis juré de ne pas me retourner pour m'assurer que notre cocon de briques n'avait pas pris feu par suite de l'écrasement d'un renne venu du ciel, c'est plus fort que moi et je tends ma tête lourde d'inquiétude vers l'arrière. J'essaie, entre les minces filets de lumière qui divisent nos stores de bois, d'apercevoir un petit bout rose, de chair, d'amour, d'Emma. Et n'y trouve que belle-maman, le nez collé à la fenêtre.

Il y a les sorties d'avant et la sortie de ce soir.

Avant, il y avait les restos, les bars, les terrasses, les cinq à sept, les lancements, les spectacles, les soupers d'amis. Une roue qui tourne, éternelle. Lassés, nous occupions nos soirées le plus possible. Peur d'être dans le silence. Nous avions besoin d'un étourdissement constant.

Ce soir, première sortie depuis la naissance d'Emma. La vie est compliquée. Avant, je ne voulais pas d'enfants pour ne pas qu'ils m'empêchent de sortir faire la folle et maintenant qu'Emma est là, je ne veux plus la quitter. Cette fusion me fout la trouille.

C'est malsain, je le sais, mais c'est plus fort que moi. Je m'oublie et, même si pour bien des gens ce truc sonne comme le début de la fin, moi, ça apaise ma course effrénée vers le bonheur. Guillaume, grand romantique, a décidé du restaurant. Parmi tous les restos chaleureux, renommés, qui se trouvent à Montréal, il a choisi celui de notre première rencontre.

Fausse bonne idée.

C'est charmant, certes, mais le contraste va être trop grand, le jeu des comparaisons « avant/après » sera loin d'être palpitant. Mais mon chum en a décidé ainsi et il brave la tempête, slalomant entre les déneigeuses et les sorties de route. En silence, j'observe son profil. Tellement beau quand il est concentré. Il aurait dû être chercheur, je l'aurais trouvé sexy du matin au soir.

Le stationnement est désert. Est-ce fermé ? Non. Le chef est dans la vitrine, et il déprime parce que chaque rafale de neige lui vole quelques clients.

– T'es sérieuse quand tu dis que tout va trop vite ?

Le verre de vin en l'air, un peu soûl, sa curiosité cache une légère inquiétude.

– Bien sûr que je suis sérieuse. Emma n'a même pas quatre mois et y a plus rien de pareil.

– Plus rien ? Comme quoi ?

– Tout.

– Peux-tu être moins claire ? Je trouve, au contraire, que tout baigne, malgré une adaptation évidente.

– Quand il y a adaptation, il y a changement, non ?

Il jette un coup d'œil à la carte des desserts. Suggère la crème brûlée, notre péché mignon. J'approuve en éclatant de rire. Il rougit, mal à l'aise.

– Quoi ? Pourquoi tu ris ?

– Tu changes de sujet. T'es drôle. En fait, nous sommes drôles. Nous parlons de bébé et de tout ce qui tourne autour depuis que nous sommes arrivés. Pour ventiler notre quotidien de couches, coliques, nuits blanches, nous sommes champions toutes catégories. Je repense à notre premier souper... déjà...

– Cinq ans... Tu te souviens ? Nous parlions beaucoup d'enfants aussi à l'époque.

– Exact. Sauf que l'angle était un peu différent. Nous n'en voulions pas.

– C'est fou comment la vie peut être...

– Brillante. Jamais j'aurais pu prédire que je serais maman d'une petite fille cinq ans plus tard. On les commande, ces crèmes brûlées ?

L'émotion nous serre la gorge. Nous portons un toast sans dire un seul mot. Seuls nos yeux parlent. Nous sommes bien. Un peu perdus, brouillons, mais capables de profiter du bonheur qui nous passe sous le nez. Incapable de parler, je hoche la tête en rassurant Guillaume. Que je pense la même chose que lui. Que nos vies sont à jamais modifiées. Que notre tête ne nous appartient plus totalement. Que nous sommes devenus des adultes, des vrais, le jour où nous avons tenu Emma dans nos bras. Avant la petite, nous étions deux jeunes adultes bien trop occupés par leur propre personne. En contenant toute sa sensibilité dans sa pomme d'Adam, il soupire, et me fait signe de me pencher au-dessus de la table. J'obéis, transportée par ce geste complice qui se fait rare ces temps-ci.

– À quoi tu penses ? demande Guillaume.

– Devine ?

– Tu te demandes si elle dort, si ma mère panique, si elle court dans les rues du quartier en hurlant sa détresse, Emma dans sa sacoche ?

– En plein dans le mille.

– Je pensais à la même chose.

– Je sais. Tes yeux t'ont trahi.

– Tu vois quoi dans mes yeux en ce moment? Attention, j'ai l'iris trompeur.

– Hmmm!... Monsieur aimerait bien une pipe sur-le-champ.

– Dis donc, t'as vraiment un don.

Et, comme une ado dans un party d'amis au sous-sol, je plonge ma langue au fond de sa gorge. Que c'est chaud! Je prie pour que ce moment ne s'arrête jamais.

– Crèmes brûlées? demande le serveur, un peu trop content d'avoir brisé notre bulle.

Guillaume se lève, prend les deux bols, les dépose sur la table, marmonne un «merci, merci» au serveur déjà reparti, s'approche de moi, me prend par la main et me plaque contre lui. Il m'embrasse comme si c'était la première fois, comme si c'était la dernière fois. Et pendant ce moment de pur bonheur conjugal, alors que nos luettes dansent le twist, alors que Guillaume me pétrit les fesses, alors que je lui agrippe les siennes, je sens que ma tête ne m'appartient plus vraiment. Qu'une zone, nouvelle, est allumée nuit et jour, quoi que je fasse. Que je baise, escalade l'Everest, m'envole en montgolfière.

La zone Emma.

A-t-elle soif? Pleure-t-elle? Besoin d'une berceuse? *Partons, la mer est belle?*

Désolée, ma fille, je te mets en veille quelques secondes. Tes parents se dévorent le palais. Pardonne-moi, mais c'est trop bon.

– Oui… c'est exactement pour ça que je vous appelle, madame, pour savoir! Arrêtez de me poser trente-six mille questions, ça me mêle plus qu'autre chose… J'ai une petite tendance hypocondriaque… Non… Oui, elle râle… Ben, râler, avec la gorge! Quoi? Est-ce rauque ou un léger sifflement? Attendez… un peu des deux… Vous voulez entendre? Minute (crisse!)… Puis? Surveillez sa température et si ça augmente, je cours à l'hôpital? Génial. Merci. Bye.

Clac! À l'autre bout du fil, pleine de bonne volonté, l'infirmière se sent blessée. On lui a raccroché au nez. Tellement qu'elle se tapote le nez, inquiète d'y retrouver des gouttes de sang, des morceaux d'os broyés. Et à l'autre bout du même fil, Justine, cernée et hurlant tout l'équipement liturgique inimaginable, se laisse tomber dans le divan encombré de mouchoirs, de magazines à potins et de doudous pêle-mêle.

Son rhume camoufle bien ses larmes.

Endormie auprès d'elle, Emma ronronne comme une vieille fournaise à l'huile. Justine, en apercevant son reflet dans la fenêtre du salon, semble désespérée. Elle se néglige. Dépeignée et « robedechambrée », elle ne se reconnaît plus. Son souffle chaud embue la fenêtre, mais elle n'a pas le courage de le frotter avec sa paume. Le flou dans lequel elle se devine maintenant a quelque chose de rassurant.

Non loin de là, dans la salle de bain, Guillaume se coiffe, recoiffe, se met beau pour une soirée pleinement méritée. Match de poker chez Fred. Il a fantasmé sur les jetons, la bière et la présence d'amis toute la semaine. Il sait que le moment n'est pas idéal, que Justine aurait besoin de lui plus que jamais, qu'Emma se débat avec un début de grippe. Il sait tout ça mais passe par-dessus. Il cherche constamment des moyens de fuir. Leur nouveau mode de vie lui pèse. Depuis quelques semaines, Guillaume s'invente des dizaines de prétextes pour être le moins souvent possible à la maison : course à l'épicerie pour un sac de lait, course à la même épicerie pour un pain tranché. Il achète tout en pièces détachées, beaucoup plus efficace quand le besoin de prendre l'air se pointe.

Il adore sa blonde, sa fille, là n'est pas la question. Être emmuré avec sa tribu commence à le rendre pantouflard, amorphe, sans vie. Ce n'est pas lui et il compte bien y remédier avant qu'il ne soit trop tard.

À travers la buée, Justine voit des lumières rouges s'allumer. La vieille Corolla ronronne dans le froid, en harmonie avec la petite Emma. Guillaume s'en va déjà ? Elle a horreur des scènes de ménage, elle en a trop vu enfant avec des inconnus qui finissaient toujours par bousculer sa mère en la traitant de tous les noms. Mauvais souvenirs. Elle passera l'éponge, Guillaume saura sûrement s'en rendre compte par lui-même. C'est, jusqu'à nouvel ordre, un grand garçon. Sa grande naïveté dans la vie est de croire que les devinettes sont un jeu amusant dans un couple. Faux. On y perd toujours et on nous l'annonce souvent trop tard.

En voyant Justine qui regarde la neige tomber et la nuit glaciale s'installer, Guillaume stoppe sa démarche décontractée. Il doute. Devrait-il rester auprès de ces deux épaves grippées ? Non. Il doit être fort. Cette sortie, ce poker, il veut y être. Vraiment.

– Guillaume ?

– Quoi ?

– Reste.

– Justine, joue pas à ça.

– Je t'empêche jamais de sortir, non ?

– Je sors jamais.

– Je sais, mais si tu voulais le faire…

– Je le fais là et…

– Fais pas l'enfant !

– Change de ton.

– Reste.

– J'ai promis à Fred que…

– Que quoi ? Faut que tu fasses des choix maintenant.

Guillaume dépose ses clés, en retenant toutes les frustrations qui veulent franchir ses lèvres serrées.

– J'ai pas à choisir. J'ai besoin d'aller chez mes amis.

– On a tous besoin de ça, moi autant que toi, mais vois-tu…

Elle montre Emma avec toute la fougue contenue dans son index.

– Ah ! un bébé ? Merci de me le rappeler, j'avais un blanc.

– Ça fait combien de temps que j'ai pas participé à un souper de filles, hein ?

– C'est pas la question…

– COMBIEN de temps ?

– Depuis qu'Emma est née… aucun.

– Tu vois.

– Tiens ! demain, sors, soûle-toi, appelle Élyse, va…

– Stop. Je sais, grand dadais, que je pourrais aller faire la folle si l'idée m'en prenait…

– Alors il est où, le problème ?

Justine soupire. Elle se lève du divan, recouvre Emma de la tête aux pieds, pas pour qu'elle ne prenne pas froid mais bien pour qu'elle ne puisse pas entendre la fin de cette tumultueuse conversation de bord de porte.

– C'est que, vois-tu, j'en ai pas la moindre envie. Je suis bien ici.

– Là, tu commences à m'énerver royalement ! Tu me reproches d'avoir des envies, c'est bien ça ?

– En gros… oui.

– Tu perds les pédales, tu sais. Ton sommeil devrait…

– Laisse mes dodos en paix, c'est pas ça, le sujet.

Guillaume ravale. Il se sent coincé, pris entre la porte d'entrée et une femme qui essaie de lui faire entendre raison. Mais il résiste.

– Justine, je fais tout dans cette maison pour t'aider : le ménage, les repas, mille et une attentions qui…

– Et je t'en remercie encore une fois, mais tu deviens distant avec moi, avec la petite…

– Voyons…

– Vrai ou pas ?

– Je me sens pas libre… enfin, pas libre comme avant…

Il l'a dit. L'abcès est crevé. Reste à voir s'il n'y aura pas d'infection.

– Pas libre ? On l'a été trente-cinq ans de notre vie, li-bres, me semble qu'il commence à être temps de se foutre de notre petite liberté et de penser aux autres, en commençant par Emma...

– T'essaies de me rendre coupable, là, ce soir, alors que le moteur de la voiture roule, juste avant mon départ ?

– Tu comprends pas que ta maudite partie de poker n'est que le symptôme d'un malaise beaucoup plus grand ? M'en fous que t'ailles jouer aux cartes...

– Parfait. Bye. Bonne soi...

– Laisse-moi terminer ! Je sens que tu fuis, que tu nous fuis, que tu longes les murs pour éviter de me toucher ou de changer une couche... et ça m'effraie...

Guillaume tripote sa veste polaire en fixant le sol. Il veut déballer ce qu'il a sur le cœur mais, étant un gars de tête, il ne sait pas si ces deux parties se sont consultées pour lui éviter de dire des conneries.

– S'occuper d'un enfant, c'est plus la femme qui a le monopole de ça. L'homme, lui, suit la parade.

– Qu'est-ce que tu veux dire ?

– Plein d'affaires.

– Non, pas ça, pas ce soir, s'il te plaît ! Ne me sors pas que m'occuper de NOTRE fille est « si naturel » pour moi et un « si grand effort » pour toi parce que t'as une bitte entre les jambes et non un vagin ! C'est pas une question de biologie, de gènes, d'hormones, c'est une question de volonté, d'effort... d'empathie.

Justine s'approche à deux pouces du nez de Guillaume. Pas pour l'embrasser. Non. Plutôt pour lui murmurer, les gencives tendues, un truc qu'elle lui crierait à tue-tête si Emma n'était pas assoupie à leurs côtés.

– Écoute-moi bien, Guillaume Champlain, mon grand mongol à batteries : cet enfant-là était une surprise, pas prévue, pas plus par moi que par toi. Et une chance que la vie s'en est occupée, parce que si elle nous avait laissé le mandat, nous n'aurions jamais pris ce risque.

– Arrête. Ça sert à rien, j'essaie de me défendre mais j'ai pas à le faire. J'aime ce petit bout rose comme un dingue…

– Ouais… eh bien… passe une belle soirée…

De dos, Justine veut marcher vers le divan, prendre Emma et aller s'effondrer dans son grand-lit-qui-craque-à-baldaquin-tout-déglingué. Un roupillon mère-fille, ça vaut bien un souper de filles. Mais Justine a les deux pieds dans le béton. Immobile, elle se retient de toutes ses forces pour ne pas s'éparpiller en petits morceaux sur le beau parquet de marqueterie. En l'enlaçant doucement, Guillaume, avec son nez chaud, lui réchauffe le cou, lui apaise les joues.

– Arrête, mon nez coule, c'est dégueulasse…

– Non, non… mmmmm… du mucus, donne-moi tes microbes, comme ça, j'aurai pas le choix de rester ici…

– Ha, ha, ha, très drôle, mon comique… Je t'aime… Je veux pas que tu te laisses influencer…

– Par qui ?

– Par Fred… un don Juan infatigable qui ne voit jamais sa fille, qui oublie ses anniversaires…

– Chut ! Tout doux. Fred, c'est Fred. Peux pas le changer, c'est mon meilleur chum, mais t'as raison, il est mal placé pour donner des leçons de morale, alors ne sois pas inquiète. Et moi aussi je t'aime, Justine…

– Au fond, c'est peut-être seulement ça que je voulais entendre.

– Méchant détour.

– Allez, va vider les poches de tes amis, on a du lait et des couches à acheter.

Le baiser que Justine plaque sur le front de Guillaume est simple, discret, tendre. Mais il renferme tout l'amour qu'ils ont l'un pour l'autre. Comme si Guillaume était béni. Et il quitte femme et enfant, refermant la porte rapidement pour qu'aucune brise ne vienne refroidir la maisonnée.

En prenant Emma comme si elle déterrait le tombeau d'un pharaon, Justine se dirige vers le frigo, prend le biberon, le chauffe.

Des larmes coulent sur ses joues endolories, grippées.

Elle savait qu'avoir un enfant était un geste rempli de compromis, de sacrifices, d'abandon. Mais jamais elle n'avait pensé que ce petit bout de chair qui grommelle pour téter son boire ébranlerait les fondements, les assises de l'amour qu'elle voue à Guillaume.

Dans la cuisine, en pleine soirée d'hiver, Justine sent le prélart fleuri lui glisser sous les pieds. Pour se rassurer, elle aime croire que ce sont ses pantoufles de laine qui lui donnent cette drôle d'impression.

Avenue du Parc. Un immeuble très tendance, mélange de postmoderne et vieille bâtisse centenaire. J'entre avec Guillaume. Je corrige. Je traîne mon homme à l'intérieur pour une magnifique session photos. Professionnelles. Cadeau d'Élyse. Je n'aime pas trop les photos. Je corrige à nouveau. J'aime les photos prises sur le vif, spontanées, car elles réussissent à capter un moment d'éternité. Voilà qui est beau. Mais les photos placées, mises en scène, me désolent profondément. Mon sourire me semble toujours faux, comme si je cachais au photographe que je venais d'assassiner sa femme et ses enfants. Idem pour mon Guillaume. Au primaire, sur toutes les photos de classe, il se cache derrière un ami, fixe le plafond, se ferme les yeux : il fait tout ce qu'il peut pour fuir le petit oiseau. Si seulement nous avions un fusil à plomb, pensons-nous devant ce foutu oiseau de malheur. Alors nous voilà au Studio Sylvia Stan, photographe de renommée internationale spécialisée dans les photos de femmes enceintes, de bébés, de jeunes familles. Emma dort paisiblement dans son siège. C'est mieux comme ça, ma belle, reste pure et innocente et fuis comme la peste ces photographes de malheur. Je dois être de descendance indigène, car j'ai vraiment peur qu'un jour mon âme ne soit capturée par ces appareils.

La jeune et pimpante secrétaire qui nous accueille est un modèle du genre. Dynamique, sociable, sourire facile, elle ferait changer de destination à un pirate de l'air. Guillaume me susurre qu'il ne fait pas trop chaud dans le local, qu'Emma est trop petite pour ce genre de folie. Je lui réexplique qu'Élyse m'a juré qu'il fallait absolument qu'Emma soit bébé, sinon le charme de l'entreprise ne serait qu'à moitié réussi. Et quand Élyse dit quelque chose, ça résonne comme un truc sacré à mes oreilles. Sois patient, Guillaume, prends ton trou, notre calvaire achève. J'exagère car, pendant que l'on attend l'arrivée de la Réputée, nous contemplons la galerie des plus belles photos de l'artiste. Géantes, noir et blanc, sépia, gros plan, fou rire en famille, je suis émue, je dois l'avouer.

En voyant placardées des dizaines de familles format géant sous mes yeux, je me laisse le droit de penser que je fais partie maintenant de ce club sélect. Mais malgré tous mes efforts de projection, j'ai de la difficulté à accepter que nous allons exposer notre bonheur à tous. Bien qu'imparfaits, nos moments d'intimité, je les garde jalousement pour moi, comme si j'avais la crainte qu'on me les enlève. C'est idiot, je sais, mais je n'y peux rien. Tiens, voilà la Réputée qui arrive en trombe.

En moins d'une phrase, je sais déjà qu'elle m'énerve. À voir mon Guillaume, les bras croisés, le regard sévère, je sais qu'il ressent la même chose que moi. Elle parle un franglais, des phrases incomplètes où jaillissent ça et là des *you know, darling* et *so sweet*. À se frapper la tête sur le trottoir tellement elle n'est pas naturelle.

Pendant que Guillaume déshabille Emma, je regarde les divers déshabillés de dentelle que la Réputée me présente sous les yeux. Trop sexy. Trop matante. Rien de normal. Constatant mon profond désintérêt pour sa garde-robe, la Réputée se donne des airs de diva et me lance que mes sous-vêtements noirs feront parfaitement l'affaire. Et que mon chum en boxer sera parfait. Guillaume propose de garder ses jeans. Il est pudique, mon amour. La moue boudeuse, l'index sur la bouche, la Réputée réfléchit à la demande de Guillaume comme si elle cherchait une variante algébrique à la formule d'Einstein. Elle tournoie sa main en l'air, ce qui signifie dans le langage non verbal des fashion people : *OK, darling, not so trendy but who cares ?*

La session se déroule bien. Les poses sont tout sauf naturelles et je sens qu'à tout moment un de nous trois peut craquer. Je n'attends que ça. Quelles belles photos ça fera ! Tout à l'heure, Guillaume était couché à mes côtés et Emma était allongée sur moi. Kamasutra parental. Yoga familia. Et, pour adoucir nos mœurs à fleur de peau, la charmante réceptionniste a mis un CD parfait pour l'occasion : *Marjo*. C'est comme une overdose de Cité RockDétente. Ça ne cadre pas avec l'allure *international* de la Réputée. J'aurais pensé qu'elle nous aurait bombardé les tympans avec le CD d'un groupe de musique tradi-tionnelle espagnole acheté lors d'un récent *shooting* à Barcelone.

Faut pas trop juger les gens, avoir des attentes, on est souvent déçu.

Vers la fin de la session, la Réputée fait un blitz de photos d'Emma. Ma beauté, les yeux grands ouverts, déposée sur un tapis qu'on croirait être un chat angora mort, se fait happer par un flash de tout bord tout côté. Mon Emma doit se sentir comme la viande hachée sur la couverture d'une circulaire. Guillaume ne regarde pas sa fille : il la dévore. Il est pâmé et est beau à voir. Je m'approche de lui, l'embrasse discrètement dans le cou. Il m'enlace et me remercie de lui avoir donné une si belle fille.

C'est la première fois qu'il me dit ça. Je suis prise de court. J'aimerais le remercier à son tour de m'avoir donné une si belle fille, mais la Réputée coupe court nos rêveries et remballe son matériel, nous demande d'aller voir sa secrétaire pour qu'elle puisse nous donner un rendez-vous pour choisir les photos lorsqu'elles seront prêtes. Et elle quitte, immenses lunettes de soleil accrochées au nez, alors que les nuages inondent le ciel de Montréal. Le style. C'est une artiste, tout de même, un peu de compréhension, chère Justine.

Même si c'était un peu quétaine, même si nous nous sommes moqués, Guillaume et moi, de tout ce qu'il y a là-bas, même si les vêtements, la musique et la personnalité de la Réputée étaient tous les trois affreux, je dois avouer, pour être vraiment honnête, que j'ai vécu un des plus beaux moments de ma vie.

Comme si le fait de graver sur pellicule notre petite famille donnait un sens à ma nouvelle vie. Moi qui déteste les photos, il faudrait que j'apprenne aussi à ne pas me juger trop vite.

Avoir des attentes envers soi-même, on est souvent déçu.

# Avant

Justine freine brusquement. Endormi, Guillaume lève les bras en sursaut, se retient à la ceinture de sécurité comme s'il chutait dans le Grand Canyon. Il sacre, engueule Justine, en tentant de se détacher de cette position inconfortable. Amusée, elle l'embrasse dans le cou, farfouille entre ses cuisses, s'amuse à le mettre au garde-à-vous. Trop orgueilleux pour lui montrer qu'elle le fait rigoler, Guillaume lui tourne le dos, regarde par la fenêtre. Il ignore où il est. À entendre les voitures filer à toute allure tout près de ses oreilles, il estime se trouver sur l'autoroute. Ah! cette route du nord qui ne semble jamais finir, se dit-il, tout en déprimant sur le chemin à parcourir pour se rendre au lac des Épinettes. Un silence feutré se fait un nid entre un filet d'une vieille chanson des Beatles. Assoupi à nouveau, Guillaume, dans un dernier souffle, demande à Justine pourquoi elle s'arrête. Sans attendre la fin des lamentations de Guillaume, elle se pousse de la voiture, prend son sac à dos de randonnée dans la valise et retourne à l'avant en s'écrasant sur son siège. Guillaume veut en finir une fois pour toutes et s'apprête à péter les plombs de belle façon, mais Justine dépose son index sur la bouche pulpeuse, goûteuse de son bien-aimé.

Comme si elle dévoilait un tour de magie, elle chuchote des bribes de phrases à Guillaume. Il lui demande de parler plus fort, qu'il n'entend rien. C'est là qu'elle tire de son sac une bouteille-vaporisateur de peinture. Couleur rouge fluo. Et c'est là qu'elle pointe le doigt par-dessus l'épaule droite de Guillaume. Nonchalant, il se retourne et constate que sa vue est bloquée. Rien à l'horizon. Qu'un énorme cap de roches, aussi haut que large. Il fronce les sourcils, essayant de trouver une quelconque bestiole, une valise pleine d'argent, mais que de la roche à perte de vue. D'un mouvement lent, pour s'assurer qu'il comprenne, Justine agite en l'air la bouteille de peinture et lui montre du doigt le mur rocailleux.

– Attends... tu me dis quoi, là ?

– Sors tes talents d'artiste, on va laisser notre marque sur l'autoroute.

– T'étais toute prête ? T'avais prévu le coup ?

– Écoute, Guillaume, toutes les fois qu'on va skier à Tremblant, tu penses que je dors, que j'ai les yeux fermés... mais ils sont ouverts et j'ai remarqué un truc : toutes ces déclarations d'amour « Lucie + Steve » ou bien « Je t'aime Sylvie ! » enfin, ces mots d'amour imprimés dans le roc que des milliers de voyageurs verront durant des décennies, je trouve ça quétaine, un peu, mais surtout profondément amoureux, dans le sens romantique du terme...

– T'es folle...

Même s'il le pense vraiment, Guillaume est si heureux, si rempli de bonheur ces derniers mois, qu'il ferait tout ce que Justine lui demanderait. Elle est magique, magnifique. Il lui arrache la bouteille et sort de la voiture comme si elle allait exploser d'une minute à l'autre. Tous les deux, en se poussant comme des demeurés, escaladent ce mur de rochers. Aux quatre vents, échevelés, ils se demandent quoi écrire, un mot, une phrase, une pensée, quelque chose qui traverserait les âges, les pluies acides, l'Apocalypse. Et, spontanément, sans rien se dire, d'un geste assuré, Guillaume trace :

Guillaume aime Justine et vice versa xxx

Malgré les couleurs qui fanent dans les arbres, la brise qui leur gèle le bout du nez, ils figent, transis devant l'amour, pas celui avec un grand A mais bien suivi d'un M, d'un O, d'un U et d'un R rugissants. Comme au sommet d'une émotion qu'ils ne pensaient plus être possible, ils se font des grimaces, s'enlacent, se jouent dans le cou, se sentent les cheveux, se murmurent des promesses folles à l'oreille…

Et comme ça, lentement, ils formeront, l'air de rien, le couple le plus unique, le plus éclaté, le plus original, le plus charmant de ce bas monde. Dès le début de leur relation, ils s'étudiaient, attendaient que l'autre fasse les premiers faux pas, leur donnant ainsi l'occasion de fuir, de prendre l'autre en défaut. Mais pour la première fois de leur vie, ils espéraient ne pas commettre l'irréparable, ces petits gestes qui, accumulés, donnent à l'autre un prétexte en or pour mettre fin à une relation peu satisfaisante. Pour la première fois, ils rêvaient que l'autre reste, que l'autre se trompe, que l'autre achète la Lune et quelques planètes, qu'il fasse le fou, la folle, en osant rêver à un futur, un avenir qui avait un certain sens. Pour la première fois, ils se voyaient en l'autre, avec l'autre, jusqu'à la fin de la prochaine ère glaciaire.

Jour après jour, Guillaume s'amourachait de Justine et vice versa. Nuit après nuit, Justine se réveillait près de Guillaume, l'observait dormir, promenait ses yeux sur son corps nu, et se sentait bien, à sa place.

Enfin, elle ne pensait plus à inventer des histoires pour prendre un taxi avant le déjeuner. Enfin, elle ne souhaitait plus ruminer les défauts de son conjoint, dressant une liste si parfaite qu'il resterait bouche bée quand elle claquerait la porte dans une rupture dramatique.

Enfin, Guillaume avait trouvé sa moitié, celle qui lui fuyait des mains dès qu'une relation dépassait quelques semaines. Enfin, il n'avait à se convaincre de rien, seulement se laisser aller, sans penser. Enfin, il aimait pour vrai. Comme on se doit de le faire.

Qu'ils soient soûls sur un bateau de croisière en Espagne, épuisés au sommet du mont Washington, collés en cuiller dans une tente trois places quelque part dans la campagne vietnamienne, en transe dans un *trash pit* lors d'un show au Métropolis, ils ne font qu'un. Une seule et parfaite entité. Le truc génial là-dedans, c'est que jamais, malgré une fusion très intense, ils ne perdent de vue leur identité, leur liberté. Et tout ça, sans discussion, comme si ça allait de soi. Ils ne comprennent plus les couples qui se laissent en raison d'un manque de communication ; eux-mêmes ne se parlent jamais, à peine quelques mots prononcés, mais surtout des regards, des gestes qui résument des livres entiers de dialogues. Au début, ils pensaient que ça ne durerait pas, que l'un ou l'autre dénicherait la faille, celle qui ferait tout s'écrouler dans un grand éclat de rire.

Mais les semaines ont passé, les mois, puis les années.

Avant Justine, Guillaume n'aimait pas tenir la main d'une fille en public, encore moins l'embrasser : il trouvait ça trop intime. Depuis Justine, il l'embrasse à bouche-que-veux-tu en pleine salle d'attente du CLSC, il lui serre la main, la taille, quand ils attendent le métro, l'autobus, le train, l'avion.

Avant Guillaume, Justine était désillusionnée, reléguant l'amour au quatre-vingt-sixième rang de ses priorités juste en dessous de «faire le ménage dans les souvenirs scolaires du primaire». Depuis Guillaume, elle adore l'effet qu'ils produisent quand ils arrivent à une fête, un souper, dans une file d'attente, à la boucherie.

Tout le monde les dévisage comme s'ils étaient des astronautes dans une piscine olympique. Ils détonnent. Ils frappent l'imaginaire. Ils donnent des complexes aux plus fervents des petits couples bonheur.

C'est ça, Guillaume et Justine. Deux moitiés. Deux morceaux de casse-tête retrouvés sous un vieux divan dans le garage. Ces deux-là, c'est le couple qui pense toujours aux anniversaires des autres, qui se fait des dîners improvisés à la chandelle en pleine semaine alors que l'un kidnappe l'autre, qui danse, nu, tard le soir, dans le salon bordélique, sur une vieille chanson des Pixies. C'est le couple de film, un amour de roman, une passion de poème, on y croit, mais on ricane. On se dit qu'ils jouent un jeu pour épater la galerie. Et pourtant.

Jeunes, professionnels, ils font souvent la fête, échafaudent des voyages décidés sur le coin de la table, baisent jusqu'à plus soif le matin, le midi, lors de longues nuits blanches, pleine lune comme veilleuse. Malgré leur étonnant parcours, ils ont une peur commune, qui les paralyse.

Les enfants.

Quand ils en voient, ils changent de magasin, de rangée au cinéma, de section au resto, de rue, de pays. Et cette menace qui pisse, chiale et braille pousse comme des champignons autour d'eux. Dans leur famille, c'est le calme plat. Enfants uniques, aucun frère et sœur n'est là pour commettre une gaffe de la sorte. Mais leurs amis, éternels moutons, se reproduisent pour peupler les pouponnières, les banlieues, les garderies. Et Justine et Guillaume perdent patience, deviennent fous quand ils se mettent tous à parler bébé. De plus en plus, ils évitent les anniversaires, baptêmes et communions, car ces réceptions familiales où virevolte une meute de rejetons leur donnent des convulsions. Souvent, lorsque le petit Benjamin grimpe sur Guillaume pour qu'il joue à «Ti-Cheval», Justine lit la détresse de son amoureux et invente une raison pour partir (la dernière en date a semblé suspecte à l'assemblée : réparer le grille-pain). Souvent, ils essaient de se laisser aller à quatre pattes, parmi les bacs de balles, les mini-cuisinières, les Barbie, les garages d'autos Hot Wheels, mais les battements de cœur s'excitent, deviennent palpitations, les sueurs apparaissent et vite, vite ils rêvent d'aller au ciné-resto-bars-bord-de-mer-etc., peu importe le lieu mais fuir! C'est physique. Comme ces voyageurs qui ont peur de l'avion : rien de rationnel, mais pourtant la panique leur serre la gorge. Et chaque fois qu'ils reviennent, à la maison, après avoir baisé comme des bêtes, ils se roulent sur le côté, fixent l'autre, en lui faisant promettre de ne jamais passer dans le camp ennemi. Que d'autres se chargent de ça, qu'un enfant serait beaucoup trop compliqué, détruirait leur petit univers artificiel auquel ils se sont attachés malgré tout.

Quelquefois, Justine a des rechutes, se laisse attendrir par un bébé au centre commercial. Quelquefois, Guillaume pense à l'enfance qu'il a eue et aimerait se reprendre avec son enfant, pour mieux donner ce qu'il a reçu tout croche, mais il rationnalise, se trouvant nombriliste, égocentrique de penser ainsi. Ils ont tout. Ils voyagent, font des sorties culturelles, gagnent un bon salaire, que pourraient-ils demander de plus? Même si des envies de famille les assailliraient sans prévenir, ils se trouvent trop vieux, enfin, pas assez jeunes, leur tour est passé, il faut désormais se concentrer sur l'avenir et non sur des regrets qui ne mènent à rien. Il ne faudrait surtout pas qu'ils gâchent leur parfait amour avec la venue d'un enfant. Surtout pas. Erreur ultime. Ils le savent et se respectent dans ce choix.

Quand l'un ou l'autre flanche devant une petite frimousse à l'épicerie, l'autre est toujours là pour le ramener à l'ordre en fronçant les sourcils, en lui serrant le cou comme s'il voulait l'achever pour trahison.

Aujourd'hui, alors que Justine a les deux mains dans le bain, le toupet plein de mousse de savon, c'est ces mêmes sourcils froncés, ce même serrement de cou que Guillaume lui sert, accroupi dans la salle de bain, une serviette dans les bras.

Alors que Justine sort Emma du bain, l'emmaillote dans la serviette, Guillaume cherche son regard, voulant lui transmettre un message. Comme avant. Lorsqu'ils n'avaient pas besoin de parler pour se comprendre. Mais les choses et le temps ont changé. Quant à Justine, le visage dégoulinant d'eau savonneuse, elle essaie de sonder l'âme de Guillaume, espérant y trouver le même fou, celui qui a écrit jadis à la bouteille de peinture :

Guillaume aime Justine et vice versa xxx

Ce soir, ils se demandent, un bébé dans les bras... Leur amour est-il plus solide que ces roches des Laurentides ?

# Maintenant

*Come together*
*right now*
*over me*

Sur le patio, au soleil, pendant qu'Emma dort près de moi, entendre les mots de cette chanson des Beatles me ramène le sourire. Il me quitte aux deux secondes quand je lis l'ignorance de mes élèves, la pauvreté de leur vocabulaire et leur syntaxe déficiente. Ces travaux portant sur la philosophie de Kant me prouvent que le monde s'en va à la dérive. Je ne pensais jamais qu'à un si jeune âge je chialerais contre la génération qui monte, celle d'Internet et de la loi du moindre effort. Ils me découragent dans leur acharnement à ne vouloir que ce qui rapporte, ce qui compte, ce qui donne quelque chose de tangible. Aucune volonté, si mince soit-elle, de s'élever par la réflexion. En même temps, il n'y pas si longtemps, dans ma jeune vingtaine, je n'étais pas mieux qu'eux. Pire même. Alors pourquoi tant de hargne ? De la projection sans doute. Ou bien c'est le rôle des plus vieux de critiquer les plus jeunes, une espèce de loi non écrite qui fait que le monde tourne plus rond. Peu importe les fondements de cette théorie, leurs travaux sont bâclés, mal écrits et bourrés de fautes. Ça, on n'en sort pas.

– Chut ! Tout va bien. Ton père transpire ? Oui, il fait chaud, t'as raison, viens que je t'enlève ton petit pyjama en… velours ? ? Mon Dieu, ta maman voulait t'asphyxier ! Allez, hop ! le molletonné.

En caressant son petit front, en prenant une pause sous un soleil trop chaud pour un mois de mai, je me rends compte combien j'aime cette enfant. Qu'elle est ce que j'ai de plus précieux au monde. Que même si je ne suis pas le meilleur père, je m'en fiche, car je fais de mon mieux, et c'est déjà ça de gagné. Faut que je retourne à mes copies, le devoir m'appelle.

« Kant aime philosopher car c'est son travail. C'est un philosophe. S'il avait voulu faire un autre métier, il n'aurait pas philosophé autant. Toutefois, s'il aurait voulu être autre chose, je l'aurais pas étudié dans mon cours au cégep… »

Devant tant de génie, j'hésite entre le rire, les larmes, la pendaison ou le supplice de la goutte. « Toi, petite Emma, si je fais de gros, gros efforts pour stimuler ta pensée, ton intellect, ta culture, pourras-tu, au moins, ne pas être comme toutes ces jeunes filles qui ne pensent qu'à exhiber leur tatouage à travers un string rose fuchsia ? Je ne veux pas te mettre trop de pression. Tu es encore toute jeune, mais sois vigilante. »

Mon verre d'eau s'évapore à vue d'œil, les phrases dansent sur mes copies, Emma gigote d'inconfort et le fils du voisin fait un boucan d'enfer. Que fabrique-t-il, pour l'amour ?

Je dépose mon stylo rouge, puis me lève d'un bond pour me verser un peu d'eau. Tel un agent de la CIA de Laval, je tourne la tête pour tenter de voir par-dessus ma clôture. L'image a quelque chose de sacré. Le fiston, la tête dans le moteur de sa Honda montée coupée modifiée, hurle des noms d'outils que je ne connais même pas. Ses copains, casquettes et chandails quatre fois trop longs, les lui remettent avec un sérieux qui fait penser à une salle d'opération. Le chirurgien et ses assistants. La bière coule à flots et leur langage codé sur les pièces et équipement de la voiture m'étourdit. Ils peuvent bien se foutre de Kant, Marx et compagnie, quand ils passent leur journée à tripoter pistons et crémaillère. La cour de mon voisin, un «conseiller financier» qui semble gagner plus d'argent que Bill Gates, a des allures de bidonville. Tout y traîne avec un tel souci du désordre que c'est presque joli, artistique. Je n'y ai pas vu d'épouse, officielle j'entends, car depuis que je vis ici, j'y ai vu défiler bon nombre de danseuses, escortes et autres mots de même famille. Deux frères font la pluie et le bon temps en organisant divers partys, qui frôlent l'orgie et qui font sacrer Justine quand ces connards réveillent Emma.

De l'autre côté, à ma gauche, se trouve l'opposé total de mes fanas de bolides de course. Justine et moi les surnommons les Parfaits. Couple sans enfants, leur demeure brille comme un sou neuf depuis sa construction en 1960 quelque chose. Toujours tirés à quatre épingles, ces voisins sourient tout le temps. Ils ne nous adressent pas la parole, mais aiment exhiber leurs dents immaculées. Au début, c'est gentil, c'est même plaisant, mais à la longue, ça agresse. L'homme du duo approuvé ISO 9002 tond sa pelouse trois ou quatre fois par semaine. Il lave son entrée tous les jours, la balaie, frotte sa vieille maudite Buick Skylark 1989 comme si c'était une Ferrari. On dit souvent que le gazon est toujours plus vert chez le voisin. C'est effectivement le cas. Littéralement. On dirait que son engrais est radioactif. Ça donne des complexes. Ils sont à la retraite et ils font leur épicerie le même jour, à la même heure. Réglés comme un métronome, ils prennent leur marche pour digérer leur souper. Ils nous rendent fous. Souvent, je pense qu'ils ne sont pas humains, que ce sont des androïdes très modernes, catapultés en banlieue pour que l'armée américaine effectue quelques tests.

Je suis bien entouré.

Souvent, l'un comme l'autre m'invite de la main à traverser les voir pour socialiser dans l'entrée de garage, sur des chaises en résine de synthèse. Mais chaque fois, je me trouve une excuse en béton du type «aller mesurer la distance entre mon front et mes aisselles».

Tiens, Mme Parfaite se baigne. Se saucer le mollet serait plus juste. Aucune éclaboussure. Il ne faudrait surtout pas qu'elle tache son patio de bois traité avec cette eau sale remplie de chlore. Sa coiffure, mélange de fixatif et de frisettes surnaturelles, est si parfaitement laide qu'elle semble assez jolie. Un tour de force.

Comme j'allais enfiler mon maillot pour aller rejoindre ma voisine, Justine sort de la maison, cocktail à la main. Elle ne parle pas, ne me regarde pas. Elle vérifie si Emma a chaud, froid, malaise quelconque. Je lui montre le pyjama que je lui ai enlevé. Elle sourit, m'avouant à demi-mot qu'elle a un peu forcé la note. Que le temps est si imprévisible en mai, qu'elle pense à un poulet pour ce soir, enfin, tous ces trucs que je ne veux pas entendre. Justine est mélancolique. Ça se voit, ça se sent. À quoi pense-t-elle? Je fais semblant de poursuivre la correction d'une copie. Emma soupire, ronfle, râle : elle rêve. Justine claque son cocktail, tasse mes copies de la table, s'assoit sur moi, me prend par surprise. Elle me fixe, sévère.

– À quoi tu penses?

Elle a été plus vite que moi. Elle devrait connaître la réponse, pourtant.

– Rien. Je pense à rien.

Elle se frotte le nez, comme si elle réfléchissait à la réplique assassine qu'elle veut me servir. Elle hoche la tête, sachant pertinemment que c'est faux. Que sa question n'était pas assez précise. Que lorsque nous passons un moment difficile, nous nous devons d'être plus clairs, plus directs dans nos questions comme dans nos réponses. Alors si j'avais vraiment voulu l'être, je lui aurais dit :

– À quoi je pense? À mes élèves que j'aime malgré leurs lacunes, à nos voisins qui m'exaspèrent autant qu'ils me rassurent dans leur normalité, à Emma, à sa beauté, à sa vieille âme qui m'apprend tant sur la vie, à son rire, son sourire qui me rendent meilleur, à notre vie qui change, à nos idéaux des débuts qui en prennent pour leur rhume depuis l'arrivée d'Emma, à l'absence de mon père, mon père qui, malgré son incompétence à l'être, pourrait certainement m'aider dans mes doutes et mes bons coups, à ma mère qui reprend toujours mon père malgré ses incartades, ma mère qui s'impose un peu trop, arrive à la maison sans téléphoner, donne une foule de conseils à Justine, à Fred qui se cherche encore, comme un ado qui change de groupe rock préféré aux minutes, à mon Fred qui ne voit pas souvent sa fille en raison d'un différend avec son ex qui n'excuse en rien son manque d'implication, à ces millions de petits êtres dans le monde qui ont une vie beaucoup plus éprouvante que moi et qui avancent, qui espèrent, qui font leur possible. Justine, je pense à tout ça, sans arrêt et dans le désordre, mais je n'y pense que partiellement, quand je prends une pause... une pause de toi...

À quoi je pense ? Demande plutôt à «qui» je pense... à toi...

À toi, à toi, à toi, à toi, à toi, à toi, à toi, à toi, à toi...

Et pendant tout ce temps-là, tu t'éloignes. J'espère que le jour où je cesserai de penser et que j'agirai enfin, tu ne seras pas trop loin.

Laissons travailler monsieur le professeur. Qu'est-ce que j'ai avec mes foutues questions sans but ?

À quoi tu penses ?

C'était clair qu'il allait répondre « je pense à rien ». Que je suis naïve ! Je l'embrasse sur la bouche et ça me transperce le corps. Un coup d'épée dans ma petite insécurité de blonde parano. Nous nous sommes donné un baiser administratif, comme je les appelle. Sec, formel, comme on le donne à une vieille tante à des funérailles. Pas les funérailles de la tante. Disons son mari.

Je le laisse terminer sa correction, quitte les Beatles que-je-connais-trop-et-tellement-par-cœur et les voisins Parfaits qui font des ploufs propres dans leur piscine propre. J'entre avec Emma dans la maison. Il fait tellement chaud. C'est dingue. J'éponge ma fille avec un linge mouillé, la dépose dans sa couchette.

En retournant à la cuisine me servir un autre cocktail, je croise le regard de Guillaume. Il m'observait ? Pourquoi a-t-il baissé les yeux ? En sirotant mon élixir, je le regarde, un peu cachée derrière les rideaux, et je suffoque. Mais je ne veux pas qu'il me voie. Même si ses tempes deviennent grises, même si quelques rides poussent ici et là, même s'il parle peu, même s'il évite une discussion qui calmerait nos peurs réciproques, je l'aime et le trouve tellement beau. Un bon père, mais un amant qui se fait discret. Pourquoi ? J'ai sûrement les réponses à toutes ces questions en moi ou autour de moi, mais je préfère ne pas les connaître. De peur d'une vérité qui ferait tout basculer, d'une vérité si froide et implacable qu'elle orienterait notre vie d'une manière irréversible.

Alors je laisse aller les choses, priant pour qu'elles s'arrangent d'elles-mêmes.

Bien sûr, je connais toutes ces foutaises de la communication dans le couple, que c'est la clé de la réussite, qu'un couple qui ne communique pas est voué à l'échec, blablabla. Ça, c'est la théorie des bouquins de psycho qui font les choux gras des libraires. Moi, je parle de réalité, cette satanée réalité qui me montre chaque jour, chaque minute, à chaque épreuve, que rien n'est blanc ou noir, que tout est nuance, dans une infinie palette de couleurs les plus folles. J'ai des millions de questions qui me trottent jour et nuit dans la tête. Pourrais-je fracasser cette « porte-patio » qui nous sépare ? Même ensanglantée, coupée de toutes parts, je ramperais vers lui en hurlant tout l'amour que j'ai pour lui. Pour nous. Ce « nous » si cher à mes yeux, que je mettais sur un immense piédestal il n'y a pas si longtemps. J'ai des millions de questions qui me trottent dans la tête en ce moment…

Pourquoi suis-je tombée enceinte ? Pourquoi Emma est-elle si parfaite et pas moi ? Pourquoi ma mère ne m'a jamais montré comment prendre soin de moi ? Pourquoi mettre tant de temps et d'énergie dans le fruit de notre amour nous éloigne-t-il de celui-ci ? Pourquoi est-ce que les autres parents sont si doués à mes yeux ?

Pourquoi n'ai-je pas cet instinct maternel que toutes mes copines semblent posséder naturellement ? Pourquoi est-ce que tout va si vite au point de se sentir dérailler ? Pourquoi ai-je peur de vouloir un autre enfant ? Pourquoi ai-je si peur d'en avoir eu un ? Pourquoi suis-je constamment en train de me remettre en question ? Pourquoi suis-je si sévère avec moi ? Pourquoi mon père n'en est pas un ? Pourquoi Guillaume ne sait-il pas quoi faire pour remettre les choses en ordre ? Pourquoi je ne l'aide pas en le guidant, comme avant ? Pourquoi « avant » était-il si parfait comparé à « maintenant » ? Pourquoi ai-je tant envié mes amies enceintes alors que je doute tant aujourd'hui ? Pourquoi je m'évertue à me poser ces questions qui sont pour la plupart sans réponse ?

Pourquoi est-ce que Guillaume m'embrasse à pleine bouche ?

Pourquoi est-ce si bon ?

Pourquoi est-ce qu'il pleure ?

Pourquoi est-ce que ses mains touchent mon corps en manque ?

Pourquoi est-ce que les miennes font des trucs qu'elle ne faisaient plus depuis fort longtemps ?

Parce que.

Et plein d'autres raisons. Bonnes et mauvaises.

Alors que Guillaume s'apprête à enlever ses vêtements et, inspiré, ceux de Justine, il se ravise, sentant que sa douce résiste, non pas pour l'exciter mais pour une raison sans doute trop ordinaire pour aller plus loin dans ses démarches peu catholiques. Et, dans le même esprit, il lâche un sacre, subtil, entre les dents, qu'on pourrait prendre pour un raclement de gorge mais Justine se sent piquée. À vif et fleur de peau.

– T'es sérieux ? Tu boudes parce que j'ai pas le goût de baiser ?

– Ben… on peut aller dans la chambre si…

– Voyons ! ? C'est pas la chambre, le problème. Tu m'amènerais sur le toit du cabanon, dans l'armoire à Tupperware que je refuserais…

Guillaume se sent comme un enfant pris la main dans le sac. Un beau sac rempli de trappes à souris. Et ça claquette, ça virevolte. Au loin, on entend des cris d'enfants qui s'amusent dans une piscine. Emma dort. Justine s'en veut d'avoir été si brusque et Guillaume ouvre la porte du congélateur. Une glace lui ferait un bien immense. Comme par magie, la porte se referme. Justine prend les choses en main et s'appuie sur le frigo. Elle sait qu'elle pourrait se rattraper. Elle sait aussi qu'elle pourrait se défouler sur son Guillaume et qu'il encaisserait le tout sans broncher. Mais elle s'y refuse.

Toute sa vie, quand elle éclatait, les relations se terminaient là. Point. De non-retour. Fini amour, amitié. Elle revoit en flashs toute sa vingtaine, ses ruptures toujours dramatiques, souvent compliquées, au téléphone, dans un taxi, lors d'un voyage au Venezuela et, la dernière en liste, sur le coin de la table après avoir refusé un verre de vin. Elle croit tellement en eux. Cette fois-ci, elle veut être forte. Pas une lâche, une dégonflée comme toujours. Elle et sa fille ont besoin de ce qu'est Guillaume. Assis en Indien par terre, Guillaume s'éponge le front, invitant Justine à s'asseoir devant lui. Nonchalante, elle se laisse glisser et ne quitte pas des yeux l'instigateur du duel. Cette activité a lieu à l'aube d'habitude, question d'avoir la nuque et les idées claires.

– Nous passons à côté de quelque chose de formidable, murmure Guillaume.

– Tu veux parler d'Emma ?

– Oui.

– Mon amour, et le tien fort probablement, pour notre fille ne me cause aucun problème. Nous adorons notre fille, c'est une évidence pour moi...

– Alors ?

– Alors c'est notre amour l'un pour l'autre qui m'inquiète, celui qui, je le rappelle au cas où, a fait de nous des amoureux, des amants formidables. Il nous glisse entre les doigts, et ça me rend folle.

La gorge sèche, le cœur paniqué, Guillaume se lève d'un bond, ordonne, par un bref signe de la main, à Justine de se taire. Il lui interdit d'aller là où il refuse de plonger depuis déjà trop de temps. Elle ouvre une boîte de Pandore dont il pensait avoir jeté la clé dans les abysses de ses stupides remises en question. Mais elle a le bras long, la Justine.

– Qu'est-ce qu'on fait ? demande Justine, la gorge serrée.

– Je n'ai aucun, mais aucun regret. Laisse-moi juste le temps de m'y faire…

– T'y faire ? Me niaises-tu ? Emma aura bientôt huit mois. Tu sais quoi ? Je crois qu'on ne se fera jamais à l'idée, il est trop tard pour ça. Nous sommes mieux d'apprendre à vivre avec tout ce que nous apporte Emma… sinon…

Trop de couples n'auront jamais cette discussion, s'assurant de ne jamais donner la vie.

Tout va trop vite pour Guillaume. Rien ne va de soi pour Justine.

Le destin leur a tordu le bras, leur a fait un pied de nez, leur a donné le plus beau des cadeaux, et c'est ce qui les tue.

Trop de remords, de nuits blanches à se demander comment ils raconteront à leur fille, aux enfants de leur fille, comment la conception d'Emma fut un moment sublime, romantique, parsemé de billets doux, de menstruations qui causaient leur désarroi, d'innombrables tests de grossesse où une seule ligne les narguait mois après mois. Et que la Grande Nouvelle, la Bonne Nouvelle, fut accueillie dans une effervescence, un moment de grande émotion où ballons et serpentins volaient parmi les larmes de joie, les effusions de bonheur qui semblaient ne pas vouloir se tarir. Ils aimeraient tant avoir voulu du fond de leur âme leur petite. Cette histoire-là, ces instants de désir, sont à jamais disparus. Il est clair qu'ils aiment tout autant leur enfant qu'un couple ayant désiré le leur, mais ils se sentent ingrats de ne pas avoir voulu autant qu'ils auraient pu le faire. Et à voir la frimousse d'Emma endormie, aujourd'hui, ils savent, mais ne l'acceptent pas.

– Réchauffe-moi… le frigo me gèle le dos.

En s'approchant de Justine, malhabile, Guillaume veut se laisser aller aux confidences, veut enfin lui avouer que son rôle de père lui pèse, qu'il se sent de plus en plus perdu dans toute cette nouvelle vie. C'est pour ça qu'il corrige souvent au collège, c'est pour ça qu'il joue de plus en plus au poker entre amis, c'est pour ça qu'il transpire de partout quand il berce Emma : il a une peur folle qu'elle le sente quand elle le fixe avant de s'abandonner au sommeil, qu'elle puisse déceler toute son impuissance de père.

Mais Guillaume baragouine des trucs qui se mêlent à une toux qui dégénère en crise d'asthme. En moins de deux, Justine lui tend sa pompe de Ventolin bleu acier et Guillaume calme ses bronches et ses angoisses. C'est en le serrant dans ses bras que Justine manque d'étouffer pour de bon son homme et c'est ce dont il rêve depuis longtemps : un rapprochement, un vrai, même s'il devait en mourir, cela en aurait valu la peine. Les lèvres collées sur la tempe de Guillaume, en se retenant à deux mains, trois pieds, Justine lui murmure :

– C'est impossible de regretter d'avoir eu des enfants… mais je crois que c'est possible de regretter de ne pas en avoir eu…

Une phrase en un souffle.

Une pensée, grand réconfort.

Et tout avait été dit.

En lui chuchotant à son tour qu'il a de la difficulté à se retrouver, à redonner à leur couple la place qu'il mérite, Justine éclate en sanglots, et un fou rire s'empare d'elle comme un esprit démoniaque.

Dans un mouvement de recul, à bout de forces tant elle ricane, Justine s'assoit sur une chaise, fait valser des copies d'élèves par terre. Confuse, elle demande pardon à Guillaume qui, complice, rit de la voir rire ainsi.

229

Ce moment, d'une terrible insignifiance, les rapproche, les rend heureux, le temps de se tendre un mouchoir, de regarder l'autre lâcher son masque, son contrôle le temps... le temps de voir qu'ils s'ennuient d'un passé où ils régnaient en amoureux fous, il n'y a pas si longtemps, il y a quelques mois, quelques vies.

L'interphone grésille. Les lumières clignotent. Emma ressurgit d'une courte sieste, d'une trop courte sieste. Elle babille, réclame un visage à amuser.

Guillaume et Justine se dirigent calmement vers la chambre, main dans la main. Geste anodin disparu depuis des lunes, la dernière fois remontant à une promenade un soir d'avril, il y a quatre ans, dans le Vieux-Québec. Pour épater les touristes américains, Guillaume avait fait une fausse demande en mariage devant la terrasse d'un resto bondé. On les avait applaudis à tout rompre, cognant ustensiles contre coupes à vin. Même si c'était du toc, les deux, plus tard dans la chambre d'hôtel, nus, repus de sexe, s'étaient avoués, dans l'obscurité, qu'ils se juraient l'AMOUR avec tout plein de majuscules, jusqu'à ce que la mort ou une comète tombée du ciel les sépare.

Jamais, cette nuit-là, ils n'avaient envisagé un enfant. Leur fille. Leur petite comète.

– Guillaume... suis-je folle? Ce qu'elle vient de dire, ce qu'elle vient tout juste de dire...

– Oui, on jurerait que... elle a dit...

– Guillaume... Oh! Emma...

De voir la femme de sa vie embrasser l'autre femme de sa vie vire Guillaume à l'envers, sens dessus dessous. Ce lien, ce don unique qu'ont les femmes, celui de donner la vie, le transporte. Il se dit que, pour compenser, les hommes ont inventé le feu, la roue, l'imprimerie, le moteur, l'ordinateur...

«Maman»

Son premier mot. Le plus simple, le plus important, celui qui, aujourd'hui, fait toute la différence.

Aujourd'hui, et pour le reste de leur vie.

— Au fond, nous voulons tous nous ressembler tout en suppliant le Ciel de nous faire le plus uniques possible. Que chaque gramme de nos molécules respire le bonheur d'être indispensable à la vie. Mais on se rentre le pied dans la gorge jusqu'au genou, mon ami! Nos petites gueules de Nord-Américains au cul blanc béni se vautrent dans les mêmes choses, mêmes buts, mêmes insignifiants petits désirs : une belle enfance, des activités sportives diversifiées, des cours de piano le samedi, embrasser la petite blonde qui joue aux élastiques et qui nous ignore, espérer que nos parents émettent pas trop de sons lorsqu'ils baisent, défendre le petit roux souffre-douleur lorsqu'une partie de ballon chasseur tourne mal, se marier, être à l'heure à l'église pour ce foutu mariage même si on se soucie autant de Dieu que d'un iceberg au Groenland, s'acheter des actions, des vinyles importés d'un groupe *obscur des* sixties, *des caleçons propres, un plat à fondue, s'endetter pour des études qui mènent à rien, pour des voyages au soleil où l'alcool à volonté nous procure un vague sentiment de bonheur, trouver la fille ou le gars ou les deux, amant, maîtresse, escorte, mascotte, qui sera capable de nous aimer inconditionnellement comme le faisait notre chère maman quand on brisait sa collection d'éléphants de porcelaine et qu'elle passait l'éponge sur notre geste et le plancher, payer notre maison de banlieue, notre carré de pelouse jaunâtre, pour la revendre à fort prix en espérant trouver un condo répondant à nos besoins de retraités programmés aux pilules rouges et jaunes avant d'aller finir nos jours dans un hospice, un bunker de solitude où les dimanches se font long en espérant des enfants qui ne viennent jamais nous voir…*

En plein milieu du magasin de disques, gesticulant comme un brigadier dans un embouteillage monstre, Fred me résume sa conception de la vie. Un attroupement discret fait semblant de former une file à la caisse et prête l'oreille pour saisir toutes les nuances, les finesses d'esprit de mon mentor spirituel, Frédéric Plante. Je pourrais être gêné, éviter de le regarder pour faire croire à tout le monde que c'est un malade mental échappé de l'asile ou pas encore admis. Mais je suis un chic type. Et je m'appuie sur le rebord de la section « Rock », les bras croisés, bien décidé à subir les délires pseudo-philo-psycho de mon meilleur, mon seul, mon unique, Fred le Dingue.

En vérité, il n'est pas si taré que ça. Même qu'il y a beaucoup de vérité dans ce qu'il dit. Ce qui me fait tiquer (tout comme les clients près de moi), c'est la manière. La façon qu'il a d'affirmer ses théories comme si Newton et Einstein les avaient brevetées. Un ton qui ne laisse place à aucun petit doute, aucun dialogue. Une chance que sa gueule et sa carrure de grand singe docile rattrapent ses dérapages. Lorsqu'on l'observe, un fou rire s'empare de nous et, comme par magie, toute crédibilité lui est instantanément enlevée. Il attend que je lui donne un signe de tête, de vie. Comateux, je cligne lentement des yeux, ce qui déclenche des milliards de fausses perceptions chez mon interlocuteur un peu susceptible.

– Quoi ? Hein ? T'en penses quoi, le grand ?

– Je pense quoi de quoi ? Ton monologue m'a étourdi. Je sais plus trop quel avis te donner, t'es tellement difficile à suivre.

— *Je sais, je parle trop, mais t'es un nouveau père depuis…?*

— *Neuf mois.*

— *Neuf mois, alors tu me demandes des conseils, et je t'en donne, c'est tout.*

— *Tu t'éloignes du sujet. On jasait enfants. Sais-tu de quoi tu parlais il y a cinq minutes?*

— *De ma fille, je pense.*

— *Non. Tu me vantais les caractéristiques de ta nouvelle voiture. Son habitacle, ses chevaux-vapeur…*

— *Écoute, je suis pas un de tes étudiants qui doivent disserter sur Aristote pendant leur exposé oral. Je change de sujet pour ne pas t'emmerder. Je te divertis, je fais travailler ta concentration.*

*Comme si on sortait de scène après un show au Wembley Stadium, il me prend par le cou, me chatouille les côtes. Je le repousse, tentant au passage de me venger en lui assénant un coup de revue sur le front.*

*Tandis que je fais aller mes doigts sur une rangée de CD, tapotant les Rage against the machine, Rammstein, Radiohead, je sens que je déçois mon ami. Il avait tant d'espoir en moi, en moi et en Justine. Comme ces parents qui se projettent dans la réussite de leurs enfants. Un jour, Fred m'avait dit que si notre couple battait de l'aile, l'Apocalypse serait proche.*

— *Décoince-toi! T'es trop rigide. Tu prends tout à cœur, moi quand j'ai eu Sarah-Ève…*

— *T'as foutu le camp. C'est ce que tu voudrais que je fasse?*

— *Du calme! Même si entre Manon et moi c'était plus possible, j'ai fait le choix de m'occuper de ma fille.*

— *Une fois aux deux semaines… et c'est quand tu n'avais rien d'autre.*

– Bon, bon, suffit la morale! Être père ne te donne pas le droit d'être cheap! Je l'avoue, je ne voyais pas souvent ma puce, mais j'avais une vie trop rock'n'roll pour une enfant. Elle était bien mieux auprès de sa mère. Alors, oui, dans ce sens, j'ai pris soin d'elle en ne lui imposant pas ma vie désordonnée.

Et il se croit. Une foi qui lui ferait vendre une encyclopédie à George Bush. Faut le faire.

– Alors? Dis-moi pas que Justine et toi…

– Non, non. C'est OK. Des petits accrocs.

– Je connais. Des mailles qui s'effilochent et qui vous laissent avec une relation trouée, qu'on préfère jeter au lieu de raccommoder. J'espère que tu lui parles? Tu gardes pas tout ça en dedans au moins?

Mon silence monastique, mes yeux de voyou le font sacrer comme un charretier mal engueulé. Il aimerait me mettre son pied au cul sur-le-champ, mais, je le vois dans ses yeux fatigués d'une nuit à faire la fête, il s'abstient de me dire ce qu'il pense.

– J'adore Emma. Justine, c'est autre chose, faut s'adapter, c'est tout. C'est le mélange des trois qui ne tourne pas rond. Je crois que c'est normal de chercher ses points de repère quand un enfant arrive à l'improviste dans notre vie.

Fred regarde au loin, le front plissé. Il ressemble à un vieillard sous cet angle, sous ces néons. Il scrute l'horizon comme s'il voulait s'assurer qu'il n'y aura pas de témoins si l'idée lui prenait de me loger une balle dans la tête.

– Finis ça maintenant.

– Finir quoi?

– Justine, toi, la petite, la famille cute de banlieue…

– T'es plus malade que je le croyais!

– Regarde les choses en face: l'amour s'en va par la porte de derrière, tu ne voulais pas de gosses, ta liberté n'a pas de prix: fais le grand saut! Emma n'a pas eu le temps de s'attacher à toi. Tu ne fuis pas, Guillaume, tu reprends ta vie en main. T'aimes mieux être un mauvais père, frustré, qu'un père absent mais lorsqu'il est là, il tripe à *fond avec sa fille ? Fais-le et vite ! Sinon, tu risques d'être encore plus coincé dans toute cette aventure et Justine, malheureusement, n'y pourra rien.*

*— Après nos vingt ans et plus d'amitié, nos expériences, ta vie de père, ma nouvelle réalité, c'est tout ce que tu trouves à me balancer comme conseil ? De foutre le camp avant que la maison brûle ?*

*— Un ami, si tu te souviens de ma conception de l'amitié, est censé être toujours franc, en toutes circonstances, peu importe si c'est le contraire de ce que l'autre voudrait entendre. Tu sais, j'adore Sarah-Ève. Quand je suis avec elle le week-end, je la gâte, je l'amène où elle veut, je suis le papa cool que je ne pourrais jamais être si je vivais vingt-quatre heures sur vingt-quatre avec elle. La routine détruit cette image que je me tue à entretenir. Quand elle retourne chez sa mère le dimanche soir, je serais malhonnête de te dire que je pleure. Je ressens plutôt un soulagement. Au fond, j'ai l'équilibre : certains jours, je pense à moi, d'autres je pense à elle, et ça sans jamais me sentir coupable. Tous mes amis divorcés le disent : jamais ils ne voudraient changer leur situation. Le modèle Walt Disney ne tient pas la route : c'est une chimère. Tu dis rien ? Parle, merde !*

*Dans la vie, quand la seule personne en laquelle vous aviez confiance pour qu'elle vous remonte le moral, qu'elle vous le sorte des talons avec une barre à clous, vous jette en bas d'un précipice et vous salue de la main en signe de solidarité, vous comprenez pourquoi votre père vous disait, enfant, qu'on a trop d'une main pour compter nos véritables amis. Cet après-midi, alors que je veux m'éclipser de ce magasin, je constate que le seul doigt où se trouvait mon ami vient d'être sectionné, mort au bout de son sang près du kiosque de DVD à rabais trois pour vingt dollars.*

*Et il y a cette chanson. Ce succès radio à rythme unique, phrase unique, répétés jusqu'au vomissement. Je dois fuir. Maintenant. Fred comprendra.*

Et il y a cette chanson. Ce succès radio à rythme unique, phrase unique, répétés jusqu'au vomissement. Je dois fuir. Maintenant. Élyse comprendra.

Au fond, s'en rendrait-elle vraiment compte ? Rien n'est moins sûr. Trois vautours, tignasse lissée, regard plongeant, lui tournent autour sur le plancher de danse. À l'écart du panier de crabes en string, je sirote un Bloody Cæsar. Et le cœur me lève rien qu'à le sentir. Et l'estomac.

5 à 7 qui devient 10 ou 12, virée dans les bars branchés, beuveries amicales, terrasses de mars à octobre, mon passé glorieux de fêtarde invétérée me remonte dans la gorge comme un arrière-goût, un vieux fond de Labatt plein de mégots. Les portiers connaissaient mon nom les soirs où je ne m'en souvenais plus. Montréal était pour moi une rumba continuelle, un éternel continental. En couple ou célibataire, je passais mon temps et mon argent à flâner dans la faune éthylique de la ville. Même si souvent on me proposait de terminer la soirée ailleurs (motel, hôtel, ruelle), je déclinais toujours, préférant de beaucoup jouer à la Séductrice qu'à la Marie-couche-toi-là.

Ce soir, Élyse semble hésitante. Va-t-elle jouer le jeu jusqu'au bout ou va-t-elle rester fidèle à son Stéphane, l'éternel bon gars qui a une confiance aveugle en sa douce ? Si je n'interviens pas, elle va se brûler et l'un des vautours n'aura qu'à la ramasser comme on prend une serviette de table pour s'essuyer la bouche. Elle m'invite à danser. Elle sait que j'enflamme les pistes de danse. Que j'offre un spectacle gratuit. Que Madonna peut aller se rhabiller. Que même le *last call* ne m'arrête pas. Trop lâche, je feins l'innocence. Le *hit* de l'heure enterre les cris désespérés d'Élyse. Un beau brun m'accapare, me demande si je passe une bonne soirée. Yé ! Une échappatoire. Je le remercie de sa grandeur d'âme et le rassure sur mon bien-être.

Et là, ça se produit.

Aucun signe avant-coureur. Pas un foutu indice.

Du dérapage qui se profile.

Je lui débite la trouvaille suivante :

– Belle soirée, merci ! Je suis nouvelle maman, alors les sorties sont moins fréquentes et elles m'épuisent plus qu'avant. Même si je voulais fuir la maisonnée pour m'éclater un peu, c'est fou comme elle me manque ! Tenez, la voici. Emma. Et vous, des enfants ?

L'éventrer avec un pic à glace aurait sans doute été moins violent. Ai-je vraiment dit ça ? C'est quoi ça ? Je deviens quoi ? Une espèce de tache sentimentale qui fait débander le premier venu ? Le pire dans tout ça, c'est que je ne m'en rends pas compte. Filmée à mon insu. Comme dans ces émissions nulles où les faux policiers vous donnent des fausses contraventions pour des fausses effractions. Malgré de multiples séances de bronzage, Beau Brun ne peut cacher le teint blanchâtre qui s'empare de son faciès dérouté. Il se penche vers la serveuse, se commande la ration du cowboy. Sûrement pour oublier la dernière minute de sa vie. Vas-y, prends-en pour deux ! Tiens, Élyse rapplique. Éméchée et nouvelles mèches. Je ris de mon jeu de mots alors qu'elle se colle la figure un peu trop près de la mienne.

– Tu t'amuses ? que je lui dis.

– Non… et tu sais pourquoi ?

Son regard me menace. Elle sait la réponse. Veut créer l'événement.

– Ton Stéphane te manque ? que je lui demande.

– Pas lui. Une personne plus près de moi…

– Ta mère ?

– Près de moi comme dans l'expression «assise en face de moi» !

Tout déboule. Comme dans ces bons vieux films policiers où l'énigme est résolue en trente secondes avant le générique. Je l'emmerde. Elle vient de réaliser que je vieillis, que je n'ai plus le cœur à l'ouvrage ni à danser. Qu'Emma me calme les mollets et le coude. Plus l'énergie pour le lever. Je garde mes forces pour trimballer mon paquet de chair rose.

– T'es surprise? Je te l'avais dit au resto, je ne suis plus d'humeur à sauter à pieds joints sur des haut-parleurs…

– Je sais. Je sais. Mais il y a des limites. T'es même pas venue danser. Pas une seule chanson!

– La musique est moche…

– Depuis quand tu te préoccupes de la musique? Avant, la sonnerie d'un téléphone te suffisait pour te faire aller le popotin.

Avant. Élyse a dit le mot magique. Le mot tabou. Le mot qui me fait chier. Avant. Avant Emma. Faut accepter le changement. Faut évoluer, ne pas rester cramponnée à un passé qui s'effrite. Ouais, facile à dire mais quand on est en plein *night life* et que notre meilleure amie nous sort les violons, c'est une tout autre chose.

– De toute manière, arrête tes sermons, je t'entends à peine.

– Bien suis-moi!

Me sortant des pattes d'un Beau Brun numéro deux, elle me tire vers les toilettes comme si un tsunami s'approchait à grandes vagues. Traquée, près d'une fausse blonde qui se replace une fausse craque, je jette mon verre dans l'évier. Elle s'excuse, marmonne des mots qui semblent être gentils.

– Justine, ça me fait peur…

– Qui? La grosse blonde? dis-je en montrant du doigt notre voisine des W.-C.

– Hein? HON!

Elle vient de l'apercevoir. Le choc est dur.

– Chut! Franchement… Non. J'ai peur que ça me change trop… un enfant.

– Si ça te change, ça sera pour le mieux. Fais confiance, la vie est bonne.

Soudain, elle me fuit du regard. Regarde les jeunes femmes entrer et sortir des toilettes. Et je sais à quoi elle pense. Qu'avec la confiance qu'elle a mise en la Vie, elle s'est royalement fait avoir. Ce n'est pas donnant-donnant ces trucs-là. Les yeux embués, elle se dit que si la vie est aussi ingrate, ça se pourrait qu'elle ne se reconnaisse plus une fois un poupon dans les bras. L'air de rien, elle me parle du désir d'adoption de son copain, de son obstination à vouloir porter un enfant, à le mettre au monde. Tout ce que j'ai, tout ce qu'elle n'a pas. Mais jamais elle ne joue la carte de l'amertume. Car elle sait mieux que quiconque que la vie est une stupide loterie.

– Mais écoute pas trop ce que je raconte, je suis loin d'être un modèle.

– Et à qui dois-je me fier? J'ai personne…

– Ben ta mère, ta sœur, nos collègues qui ne demandent qu'à te bourrer le crâne de leurs belles idées maternelles!

Un peu confuse, elle s'appuie la tête sur mon épaule, me flatte le dos comme si c'était moi qui allait être malade dans l'évier.

– Je te regarde aller depuis que la petite est née: t'es géniale! Bon. Tu me rends affreusement jalouse. Mais quand je te vois avec Emma, toutes mes frustrations disparaissent. T'es la dernière personne sur cette Terre à qui j'aurais prédit un enfant : t'es gauche, impatiente, un peu brouillonne, mais t'as tant d'amour à offrir. Et c'est ce qui compte, non ?

Une belle rousse style escorte de luxe sort d'une cabine. Elle nous regarde comme si nous étions deux mendiantes qui vendent des allumettes. Diplomate comme un tueur en série, Élyse ordonne à la fille de joie de faire du vent. Maintenant seules, je lui demande, tout bas, en fixant mes bottes trop hautes, pourquoi elle me dit ça maintenant.

– Parce que c'est ce que je ressens, c'est tout ! Et j'ai toute ma tête, tu sauras. Demain, je me rappellerai de tout.

– Merci. Je doute tellement.

– Je te connais, ma belle. Malgré ton dégonflement, tu me donnes encore plus le goût d'avoir un bébé. Stéphane trouve que t'es une mère merveilleuse, que vous faites de très bons parents. Tout baigne avec Guillaume ? Mon petit couple parfait !

– Super. Comme d'habitude.

J'ai l'attitude pour faire avaler n'importe quoi à n'importe qui. Ce « super » était si gros qu'Élyse aurait pu s'étouffer ici et ne jamais connaître les joies de l'enfantement.

– Alors, vu que je te laisse une autre chance, viens donc te défouler sur la piste avec moi. C'est moi qui paye !

Ce soir, à chacune des chansons, entre chaque éclairage, entre chaque beau mec en camisole, entre la sueur, les stroboscopes, à chacune des boissons que j'enfile pour atténuer la douleur, je me rends compte, et ça me frappe comme un poignard dans le bas-ventre, que ce n'est pas Emma qui me manque tant.

C'est son père.

Guillaume.

Et en dansant comme une possédée, je perds le fil des images qu'il crée en moi : son visage, son corps, son odeur. Plus je bouge, plus il s'efface. Plus je bois, plus il me glisse du cœur.

Au petit matin, quand il se réveillera, touchera mon oreiller moite, il pensera que j'ai eu chaud, que j'ai dansé toute la nuit, que j'ai bavé dans mon sommeil.

Jamais il ne se doutera que j'ai pleuré son nom au creux de ce dernier...

Un éternel recommencement. Sempiternelle impression de déjà-vu. Même si je change, même si les élèves reviennent à chaque rentrée, même si je me force à remanier mes plans de cours, mes notes, mes philosophes, rien n'y fait. La routine me pèse. J'adore aller chercher mes classes, une à une, selon leur personnalité, leurs goûts, leur passé. J'ai la passion, la vocation, c'est clair.

Mais c'est immanquable.

Quand, au premier cours, je les vois entrer, cahiers neufs, coiffés, tout sourire, une pression énorme se pose sur mes épaules. Comme si ma vie (et la leur) dépendait de ma capacité à leur enseigner quelques grands principes de vie. Je sais que tout est plus simple, que mes chimères n'existent que pour apprécier pleinement mon salaire, mais, chaque rentrée, ma gorge se noue, mon pouls s'accélère.

Aujourd'hui, pour la première fois, je ressens autre chose.

Aujourd'hui, je me contrefous des élèves qui défilent devant moi.

En fait, une seule chose habite mon esprit. Plutôt une seule personne.

Maryse.

Maryse qui? Aucune idée. Nouvelle enseignante. Intelligente, humour irrésistible. Depuis près d'une semaine, je l'aide à planifier sa session. Justine, même si elle est retournée travailler, doit courir à la garderie ces jours-ci, car mes journées se prolongent, mentorat oblige.

Et non, je ne suis pas amoureux. Et non, je ne veux pas la baiser sur le photocopieur (vieux modèle, grand risque de blessures). Avec Justine, la petite et les cours, ma tête déborde, j'ai le pied au plancher. Quand je suis avec Maryse, tout est léger. Je ressens un profond et apaisant bien-être. Que la vie ne m'offre plus quand je me retrouve le soir en compagnie de Justine, allongé à l'autre extrémité du sofa. Seul. Parfois, elle me frotte le dos du bout des doigts, des orteils, me lance un sourire poli. Plus souvent, elle me salue de la main, bâille, puis se douche et se vautre seule dans notre grand lit aux ressorts bien tranquilles.

C'est l'harmonie dans la maisonnée. À coups de discussion, de mises au point et de compromis gagnés à l'arrachée, nous nous sommes écoutés, parlé, compris. Comme une signature en bas d'un contrat d'assurances. Les pages sont multiples, les caractères illisibles, mais nous manifestons une confiance totale en l'autre, pensant qu'il ne veut que notre bien. Depuis, nous surfons sur la vague métro-boulot-dodo et espérons que la flamme se ravivera d'elle-même. Mais le quotidien est un monstre gourmand et s'amuse à souffler à grands vents sur notre petite flammèche vacillante. Pas même le temps de faire un vœu. Noir. Et là, nous nous cherchons, aveuglés, priant que nos pupilles s'habituent le plus vite possible à l'obscurité.

Maryse. L'incendie.

*Être bien près d'elle me déprime. Je me sens coupable. Je me fais penser à mon père, l'insatiable mâle qui refuse la gondole et préfère le rafting. Elle est plus jeune que moi, n'est pas en couple. Je me déteste quand elle rit de mes plus mauvaises blagues. Pendant que Justine s'arrache le cœur pour aller au travail, je piétine de joie pour quitter la maison. Et retrouver Maryse. Bouffée d'air frais.*

Il s'appelle Louis.

Le premier homme dans une meute toute féminine. Élyse m'avait glissé quelques mots sur ce nouveau collègue, embauché quelques semaines après mon départ en congé de maternité. Quand je l'ai croisé à ma première journée, j'ai vu Guillaume. Enfin, le Guillaume d'avant. Même carrure, même voix, même style. Comme si j'étais condamnée à flancher devant le même prototype. Ce gars-là, ce Louis-Guillaume, m'a fait l'effet d'un fantôme. Une apparition qui m'a dressé tous les poils du corps. Et comme ça, je me suis éprise de lui. Au sens où je recherche sa compagnie. Sans plus. Je ne suis pas au stade où je l'imagine en baisant, mais sa bonne humeur, son total désintérêt pour ma nouvelle vie de mère me fait un bien immense.

Tout s'arrange avec mon homme. Enfin, nous nous sommes dit nos trente-cinq vérités. Hache de guerre et bazooka enterrés, nous avons pu poursuivre notre route de la jeune famille de banlieue sur de nouvelles bases. Une sorte de traité de paix pour le meilleur intérêt commun. Quand nous rentrons du boulot le soir, nous évitons le récit de nos journées en essayant de nous concentrer sur les besoins de notre fille. Je me donne à elle, il se donne à elle au point d'être incapables de nous donner l'un à l'autre. Tout ça m'attriste.

Si Louis me le demandait, est-ce que je coucherais avec lui?

Non. J'aime cent fois mieux jouer à la séductrice que de passer aux actes. Beaucoup plus excitant de rester dans le monde des fantasmes et c'est beaucoup moins impliquant. Et je ne fais de mal à personne. Sauf à moi, mais je m'en fous, si ça peut m'aider à passer à travers mes journées. Emma est à la garderie. Crise de larmes chaque fois. Mon cœur de mère saigne. Déjà que j'ai le bouton «culpabilité» enfoncé depuis sa naissance, il faut que je me tape ces séances de déchirement tous les matins.

Pourquoi je joue à l'ado qui joue avec le feu? Pour raviver la flamme, c'est tout.

Au fond, je veux que l'un m'allume pour que j'embrase l'autre. Le danger, c'est de me brûler les ailes sur le mauvais. Et je sais de moins en moins de qui il s'agit.

Je sais que ça peut sembler étrange, mais ça me rassure d'être maman, d'être en couple. Comme si ce statut me donnait une certaine sécurité. Fragile, oui, mais quand même. Une garantie. Un parachute de secours. Avec Louis, je me lance tous les jours, entre deux cafés, en bas d'un Boeing en plein vol… mais je peux tirer sur la petite corde et, paf! Guillaume m'empêche de m'écraser, me prend par les épaules et me dépose tout doucement au sol. Suffit de ne jamais oublier ledit parachute dans le compartiment des bagages à main.

Quand nos rires s'estompent, quand nos corps se frôlent un peu trop, quand ma gorge devient sèche, je pense très fort à ma famille, comme si j'invoquais une puissance obscure pour empêcher la Malédiction de s'abattre sur moi. Dans ma tête, les visages d'Emma et de Guillaume flottent, en silence, pour m'empêcher de faire le premier pas fatidique, celui qui mène au précipice, au point de non-retour.

Souvent, entre amis, nous avons eu la discussion à savoir si penser à quelqu'un d'autre que son conjoint était mal, si le fait de prêter notre esprit à une autre personne était infidèle. Chaque fois, je montais sur mes grands chevaux et jouais la vierge offensée en criant qu'une pensée infidèle, si petite soit-elle, était aussi grave qu'une relation sexuelle complète ou partielle.

Alors que Louis s'éloigne avec un dossier en l'air, l'air gamin, je me mords les lèvres, et même si je pense parfois à lui quand je suis avec mon homme, je ne peux me résoudre à me traiter de tous les noms. Je ne trompe pas Guillaume, je cherche un peu d'air pour que nous puissions vivre l'un près de l'autre encore longtemps, que je lui apporte, un jour, son dessert préféré quand il se bercera sur notre galerie, occupé à compter les voitures qui lui passent sous le nez. Si seulement Louis peut m'apporter cela, le jeu en aura valu la chandelle…

*Quand je rentre à la maison, Emma est debout, vacille, se tient à bout de bras sur la bibliothèque qui déborde de bouquins, tous pêle-mêle. Elle sourit, montre trois belles dents, si pointues qu'elle pourrait trancher un bison en deux. Justine, belle à croquer, malgré une longue mèche de cheveux qui lui pend en pleine figure, me salue de la main comme si elle reconnaissait un camarade du primaire. Chaleureux mais ça manque d'ardeur. En se rendant à la salle de bain, elle précise que le souper (ce qu'il en reste) m'attend au four. Pas de baiser, pas de caresse. Seulement Emma qui lance mes romans du dix-neuvième un peu partout. J'enlève ma chemise, je soulève ma petite Emma dans les airs, lui fait faire l'avion. J'entends, au loin, Justine qui me crie de calmer mes ardeurs, qu'Emma vient tout juste de boire son lait. En slalomant dans le couloir, je fonce sur Justine qui sort de nulle part. Elle me fixe, veut me dire un truc. Ça semble important…*

Dois-je lui parler de Louis ? Est-ce le bon moment ?
Dois-je le rassurer sur des trucs qui ne se sont pas
encore passés ? Merde ! Il se doute de quelque chose.
Faut que je dise une phrase, un mot, n'importe
quoi…

*Merde ! Elle le devine. Elle le sait. Justine Dupuis et son maudit
sixième sens ! Elle m'énerve. Dois-je lui parler de Maryse ? Et ça
changerait quoi à notre relation de savoir qu'une collègue rend mon
quotidien plus rose, moins banal, moins plat ? Rien. Alors je me tais et
j'attends qu'elle me dise son truc important…*

— *Alors quoi de neuf ? T'as passé une belle journée ?*

— *Excellente ! Toi ?*

— *Géniale ! Merci.*

Il me cache quelque chose.

*Elle me cache quelque chose. En lui tendant Emma pour qu'elle
la déshabille, je me rends compte qu'elle vient tout juste de me pisser
dessus. Trop concentré sur l'expression de Justine, je n'ai rien senti.
Justine est pliée en deux. Pleure de rire. Spontanément, j'enlève mes
pantalons, me mets flambant nu.*

Beau morceau, mon Guillaume ! Il me manque. En
l'espace d'une seconde, j'ai les yeux pleins d'eau.
J'éclate de rire, ce qui le choque car il pense que je me
moque de son bedon naissant. Non. Je ris pour
cacher l'immense honte qui me grimpe le long du
corps. Je gâche tout.

*Dans notre chambre, seul, nu, je fixe une photo de nous, lors d'un
voyage en Amérique du Sud, l'année de notre rencontre. Dieu que nous
étions magiques ! Nous étions à l'épreuve de tout.*

*Même du feu.*

Il est précisément 19 heures 33 minutes, 48 secondes.

À cet instant, à ce moment bien défini dans le temps et pourtant tellement anodin, tout et rien se passent en même temps. Personne ne fait vraiment attention à ce minuscule laps de temps furtif, personne n'est assez zen pour être pleinement conscient de tout ce qui a lieu, à cette même seconde, partout sur la Terre.

Personne.

Même pas Justine. Même pas Guillaume. Trop occupés.

Pour le bien de tous, faisons tout de même un léger tour d'horizon.

19 : 33 : 48

Jonas K. Mac Duff, fermier vivant à Thunder Bay, échappe une clé anglaise dans un moteur encrassé.

Une infirmière, quelque part en banlieue de Stockholm, pleure dans les toilettes de l'hôpital, priant pour que sa vieille mère se sorte d'une dépression qui s'éternise.

Un jeune médecin Sans frontières caresse la chevelure d'une jeune Cambodgienne endormie, heureux de l'avoir sauvée d'un virus fatal.

Un diplomate australien, indécis devant un menu, indique un œuf bénédictine à une serveuse épuisée par une nuit torride en compagnie d'un client au pourboire généreux.

Seattle, Californie. Dans un minivan empestant le cannabis, un *roadie*, employé par un vieux groupe rock sur le retour, dessine une moustache sur un polaroïd de son ex-copine, une superbe jeune femme qui l'a plaqué pour un guitariste junkie.

Une caissière, jeune adolescente paumée, dans une station-service de Barcelone, prend cent dollars dans le tiroir-caisse pour payer un mois de loyer en retard.

Dennis H., père de six enfants, nettoie les six bicyclettes familiales dans un garage ultramoderne.

Didier, petite peste blonde de cinq ans, désobéit à sa maman surmenée et traverse un boulevard achalandé sans regarder.

Deux jeunes femmes, dans une file d'attente d'un bar branché de New York, tentent de séduire un portier imperturbable.

Un vieil homme, quatre-vingt-huit ans, se fâche contre un entrepreneur de pompes funèbres, ce dernier renchérissant sur le prix d'un cercueil, modèle favori de son épouse partie dans l'au-delà.

En Inde, dans un bidonville, un enfant trouve par terre un iPod presque neuf.

À Las Vegas, au jeu de la roulette, un sosie de George Michael perd un mois de salaire sur le neuf rouge.

Un homme trompe sa femme en embrassant une collègue de travail. Adore le goût sucré de ces nouvelles lèvres. S'en veut. Regrette. Voudrait tout effacer. Voudrait tout autant recommencer. Et tout ça en une seule seconde, à 19 : 33 : 48...

Une femme trompe son homme en embrassant un collègue de travail. Adore le goût sucré de ces nouvelles lèvres. S'en veut. Regrette. Voudrait tout effacer. Voudrait tout autant recommencer. Et tout ça en une seule seconde, à 19 : 33 : 48...

Cet homme, c'est Guillaume.

Cette femme, c'est Justine.

Deux moitiés. Deux êtres venus au monde le même jour à la même heure, même minute. Deux êtres si unis, si prédestinés, qu'ils commettent le même geste irréparable à la même heure, 19 : 33 : 48.

Même dans les gaffes, les erreurs, les bêtises, ils ne font qu'un. Touchant, non ?

Louis est sous la douche. Je zappe d'une chaîne à l'autre. Météo. Pub. Film en noir et blanc. Je coupe le son. Et je suis seule dans mon salon. Plutôt celui de Louis. Ma maison me manque. Emma me manque. Le téléviseur, sa lumière, inonde par à-coups l'espace trop grand de ce loft trop vide, trop froid. Mois après mois, je me fais une raison, un nid. Quitter Guillaume n'a pas été évident. Pas du genre «Tu me trompes, salaud, bien moi aussi, alors on se dit au revoir, boîte de carton, déménagement, vente de la maison». Non. Le tout s'est passé en douceur, dans un respect qui force l'admiration. J'aurais voulu plus de tragique, de mélo, de grandes scènes de déchirement où nous nous avouons nos erreurs, puis nous baisons jusqu'à plus soif. Non. Aucun éclat. La grande classe. À l'amiable, dans les règles de l'art. Ce qui a aidé ma cause, c'est que Guillaume batifolait ailleurs lui aussi, enfin, c'est l'impression que j'avais. Et quand Maryse est apparue avec lui lorsqu'il est venu récupérer une dernière boîte oubliée, j'ai confirmé mon impression. Malgré leur malaise, les tourtereaux semblaient très amoureux.

Tiens, la douche s'est arrêtée. Mais je n'ai pas le cœur de lever ma carcasse de jeune-maman-séparée-vivant-une-relation-semi-charmante-avec-un-collègue-sexy. Louis m'énerve. C'est vrai. Il a de ces manies qui me rendent folle. Après s'être pomponné plus qu'une jeune ado en rut, il se dirige dans sa chambre, puis m'attend, nu, impatient de me faire l'amour. Je ne veux pas me plaindre. Ce n'est pas ça. Je trouve seulement que le tout manque de spontanéité.

Il attend. Il sait que je sais que je suis attendue. Ça me rend dingue. J'éteins le téléviseur. Un couple marche dans la rue. La lumière d'un lampadaire les guide, les effleure. D'où je suis, je les distingue mal, mais je les aperçois juste assez longtemps pour comprendre que ma vie m'échappe depuis un an. Une voiture passe. Ils ont disparu. Debout dans le salon trop tendance de Louis, le vertige me prend la gorge. Emma est chez son père pour la semaine. Deux ans. Bordel de merde! Ma fille n'a que deux ans et ses parents la trimballent comme un colis postal.

J'entends clairement le matelas qui craque. Un beau terrain de jeux King Size. La bouche pâteuse, je fixe le téléphone, me ronge les ongles, les sangs. Je voudrais tant lui parler mais elle dort à poings fermés. Louis m'appelle. Son ton mielleux provoque un grincement de dents qu'il doit entendre tellement il est strident. Mais là, je fais quoi? Je fais quoi, moi?

*Emma pleure. Impossible de la calmer. Depuis plus d'une heure, elle s'est réveillée en panique. Maryse redoutait le mauvais rêve. J'y allais plutôt pour ce nouveau lit, trop grand pour son petit corps frêle. Fatiguée, à bout de forces, Maryse me tapote le dos, me lance qu'elle m'attend sous l'édredon. "J'ai soif, papa", marmonne Emma en arrêtant de pleurnicher comme Maryse passe la porte. J'y vois une coïncidence, sans plus. Assise sur le comptoir, Emma boit de l'eau fraîche dans son verre à jus. Seul le son du frigo meuble la scène. Et c'est là qu'elle me demande, d'une voix assurée pour une fillette de deux ans, où est sa maman. Fatigué, à bout de nerfs, j'ai envie de lui déballer la vérité moche, nulle, d'un couple qui s'est perdu de vue, comme dans une foule lors d'un festival quelconque. Jamais nous n'avons pensé nous donner un point de rencontre en cas d'égarement. Mais j'opte pour la classique « maman travaille ce soir ». Je fixe le téléphone. Maryse fait des « hum, hum » insistants. Déranger Justine à cette heure-ci pour qu'elle rassure Emma de sa voix douce n'est pas logique. Et si c'était moi qui voulais entendre sa voix ?*

L'air est frais. Ma veste à double tour sur mes épaules me protège juste assez. Un taxi. D'un pas décidé, l'air un peu parano, je cours d'un bord et de l'autre de la rue. Bon sang ! Je ne suis pas à Manhattan. Ça ne pleut pas, des taxis, à cette heure-ci, à Montréal. Et comme je rebrousse chemin en maudissant mes étourderies d'enfant, une voiture s'immobilise à mes pieds. L'enseigne illuminée « TAXI » en majuscules se prend pour une auréole. Je suis bénie.

*En flattant Emma, alors qu'elle s'endort presque, je ressens une boule à l'estomac. Une idée m'obsède, tourne sans cesse dans mon esprit. Faut que je voie Justine. Là. Maintenant. Emma doit m'accompagner. Vite, vite, des vêtements. OK. Son manteau. Le boucan réveille Maryse. En sous-vêtements, les bras croisés, elle me demande ce que je fous avec la petite. Je ne sais pas trop, que je lui réponds. Et pourquoi habiller Emma ? me dit-elle. « Elle doit voir sa mère. Maintenant. » Maryse, surprise, me supplie de ne pas écouter ces caprices de bébé gâté, que je ne fais que la pourrir si je commence à exécuter ses quatre volontés. Je la rassure en lui lançant à la volée que cette idée subite vient de moi. La moue qu'elle me sert confirme ma décision. Vite, vite, foutons le camp d'ici, Emma…*

Je donne un gros pourboire au chauffeur téméraire, que je lance en bondissant dans son bolide long comme un paquebot. Les rues, avenues, feux, arrêts, me passent sous le nez sans que je réalise quoi que ce soit. Guillaume et ma fille se rapprochent, je les sens, je le sais…

*Dans mes bras, Emma se fait lourde, tombe de fatigue. Je me cogne à une portière verrouillée. Les clés de la voiture sont à l'intérieur. Je m'en contrefous. Je vais marcher. Je sais que c'est illogique, que la route est beaucoup trop longue, que l'air frais deviendra froid sous peu, que je risque de revenir sur mes pas dans quelques minutes, mais une irrépressible envie me pousse à emprunter la rue déserte. Mes muscles me font mal, le sang frappe mes tempes mais je dois y aller, coûte que coûte…*

Le chauffeur ralentit. Oui, oui, c'est ici. Euh! non. Enfin, il me semble. Ces foutus appartements se ressemblent tous dans ce quartier. Allez, arrêtez votre course ici, je ferai le reste à pied. Voilà pour le compteur, voilà pour vous. Bon, je vais où maintenant? Gauche? Droite? Rappelle-toi, Justine, quand tu es venue conduire Emma dimanche dernier… oui, à droite!

*En pleine rue, je marche au pas de course, pour me réchauffer, pour donner de la chaleur à Emma. À chacun de mes pas, je déparle, rassure Emma. M'excusant surtout pour cette virée nocturne totalement absurde. Au moins, je ne suis pas le seul qui court en pleine rue tard le soir. Cette silhouette m'est familière…*

Je cours comme une folle. Le cœur veut me sortir de la bouche pour retourner chez Louis. Je ralentis le pas. Je respire si fort. Je cherche mon air. Les bras sur les hanches, je synchronise ma respiration avec mes haussements d'épaules. Au bout de la rue, alors que ma vision s'embrouille sous l'effet du froid, je distingue un homme portant un enfant dans ses bras. Je reprends ma marche. Un pas à la fois. Je connais cet homme… et cette enfant…

Face à face, en fin de soirée, dans une ville qui les prend par la main pour les mener l'un à l'autre, Guillaume, Justine et Emma se réunissent sans savoir quoi se dire, sans savoir si ce qu'ils vivent est bel et bien réel. Guillaume veut dire un truc, un mot doux ; Justine veut hurler, enlacer sa fille, le père de sa fille, elle, eux, sa vie d'avant, tout et pas grand-chose au fond.

Mais rien ne se passe.

Vu de haut, d'où je suis, j'observe la petite Emma descendre des bras de Guillaume, puis tituber de fatigue jusqu'à Justine. Et si je me concentre davantage, je peux également déceler qu'au même moment, Justine et Guillaume ressentent la même vision, le même film de leur vie future qui se déroule sous leurs yeux…

L'accident de vélo d'Emma à quatre ans

La mémorable engueulade d'Emma avec Justine en pleine crise d'adolescence

Le magnifique sourire d'Emma lors de son bal de fin d'études

Un souper familial en compagnie d'Emma et de son copain, un beau jeune homme qui la rendra heureuse

Emma dans une robe de mariée à faire pleurer

Emma qui fait sa vie

Sa petite vie à elle, où enfants et parents respirent le bonheur, un immense, rarissime bonheur, qui s'insinue lentement en Justine, en Guillaume, alors qu'ils se dévisagent l'âme en pleine rue. Une voiture les contourne doucement, les klaxonne pour les ramener sur terre. Emma est emmitouflée dans la veste chaude de Justine. Guillaume les regarde.

Vu de haut, on jurerait qu'ils voudraient se jeter dans les bras de l'autre. Mais ils n'en font rien. Rassurés, calmes, ils s'envoient un baiser soufflé. Emma retourne près de Guillaume. Justine retourne auprès de Louis. Guillaume retourne chez Maryse.

Même s'ils ont pu entrevoir leur avenir, ils savent pertinemment qu'ils ne peuvent changer le Destin. Vu de haut, tout rentre dans l'ordre, comme il se doit.

Vu de haut, on s'en veut d'être si impuissant...

# Après

Le son de l'ambulance m'est toujours aussi insupportable.

À voir la cadence avec laquelle elles sortent sous mes pieds, on jurerait que la ville est feu, qu'une fusillade vient d'éclater au centre-ville et qu'un volcan endormi en a assez de sa léthargie. D'où je suis, je constate que l'évolution de l'homme se résume au génie qu'il déploie dans le design automobile. Effilés, ultralégers, à l'eau ou au soleil, ces bijoux technologiques sur quatre roues me font saliver. Mais je sais résister à ces tentations, car mon budget des dernières années ne me le permet pas. C'est le calme plat ici. Sirènes, klaxons, échos d'une ville qui s'apaise un beau soir d'été, c'est tout ce qui s'agite autour de moi depuis les dernières minutes. Que fait Maryse ? Elle a dû se perdre dans ce maudit hôpital mal divisé : labyrinthe si complexe que vous avez le temps de guérir avant de vous rendre à la salle d'opération. Mes jambes me font mal. De toute manière, il n'y a rien d'intéressant à voir. En écrasant dans mes mains ridées un gobelet de café, je me souviens d'un autre temps. D'une autre époque. Quand Emma est venue au monde, ici même. Il est clair que tout cela paraît loin, mais, étrangement, je jurerais que c'était la veille.

Emma. Ma fille. Ma petite. Ma grande. J'espère que tout se passe bien. Je savais que j'aurais dû attendre le coup de téléphone à la maison. Mais Maryse a insisté. Comme toujours. Il est vrai qu'Emma voulait qu'on y soit, mais tout ça est difficile pour un cœur de père.

– Guillaume…

Bon, la voilà.

– En un seul morceau ! As-tu au moins trouvé ce que…

J'aurais dû la reconnaître au son de sa voix. Malgré les années, ce son ne s'oublie pas. En me tournant, je me doute du choc qui va me frapper en pleine gueule. Mais c'est plus fort que moi.

Justine.

Oui, bien sûr, il y a les rides, la coupe de cheveux classique, un léger embonpoint, mais l'essentiel est demeuré intact. Sa beauté. Discrète mais hypnotique. Provocante mais élégante. La dernière fois où nous nous sommes vus, c'est au mariage d'Emma, il y a trois ans. Seuls les grands événements de la vie nous réunissent maintenant.

– T'es seule ?

– Louis ne pouvait pas venir. Le boulot.

– Il travaille encore à son âge ?

Elle éclate de rire. S'approche de moi. M'embrasse sur la joue. Une seule joue.

Je ne m'y ferai jamais.

Et là, elle tapote doucement le banc moulé dans un nouveau matériau durable. M'invite à m'asseoir auprès d'elle. Et là, elle me raconte ses derniers voyages, ses cours de ci et de ça, une foule d'anecdotes sur la vie d'Emma qui me la font découvrir sous un autre jour.

Une fois semaine, c'est sacré, je lunche avec ma fille. Elle chez moi, moi chez elle, au resto, on se raconte nos bons (et mauvais) coups de la semaine. Je me rends compte qu'elle a tout de même ses zones secrètes, où n'a accès que sa maman. Et c'est correct ainsi. Après une longue mise à jour de sa vie et de celle d'Emma, Justine se tait brusquement. Elle se lève comme si une charge de deux cent vingt volts l'avait frappée, se penche, entoure mon visage de ses mains qui sentent si bon, si frais. Elle me dévisage, l'air dramatique. Bouche grande ouverte, elle pèse ses mots avant de me les lancer par la tête.

– Nous sommes ridicules ! On fait quoi, là ? On rate notre vie sans dire un mot ? Ça te choque pas ? T'as pas le goût de hurler au complot ? C'est pas sérieux tout ça !

Alors que Justine embrasse Guillaume à pleine bouche sur le balcon de l'hôpital où leur fille Emma accouche de son premier enfant, j'ai la profonde conviction qu'ils ont raison. Et je choisis de les aider. Que cette finale impossible, ils ne la méritent pas. Oui, parfois, le destin prend de longs détours. Je crois en vous. Allez.

# Maintenant

*Emma court partout. Dans son manteau de pluie, sous un ciel gris qui ne semble pas trop l'incommoder, elle se faufile dans les vivaces à moitié mortes, saute à pieds joints dans l'eau boueuse du carré de sable, s'esclaffe quand je menace de l'attraper. Je l'admire, appuyé contre sa glissade de plastique jaune où elle glisse de moins en moins. Même si elle vient tout juste d'avoir quatre ans, elle est un bébé dans un corps qui s'étire, une fillette au corps trop petit pour contenir ce cœur qui s'affole pour un rien. Espiègle, elle se cache derrière le grand érable au fond de la cour. Crie mon nom, m'ordonne de la trouver. À quatre pattes dans le gazon, je joue au maladroit et me lance partout. Mes faux cris de douleur la font pleurer de rire. Ce rire. Un cadeau. Un don. De sa mère.*

Noah babille, bave comme un petit volcan. Sa bonne humeur arrête ma course du matin. Mignon. Et si gentil. Un an et une dent. À croquer. Il tape du pied en montrant du doigt la porte d'entrée. Oui, oui, mon grand, ta maman s'active. Seulement vérifier un dernier petit truc. Ou deux. Une dizaine. Désolée.

*Emma vole. Emma dans mes bras. Emma vole. Emma dans mes bras. Une chance que Justine ne me voit pas. Elle déteste quand je lance la petite de cette façon. Mère poule. De quoi a-t-elle peur? Que je l'échappe? Parce que je suis malhabile, les mains pleines de pouces? Disons qu'elle n'a pas tout à fait tort, mais je préfère prendre ce risque et voir s'envoler ma fille, les yeux grands comme deux univers.*

Voyons! Maudite serrure! Désolée, mon beau, il faut que maman te dépose deux secondes sur le balcon. Mais, écoute-moi, ne bouge pas! Et ne roule pas non plus! C'est ma dernière tentative, si elle me résiste encore, je vends cette foutue porte… et toute la maison! Non mais, puis-je commencer ma journée sans perdre mon énergie sur un loquet qui se fout de ma gueule? Pleure pas, Noah, viens voir maman! Hummppfft! J'ai chaud! Vite à l'auto avant que je casse quelque chose de grande valeur!

*Après de longues négociations qui peuvent s'apparenter à une prise d'otages, ma chère fille accepte de sortir de sous le patio. Elle doit aller rejoindre les amis de la garderie. Aujourd'hui, elle se fout pas mal des «amis de la garderie», elle veut jouer avec son papa… Et elle n'est pas la seule. Je me pile sur le cœur et je me parle pour ne pas flancher et m'installer sous le patio avec elle, baril de crème glacée à la main. Allez, viens ici que je te chatouille jusqu'à la mort!*

En le fixant à son siège, je suis saisie d'un fou rire, car Noah me rappelle les astronautes en mission. Ficelés comme du boudin, yeux hagards qui ne comprennent pas trop ce qui se passe, ils font bêtement confiance à ceux qui les ont mis là. Merci Noah pour ton total abandon. Ta confiance aveugle me touche beaucoup. Bon, impossible qu'il sorte de là, même si je fais un face à face avec une locomotive. Quoi? Qu'est-ce que tu veux, mon grand? De la musique? À vos ordres, amiral! Des tas de CD, mais lequel choisir?

*Oui, oui, Emma, j'ai bien ton jus de fruits, arrête de le répéter sans arrêt! Deux minutes, ma belle, papa doit te placer dans ton siège. Voilà le jus tant convoité! Tu veux quoi encore? Allez, dépêche, papa est en retard! De la musique? Aucun problème, ma grande! C'est comme si c'était fait… mais qu'est-ce que DJ Guillaume peut bien mettre pour satisfaire vos jeunes oreilles exigeantes? Des tas de CD, mais lequel choisir?*

En insérant *Revolver* des Beatles, ils se regardent, complices…

*I was alone, I took a ride,*
*I didn't know what I would find there.*
*Another road where maybe I*
*Could see another kind of mind there.*
*Ooh then I suddenly see you,*
*Ooh did I tell you I need you*
*Ev'ry single day of life?*

Pour rejoindre l'auteur :
martindube_editionsdemortagne@hotmail.com